Die Putzstelle

PEA JUNG

Die Putzstelle

Erotischer Liebesroman

Bibliografische Information der Deutschen Nationalbibliothek:
Die Deutsche Nationalbibliothek verzeichnet diese Publikation in der
Deutschen Nationalbibliografie. Detaillierte bibliografische Daten
sind im Internet über http://dnb.dnb.de abrufbar.

Covergestaltung: Jürgen Müller, LayArt
Quellennachweis der Umschlagfotos:
©istockphoto.com/izusek
©istockphoto.com/limpido

Lektorat: Claudia Fenster-Waterloo
Herstellung und Verlag: BoD – Books on Demand, Norderstedt
ISBN: 978-3-7357-3940-7

„Ist Herbert brav?", fragt mich Jörg, mein Chef.

„Ich komm schon mit ihm klar." Ich lächle und nehme das bestellte Dunkle, um es Herbert zu bringen.

Herbert ist Stammkunde und kommt mit Vorliebe ins Lokal, wenn ich im Dienst bin, was häufig der Fall ist. Als ich an seinen Tisch trete, empfängt er mich anzüglich lächelnd.

„So, bitte schön", sage ich und stelle das Glas vor ihn hin.

„Danke dir!", antwortet er mit einer Stimme, die wohl sexy klingen soll. Sein Blick bleibt in meinem Ausschnitt hängen und ich strecke mich schnell wieder.

Auf dem Weg zur Theke kommt mir meine Kollegin Saskia entgegen. Sie arbeitet nur in Teilzeit bei uns.

„Kann ich mal eine rauchen gehen?", fragt sie.

Doch bevor ich antworten kann, klirrt es im Nebenraum, der für eine geschäftliche Besprechung reserviert wurde. Nur am Rande habe ich mitbekommen, dass ein ganzer Haufen Anzugträger in dem Raum verschwunden ist. Saskia ist für diese Herren zuständig, während ich den Rest des Lokals versorge.

Saskia verdreht die Augen und streicht sich seufzend eine verklebte blonde Strähne aus dem Gesicht. „Lauter erwachsene Männer und dann geht ein Glas zu Bruch!"

Achselzuckend nicke ich ihr zu. „Geh du nur mal rauchen. Ich mach das schon."

Schnell hole ich Eimer, Lappen, Schaufel und Handbesen und mache mich mit energischen Schritten an die Arbeit. Als ich den Nebenraum betrete, blicken mir erstaunte Gesichter entgegen. Anscheinend hatten die Herren mit Saskia gerechnet.

„Guten Abend zusammen", sage ich laut und suche nach dem kaputten Glas.

Ein älterer Herr mit Halbglatze winkt mich zu sich. „Entschuldigen Sie bitte, mir ist das Glas im Eifer des Gefechts runtergefallen", sagt er.

Ich gehe um die lange Tafel herum. Der Herr will mir zur Hand gehen, doch ich rufe schnell: „Lassen Sie nur! Dafür bin ich ja da."

Dennoch steht er auf und zieht seinen Stuhl zurück, damit ich besser an die Bescherung herankomme. Ich gehe in die Hocke, obwohl ich einen sehr kurzen Rock anhabe. Zum Glück scheint das Glas leer gewesen zu sein. Mit geübten Handgriffen kehre ich die Scherben zusammen.

„Vorsicht, Ihr Haar hängt auf den Boden!", ruft der ältere Mann und tatsächlich berührt mein langer Pferdeschwanz den Boden.

Gerade als ich mich aufrichten will, spüre ich eine Hand, die mir die Haare auf die Schulter legt und dabei sanft meinen Hals berührt. Mir stockt der Atem und ich wage nicht, nachzusehen, wer das ist, sondern beschäftige mich mit den kleinen Splittern.

„Da hinten liegt noch eine große Scherbe", ruft ein anderer Mann, schiebt seinen Stuhl etwas nach hinten und deutet unter den Tisch.

Ich gehe auf alle viere, um die Scherbe unter dem Tisch hervorzuholen. Auf dem Rückweg werfe ich einen kurzen Blick auf die Beine des Mannes, der mich berührt hat. Edle Hose, glänzende Schuhe, wie die meisten anderen hier auch. Ich krieche unter dem Tisch hervor und wende mich sofort zu dem älteren Mann hin, der sich bedankt.

„Ja, danke!", höre ich dann eine tiefe Stimme hinter mir. „Ich hatte schon lange keine so verlockende Aussicht."

Ich ignoriere den Mann, denn der gehört offensichtlich zur ganz schlimmen Sorte. Glücklicherweise sind die anderen Männer in ihre Gespräche vertieft und haben von dem unverschämten Spruch nichts mitbekommen.

Rasch verlasse ich den Raum und atme erlöst auf, während ich hinter die Theke husche. „Puh, Saskia, die überlasse ich dir gerne! Da ist ein Kerl dabei, der ist schlimmer als Herbert."

Sie sieht mich irritiert an. „Welchen meinst du? Die sind doch alle ganz in Ordnung."

Ich runzle die Stirn. „Naja."

Saskia versorgt den restlichen Abend die Geschäftsleute, während ich mich auf die Gäste in meiner Stube konzentriere.

Als die Gruppe den kleinen Saal verlässt, bin ich gerade mit einem Bier in der Hand auf dem Weg zu Herbert. Da hält mich der ältere Herr von vorhin auf und sagt: „Ich habe ein ganz schlechtes Gewissen, weil Sie wegen mir unter dem Tisch herumkriechen mussten."

Lachend erwidere ich: „Das macht doch nichts. Das bin ich schon gewöhnt."

„Noch einmal vielen Dank. Ich habe Ihrer Kollegin etwas Trinkgeld für Sie mitgegeben." Er zwinkert mir zu.

In diesem Moment ruft Herbert: „Hey, Schätzchen, lass mein Bier nicht warm werden!"

„Entschuldigen Sie mich bitte", sage ich und der Herr tritt beiseite, damit ich an ihm vorbeigehen kann.

Saskia ruft aus dem Saal: „Josi, wo hast du Schaufel und Besen hin? Ich glaube, da sind noch Scherben."

Ich stelle Herbert das Bier hin. Er lehnt sich so nach hinten, dass ich ihn mit meiner Brust streifen muss. „Hey, Herbert, das geht zu weit!", schimpfe ich.

„Schätzchen, war ein Versehen, ehrlich."

Mit zusammengepressten Lippen gehe ich zu Saskia und knurre: „Komm, wir tauschen! Ich mach den Raum fertig, wenn du Herbert in der Zwischenzeit im Auge behältst."

Saskia nickt.

Ich nehme also wieder die Schaufel und den Besen und gehe in den Raum zurück. Nachdem ich einige Stühle vom Tisch weggeschoben habe, krieche ich erneut unter den Tisch und kehre den Boden.

Auf einmal geht das Licht aus. „Halt, ich bin noch hier!", rufe ich. Da höre ich, wie die Tür zu dem Nebenraum geschlossen wird. Es ist stockdunkel. „Na super!"

Gerade will ich mich rückwärts unter dem Tisch hinauswinden, als ich spüre: Ich bin nicht alleine. Da ist jemand, eindeutig!

Ich sehe mich um: „Herbert? Bist du das?"

Keine Antwort. Aber ich höre, wie jemand durch den Raum schleicht.

„Das ist nicht lustig." Suchend schaue ich mich um. Weil meine Augen sich langsam an die Dunkelheit gewöhnt haben, erkenne ich die Beine einer

Person, die um den Tisch herumgeht. Das sind ja die glänzenden Schuhe, die ich heute schon einmal näher betrachtet habe!

„Belästigt Sie dieser Herbert?"

Das gibt es doch nicht! Ich rühre mich nicht und verhalte mich ganz still, bis die Schritte plötzlich innehalten.

„Ich schreie", rufe ich und höre ein leises heiseres Lachen.

„Ich will Ihnen nichts tun. Belästigt dieser Herbert Sie?"

„Nicht mehr als Sie", fauche ich unter dem Tisch hervor und will mich auf den Boden setzen, da ich mir auf allen vieren langsam dämlich vorkomme.

„Bleiben Sie so!" Der scharfe Ton des Mannes lässt mich gehorchen. Er zieht sich einen Stuhl in eine Position, die mir gar nicht gefällt, und setzt sich.

„Was wollen Sie?"

„Ich will Sie beobachten, wie Sie unter dem Tisch saubermachen."

Mir läuft ein Schauer über den Rücken. „Es ist dunkel. Ich sehe fast nichts."

„Dann müssen Sie eben umso gründlicher arbeiten."

„Sind Sie pervers?" Als er nicht antwortet, schnaufe ich genervt: „Das ist doch verrückt!"

„Ich gebe Ihnen 50 Euro, wenn Sie jetzt einfach die Klappe halten und auf allen vieren unter dem Tisch kehren", knurrt er und fügt hinzu: „Ich verspreche, ich werde Sie nicht berühren und Ihnen nichts tun."

„Also, so etwas hatte ich auch noch nie", murmle ich mehr zu mir selbst und fange tatsächlich an, unter dem Tisch zu kehren. Mit einem Mal finde ich die Situation weniger beängstigend als absurd. Also gönne ich ihm den Spaß.

Als ich fertig bin und unter dem Tisch hervorkrieche, höre ich, wie der Mann aufsteht, seine Geldbörse zückt und einen Schein auf einen leeren Stuhl legt.

„Es war mir ein Vergnügen", sagt er mit belegter Stimme und räuspert sich. „Sie haben wirklich einen knackigen Hintern." Seine Schritte entfernen sich.

Ehe ich mich versehe, geht das Licht an und er verlässt den Raum. Es dauert einen Moment, bis sich meine Augen an das Licht gewöhnen, und noch länger, bis ich auf die Idee komme, ihm nachzugehen, um einen Blick auf ihn zu erhaschen. Ich kann nicht glauben, was ich gerade eben getan habe. Was mich aber am meisten beunruhigt, ist die Tatsache, dass es mir überhaupt nichts ausgemacht hat für diesen Typen unter dem Tisch zu kehren. Im Gegenteil. Eigentlich hat es mich sogar erregt.

„So leicht möchte ich mein Geld auch mal verdienen", gesteht Anja, die tagtäglich in der örtlichen Bankfiliale schuftet.

Der merkwürdige Vorfall ist jetzt schon eine Woche her und ich habe bisher keinem ein Wort erzählt, sondern mir die Geschichte für den Mädelsabend in unserer Stammkneipe aufgehoben.

„Sah er wenigstens gut aus?", fragt Carina.

„Keine Ahnung. Ich habe sein Gesicht nicht gesehen. Aber seine Beine sahen schon eher schlank aus und die Füße in den edlen Schuhen kamen mir zwar groß vor, aber nicht besonders breit."

„Du würdest ihn also nicht erkennen, wenn er dich auf der Straße anspricht?", ruft Jana aus.

„Vielleicht an der Stimme, aber wenn er jetzt hier irgendwo sitzen würde, dann wüsste ich nicht, dass er es war."

Natürlich habe ich in den letzten Tagen alle Männer, die unser Lokal betraten, unter die Lupe genommen. Wir haben sogar einen neuen Stammgast, der ist aber groß und breit wie ein Schrank.

„Und wie hat sich seine Stimme angehört?", fragt Anja.

„Er war definitiv ein Mann."

Alle lachen und ich überlege genauer, während Carina fragt: „Alt oder jung?"

„Eher so mittel."

Jana seufzt: „Also so wie wir?"

„Vielleicht etwas älter, so Mitte bis Ende dreißig würde ich sagen."

„Hey, ich bin 36!", protestiert Carina und ich stupse sie entschuldigend an. Sie grinst. „Klar, dass unser Küken das als ‚etwas älter' bezeichnet."

Wir prosten uns zu. „Auf alle Ü-30-Frauen!"

Der Abend wird noch lustig, vor allem, als an einem Nachbartisch ein Glas zu Bruch geht und meine Freundinnen kreischen. „Josi, komm schon, zeig uns, wie das geht!" Ich kichere mit.

Als ich am nächsten Tag von der Frühschicht nach Hause komme und den Briefkasten leere, fällt mein Blick auf ein wichtig aussehendes Schreiben. Der Absender: eine hiesige Anwaltskanzlei. Neugierig reiße ich den Brief auf.

Sehr geehrte Frau Wagner,

im Auftrag unseres Mandanten setze ich mich mit Ihnen in Verbindung. Unser Mandant hat Interesse an einer geschäftlichen Zusammenarbeit mit Ihnen.

Bitte rufen Sie mich in den nächsten Tagen an.

Mit freundlichen Grüßen
Angelika Preu

Was soll das denn? Ich habe mich nirgendwo beworben, bin bei Jörg als Vollzeitkraft eingestellt und habe kein Interesse an einer weiteren Tätigkeit.

Dennoch bringt mich meine Neugier dazu, die angegebene Telefonnummer zu wählen.

„Preu", meldet sich eine scharfe Frauenstimme und ich fühle mich sofort wie eine Angeklagte im Gerichtssaal.

„Guten Tag, ich bin Josefine Wagner. Ich hatte heute ein Schreiben von Ihnen in meiner Post. Da muss es sich um einen Irrtum handeln."

„Frau Wagner, um was geht es denn genau? Helfen Sie mir auf die Sprünge!" Frau Preu redet unangenehm schnell.

„Es geht um einen Mandanten von Ihnen, der nicht namentlich genannt ist, und Sie schreiben, er hätte Interesse an einer geschäftlichen Zusammenarbeit mit mir. Ich habe mich aber gar nicht beworben. Von daher ..."

„Ah, ja, jetzt habe ich die Angelegenheit vor Augen. Könnten wir uns treffen? Ich möchte Ihnen ein Angebot unterbreiten."

„Ich habe einen Job und ich habe nicht vor zu kündigen."

„Das ist schon in Ordnung. Es ging hier um eine wirklich ganz einfache Tätigkeit, zweimal in der Woche immer am Abend von 19 bis 21 Uhr. Sie könnten sich die Tage selbst aussuchen."

„Wie kommt denn Ihr Mandant auf mich und wie heißt er?"

„Er wird anonym bleiben, auch bei Vertragsabschluss. Wie er auf Sie kommt, weiß ich nicht, aber er hat mir Ihre Anschrift genannt." Ich muss wohl mal wieder mit Jörg darüber diskutieren, ob es wirklich notwendig ist, Namensschilder mit unserem vollen Namen zu tragen. Jeder Idiot kann meine Adresse im Telefonbuch nachschlagen.

Gegen eine zusätzliche Einnahmequelle hätte ich nichts einzuwenden. Seit ich vor fünf Jahren, als mein Vater starb, das Erbe nicht ausgeschlagen habe, sondern seine belastete Wohnung übernahm, verschlingt der Kreditvertag den Großteil meines Einkommens. Ständig muss ich mein Geld einteilen und knausern.

Frau Preu bemerkt mein Zögern. „Wie wäre es, wenn wir uns träfen? Ich erkläre Ihnen alles ganz unverbindlich und Sie denken dann in Ruhe darüber nach."

„Was ist denn das für eine Tätigkeit?"

„Das erkläre ich Ihnen am besten, wenn wir uns persönlich sehen. Wäre es Ihnen morgen Vormittag recht?"

Am nächsten Vormittag stehe ich pünktlich an der angegebenen Adresse und warte vor der Tür eines Wohnhauses. Auf mein Klingeln hin hat niemand geöffnet. Aber als ich mich umdrehe, sehe ich eine groß gewachsene Frau auf mich zukommen: Hosenanzug, flache Schuhe, Mitte vierzig, lange, ganz glatte blonde Haare. Sie lächelt und fragt: „Frau Wagner?"

Ich lächle zurück. „Die bin ich."

Wir geben uns kurz die Hand.

„Dann lassen Sie uns hinaufgehen und ich zeige Ihnen alles."

Sie öffnet die Haustür und geht voran. Wir fahren mit dem Aufzug in den dritten Stock und Frau Preu sperrt eine Wohnung auf. Ich starre auf das merkwürdige Feld neben der Tür.

„Das ist ein Fingerabdruckscanner", erklärt sie. „Wenn Sie hier arbeiten, dann kommen Sie mit Ihrem Abdruck herein." Ich verziehe den Mund, weil ich das aus der 24h-Videothek kenne und dort schon öfter das Problem hatte, dass mein Fingerabdruck erst nach vielen Versuchen akzeptiert wurde.

Frau Preu deutet meinen Gesichtsausdruck richtig und ergänzt: „Wenn Sie sich frisch geduscht haben, sollten Sie die Hände eincremen, dann funktioniert es problemlos."

Wir betreten die Wohnung. Hinter der Tür empfängt uns ein großer Raum, von dem aus offenbar alle Zimmer zu erreichen sind.

„Hier finden Sie die Garderobe, wo Sie Ihre Jacke aufhängen können, und wie Sie sehen, ist da auch ein Schuhregal."

Ich will mich schon meiner Schuhe entledigen, aber Frau Preu schüttelt den Kopf. „Nicht heute, nur für den Fall, dass Sie hier arbeiten. Ich soll Sie übrigens von meinem Mandaten herzlich grüßen. Er wünscht sich sehr, dass Sie den Vertrag unterzeichnen."

„Vertrag?"

„Ich habe ihn dabei. Wir können ihn gemeinsam durchsehen, nachdem ich Ihnen die Wohnung gezeigt habe."

Wir gehen in jeden Raum. Wohnzimmer, Schlafzimmer, Büro, Küche und Badezimmer. Im Bad zeigt Frau Preu auf einen Stuhl. „Wenn Sie die Wohnung pünktlich um 18.45 Uhr betreten, liegt hier Ihre Arbeitsuniform bereit. Sie ziehen alles an, was dort liegt, aber auch nicht mehr. Sollten Schuhe dabei stehen, ziehen Sie diese an, sollten keine da sein, bleiben Sie barfuß. Das gilt auch für Ihr Haar. Liegt ein Haarband oder eine Klammer bereit, dann machen Sie sich damit eine Frisur, wenn nicht, lassen Sie Ihr Haar offen."

„Moment, ich komme nicht mehr ganz mit! Worum geht es hier eigentlich?"

„Sie sollen die Wohnung putzen", antwortet Frau Preu locker, „und mein Mandant wird während dieser Zeit anwesend sein, um Sie dabei zu … überwachen."

Ich lache auf. „Das soll wohl ein schlechter Scherz sein."

Mittlerweile habe ich so eine Idee, wer der geheimnisvolle Mandant der Anwältin sein könnte.

Frau Preu bleibt ernst. „Ich denke nicht. Können Sie jetzt verstehen, warum mein Mandant anonym bleiben will? Er hat einige spezielle Vorlieben, die er zwar gerne auslebt, aber dennoch nicht jedermann mitteilen möchte."

Ich pruste los und verschränke die Arme. „Ich bin keine Nutte! Soll er sich doch eine Professionelle engagieren, die schleckt den Boden wahrscheinlich nackt für ihn ab."

„Ist das ein Nein?"

Ich zögere. Warum nur zögere ich?

Glücklicherweise klingelt in diesem Augenblick das Telefon der Anwältin. „Entschuldigen Sie, da muss ich rangehen." Sie verlässt das Badezimmer.

Ich bleibe zurück, immer noch kopfschüttelnd. Mein Blick fällt auf den Spiegel. Was findet der Typ nur an mir? Nicht, dass ich mich für hässlich halte. Aber anscheinend scheitert es nicht an seinen finanziellen Möglichkeiten, dass er sich gezwungen sieht, ausgerechnet mich zu fragen. Wenn er sogar eine Anwältin engagiert, die ihm seine Putzfrau einstellt, kann er nicht knapp bei Kasse sein. Die Zimmer wirken weniger bewohnt als ein Möbelhaus. Die Wohnung scheint einzig und allein seinen speziellen ... Vorlieben zu dienen.

„... ich glaube nicht, dass sie sich darauf einlässt ...", höre ich Frau Preus Stimme im Gang.

Ich gehe an die Badezimmertür und lausche: „Nein, darüber habe ich sie noch nicht informiert."

Nach einer Pause höre ich die Anwältin sagen: „Sie fragt sich, warum Sie keine Professionelle engagieren." Es bleibt lange still. Bestimmt muss sich die Anwältin so einiges anhören.

16

Plötzlich nähern sich ihre Schritte und sie drückt die Badezimmertür auf. „Er will Sie sprechen."

Nach kurzem Zögern nehme ich ihr Telefon und wispere eingeschüchtert in den Apparat: „Hallo?"

„Sie meinen also, ich soll Sie in Ruhe lassen und stattdessen eine Nutte anstellen?"

Er ist es, ich erkenne die Stimme sofort. Und sie klingt empört. Weil es mir nun doch peinlich ist, was ich vorgeschlagen habe, verschlägt es mir die Sprache.

„Ich will Sie!", erklärt er laut.

Jetzt wird es mir doch etwas zu viel: „Wie schön für Sie! Ich will aber nicht. Außerdem …"

Er fällt mir sofort ins Wort: „Die 50 Euro waren doch leicht verdientes Geld. Sie sollten wissen, es geht mir nicht darum, dass Sie wirklich etwas putzen. Der Putzdienst kommt einmal die Woche, um die ganze Wohnung auf Hochglanz zu bringen. Ich will Ihnen lediglich dabei zusehen, wie Sie auf dem Boden herumkriechen."

Ich lache und merke, dass ihn das ärgert.

„Wenn Sie das so lustig finden, warum tun Sie es dann nicht einfach? Sie erhalten 450 Euro im Monat und für jede Woche, die Sie durchhalten das Vierfache meines letzten Trinkgelds."

Er ist still und ich bin es auch, weil ich verwirrt versuche, zu errechnen, wie viel Zusatzverdienst ich dadurch jeden Monat hätte.

„Das sind 1.250 Euro jeden Monat", klärt er mich auf und ich merke, wie ich ernsthaft über sein Angebot nachdenke. Muss ich mich dafür schämen?

Was ist das für ein Stundenlohn? Das ist der Wahnsinn!

Als habe er meine Gedanken gelesen, sagt er: „Das sind im Schnitt ungefähr 80 Euro pro Stunde, dafür, dass ich Ihnen nur zusehe."

Tu das nicht, warnt mich mein Gewissen. Aber ich fühle, wie ich mehr und mehr in Versuchung gerate.

„Warum ich?"

„Weil Sie eine Anfängerin sind und mein Interesse geweckt haben. Außerdem hat mich meine letzte Putzfrau gelangweilt", informiert er mich sachlich. An seinem Tonfall merke ich, dass er genau spürt, wie er mich an der Angel hat.

Plötzlich sagt er kurz angebunden: „Geben Sie Frau Preu Ihre Handynummer, lesen Sie sich den Vertrag durch und schlafen Sie eine Nacht darüber! Ich rufe Sie morgen an." Dann legt er auf, bevor ich noch etwas sagen kann.

Frau Preu lächelt mich schief an, als ich ihr das Telefon zurückgebe. „Haben Sie noch Fragen?"

„Erklären Sie mir alles!"

Sie zeigt keinerlei Regung über mein Einknicken, sondern führt mich in die Küche. „Wenn Sie sich im Badezimmer umgezogen haben, dann sollten sie pünktlich um 19 Uhr hier in der Küche sein und auf ihn warten. Er ist immer sehr pünktlich, deshalb sollten Sie sich nie verspäten. Wenn Sie Termine ausfallen lassen, aus welchen Gründen auch immer, kann das zur sofortigen Sperrung Ihres kompletten Monatsgehaltes führen. Leisten Sie den Aufforderungen meines Mandanten Folge! Er wird Sie während der zwei Stunden duzen, Sie sollen ihn siezen und mit *Sir* ansprechen. Wenn er Sie ins Bad zurückgeschickt hat, ziehen Sie sich wieder um. Dann gehen Sie ins Wohnzimmer und verabschieden sich von ihm. Wenn er Fragen hat, beantworten Sie diese."

„So viele Regeln!", ächze ich. Mir wird immer unwohler. Aber ich habe ja noch nicht zugesagt.

„Er wird Sie nicht berühren, aber es bleibt ihm überlassen, wie nah er Ihnen kommt, wenn er Sie beobachtet. Er hat einen Stab, mit dem er Sie im Bedarfsfalle berühren kann. Aber keine Angst, er wird Sie nicht schlagen", erklärt die Anwältin sachlich.

„Im Bedarfsfall?" Mir ist schlecht. Allerdings schleicht sich auch eine merkwürdige Erregung in meinen Unterleib.

„Der Vertrag gilt immer nur einen Monat, wird dann neu verhandelt und neu unterzeichnet."

„Ah, das ist gut."

„Die meisten kommen über den ersten Monat nicht hinaus, allerdings nicht, weil sie nicht mehr wollen, sondern weil mein Mandant nicht verlängert. Er scheint sich schnell zu langweilen." Die Anwältin kann ein Grinsen nicht unterdrücken.

„Kann ich mir gut vorstellen. Ich fände es auch langweilig, wenn ich zweimal in der Woche zwei Stunden jemandem beim Putzen zusehen müsste."

Frau Preu lacht kurz, doch sie fängt sich sofort wieder. „Natürlich beinhaltet der Vertrag auch eine Verschwiegenheitsklausel. Sollte Ihnen zufällig die Identität meines Mandanten bekannt werden und sollten Sie diese preisgeben oder anderweitig über Ihre Arbeitsstelle sprechen, machen meine Kollegen und ich Ihnen die Hölle heiß. Darauf können Sie Gift nehmen." Dabei lächelt Frau Preu, als wolle sie mir die Zähne zeigen.

„Was soll ich denn sagen, wenn meine Freunde mich fragen sollten? Vorausgesetzt ich unterschreibe überhaupt." Ich versuche meine Stimme locker klingen zu lassen, bin aber schrecklich angespannt.

„Sie haben eine Putzstelle bei einem älteren Herrn, der alleine nicht mehr zurechtkommt. Auf dem Klingelschild steht Alfons Mader, ein Deckname, den Sie erwähnen dürfen."

„Ist er ein älterer Herr?"

Frau Preu zuckt mit den Schultern. „Tut mir leid, aber ich darf Ihnen darüber nichts sagen, sonst machen meine Kollegen *mir* die Hölle heiß." Sie grinst.

Wieder nicke ich, allerdings eher widerwillig. „Okay, dann gehe ich mal."

Frau Preu reicht mir einen großen Umschlag. „Hier ist alles drin. Der Vertrag enthält keine neuen Informationen mehr. Ich habe Ihnen alles gesagt. Lesen Sie ihn trotzdem aufmerksam, und wenn Sie etwas nicht verstehen, rufen Sie mich an!"

Mir fällt noch etwas ein. „Er meinte, ich solle Ihnen meine Handynummer geben. Er wollte mich morgen anrufen."

„Wirklich?" Frau Preu zieht überrascht die Augenbrauen hoch.

„Das sagte er."

„Ich kann mich nicht erinnern, dass er jemals die Privatnummer einer Klientin haben wollte." Sie zückt ihr Smartphone, ich nenne ihr meine Nummer und sie tippt rasend schnell die Ziffern ein.

Später, während der Arbeit, komme ich mit Jörg ins Gespräch.

„Sag mal, Jörg, würde es dir eigentlich etwas ausmachen, wenn ich einen Job auf 450-Euro-Basis annehme?"

„Willst du eine Gehaltserhöhung?", fragt er scherzhaft und ich boxe ihm freundschaftlich in die Seite.

„Ich habe ein Angebot bekommen, über das ich nachdenke." Während ich das so sage, wird mir klar, dass ich es wirklich ernsthaft in Betracht ziehe.

„Du hast doch nicht vor, bei mir aufzuhören?" Während Jörg das sagt, verschwindet der Schalk aus seinem Gesicht.

„Natürlich nicht!"

Er atmet hörbar aus. „Gott sei Dank! Ich dachte schon, du willst mich verlassen."

„Jörg, es geht um zwei Abende in der Woche. Ich dachte, Dienstag und Donnerstag. Da habe ich ja meist Frühschicht."

Jörg nickt, während er ein Bierglas unter den Zapfhahn hält. „Du weißt doch, dass du mich nicht fragen musst, wenn du einen 450-Euro-Job annimmst."

Da gehe ich zu ihm und drücke ihm einen Kuss auf die Wange. Mir ist durchaus bewusst, dass ich mich damit sehr weit aus dem Fenster lehne, aber wir sind gute Freunde, zumindest inzwischen. „Ich weiß, dass ich dich nicht fragen muss. Ich würde jedoch nie ohne deine Zustimmung … fremdgehen." Damit entlocke ich ihm ein Grinsen.

„Hier, bring deinem Herbert mal sein Bier!"

Er drückt mir das Bierglas in die Hand und ich gehe zu Herbert, der wie immer bereits am frühen Nachmittag mehr getrunken hat, als ihm guttut.

„Krieg ich auch ein Küsschen, mein Schätzchen?", fragt er und ich sehe mich beunruhigt nach Jörg um, der ist aber bereits in der Küche verschwunden.

Lediglich der neue Gast, der Schrank, wie ich ihn heimlich nenne, sitzt an seinem Stammplatz. Doch auch er beachtet uns nicht.

„Herbert, hier dein Bier. Lass es dir schmecken!" Ich bemühe mich, meine Stimme freundlich klingen zu lassen.

„Mir würde etwas ganz anderes schmecken, weißt du, Schätzchen." Er grinst mich frech an, sodass ich seine schlechten Zähne sehen kann.

Ich versuche, ihm das Bier mit größtmöglichem Abstand zu servieren. Aber er besitzt tatsächlich die Frechheit, mir in die Pobacke zu kneifen.

„Nimm deine Hand da weg! Sofort!", rufe ich laut und hoffe, dass Jörg in der Küche mich hört.

„Sie haben doch gehört, was die Dame gesagt hat!" Unser neuer Stammgast steht so plötzlich neben mir, dass ich zusammenfahre.

Doch nicht nur ich bin erschrocken. Auch Herbert scheint Respekt vor dem großen Mann zu haben und erklärt sofort kleinlaut: „War doch nur Spaß."

Der Schrank wendet sich an mich. „Sie sollten mit Ihrem Chef reden, damit der Kerl endlich Hausverbot bekommt!"

Ich nicke und als ich an dem Riesen vorbeigehe, hauche ich: „Danke! Dafür gebe ich Ihnen einen aus."

Während ich schnell hinter die Theke gehe, sehe ich, wie der Schrank Herbert etwas ins Ohr flüstert. Leider kann ich es nicht verstehen, aber Herbert fällt die Kinnlade runter. Der Schrank kehrt wieder zu seinem Tisch zurück, an dem ich ihn ebenso gut sehen kann wie Herbert, und ich frage ihn laut: „Was darf ich Ihnen spendieren?"

„Eine Tasse Kaffee wäre nett."

Ich lasse zwei Tassen Kaffee aus der Maschine. Es ist momentan noch nicht viel los und ich beschließe, mich zu unserem neuen Stammkunden zu setzen. Als ich mit den zwei Tassen auf ihn zugehe, schaut er mich überrascht an. Aber da er ein wenig lächelt, setze ich mich an seinen Tisch und frage: „Sie haben doch nichts dagegen?"

„Natürlich nicht", erwidert er, klingt aber nicht ganz ehrlich.

„Verstehe. Ich kann meinen Kaffee hinter der Theke trinken." Dabei versuche ich, nicht so enttäuscht zu klingen, wie ich mich fühle.

„Bleiben Sie! Es war nicht so gemeint", brummt er und ich grinse so lange, bis er ebenfalls ein Lächeln zulässt.

Ich kann Herberts Blick in meinem Rücken spüren. Es muss ihn sehr wurmen, mich hier mit dem Schrank am Tisch zu sehen, weil ich mich noch nie zu ihm gesetzt habe. Jörg hat das ein paar Mal gemacht, aber immer nur, wenn Herbert noch nicht zu viel Alkohol intus hatte.

Jörg streckt seinen Kopf aus der Küche und fragt, als er mich beim Schrank sitzen sieht: „Josi? Alles klar?"

„Alles in Ordnung!", antworte ich.

Als ich mich dem Schrank wieder zuwende, sieht er mich mit gerunzelter Stirn an. „Sie werden es ihm nicht sagen, oder?"

Ich weiß sofort, was er meint. „Nein, Herbert ist unser Stammkunde. Wenn der nicht mehr herkommen darf, bricht eine Welt für ihn zusammen. Wir sind für ihn ja fast schon sein zweites Zuhause."

„Deswegen darf er sich hier noch lange nicht so benehmen, als ob er zu Hause wäre."

Ich nicke. „Schon klar, aber es wäre mir trotzdem lieber, wenn der Vorfall unter uns bliebe. Ich werde schon mit Herbert fertig."

„Sie tun ja gerade so, als ob das die normalste Sache der Welt wäre", wendet der Schrank ein.

„Wenn Sie wüssten, was ich hier schon alles erlebt habe! Ich glaube, die Bedienung rangiert bei manchen Leuten, was die erotischen Phantasien angeht, gleich hinter den armen Zimmermädchen."

Der Schrank lacht auf. „Damit könnten Sie recht haben."

„Das bringt mich zu der Frage: Was verschlägt Sie denn seit Neuestem jeden Tag in unser Lokal?"

Er antwortet ernst: „Ich bin beruflich in der Gegend und sozusagen auf Abruf."

„Aha, was machen Sie denn beruflich, wenn ich fragen darf?", hake ich nach.

„Streng geheim", brummt er nur, schwächt die Aussage aber mit einem Lächeln ab.

„Darf ich dann wenigstens wissen, wie Sie heißen? Ich nenne Sie hinter Ihrem Rücken nämlich immer ..."

„... den Schrank. Das habe ich schon mitbekommen." Er lacht.

„Was?", hauche ich entsetzt. Doch weil sein ganzer Körper unter dem Lachen bebt, stimme ich mit ein.

„Ich heiße Hendrik, aber Sie können mich auch Henry nennen."

„Sie sehen ja ein bisschen aus wie der Ex-Mann von dieser amerikanischen Schauspielerin, von ..." Wie peinlich, dass mir der Name nicht einfällt! Während er mich überrascht ansieht, hasple ich weiter: „Sie wissen schon, diese Brünette, die so gut deutsch spricht, weil sie in Nürnberg aufgewachsen ist."

„Sie meinen Sandra Bullock?"

„Ja!"

„Glauben Sie mir. Wenn meine Frau Sandra Bullock und ich Jesse James heißen würde, dann wäre Sandra jetzt mit Sicherheit nicht meine Ex."

Weil ich wegen dem Arbeitsvertrag und Herberts Unverschämtheit noch ganz durcheinander bin, rede ich einfach weiter. „Sie sehen wirklich aus wie dieser Jesse James. Da haben Sie bestimmt auch ein paar Tattoos."

Er zögert kurz, dann schiebt er seine Ärmel eine Handbreit hoch. In diesem Moment klingelt sein Telefon.

Sofort steht er auf und verlässt das Lokal. Der Schrank telefoniert viel, wobei er meist angerufen wird. Ich räume die leeren Kaffeetassen zurück zur Theke.

Durch das Fenster sehe ich ihn vor dem Lokal auf und ab gehen. Als sich unsere Blicke treffen, wendet er sich ab. So wie er sich über die Stirn fährt, scheint es ein sehr ernstes Gespräch zu sein. Während ich die Gläser spüle, beobachte ich ihn weiter. Plötzlich wirft er mir erneut einen Blick zu, als würde er über mich sprechen. Ein ungutes Gefühl beschleicht mich, doch ich schüttle den Gedanken ab.

Herbert motzt leise vor sich hin: „Ist dir schon aufgefallen? Der verschwindet immer erst, kurz nachdem du gegangen bist. Will der was von dir?"

Als er meinen erstaunten Blick sieht, fügt er beleidigt hinzu: „Oder warum droht er mir, dass er mir die Nase bricht, wenn ich dich nicht in Ruhe lasse?"

Ich höre nicht auf Herbert, weil der eine blühende Phantasie hat, wenn er betrunken ist. Einmal hat er behauptet, er bekäme das Bundesverdienstkreuz, weil er sich schon seit über 20 Jahren aktiv gegen das Kneipensterben engagiert.

Die ersten Mittagsgäste kommen herein und ich bin viel zu beschäftigt, um mir weiter Gedanken zu machen. Irgendwann höre ich, wie das Telefon im Lokal klingelt und Jörg eine Weile telefoniert. Er kommt dabei nicht viel zu Wort, ist aber ganz Ohr.

Als der Mittagstrubel vorbei ist, nimmt Jörg mich zur Seite: „Sag mal, hat der Herbert dir tatsächlich an den Arsch gefasst?"

„Hast du das von unserem Schrank?", platzt es aus mir heraus und ich schaue zu Henry hinüber. Der aber sitzt, wie immer, ruhig an seinem Platz und schaut auf sein Handy.

„Nein, ich habe einen Anruf bekommen. Da war ein Mann dran und hat behauptet, ich würde nicht gut auf dich aufpassen, weil ich zulasse, dass sich dieser, ich zitiere, ‚alte Sack' an dir aufgeilt."

Ich bin sprachlos: „Das war aber sicher nicht Henry am Telefon, oder?"

„Henry?"

„Der Schrank", bemerke ich und deute mit dem Kinn in dessen Richtung.

„Nein, ganz sicher nicht", erwidert Jörg und fragt: „Also, hat dich Herbert nun angetatscht oder nicht?"

„Ja, hat er."

Jörg ist kurz vor dem Ausflippen und hält nur mit Mühe seine Stimme im Zaum. „Und warum in aller Welt erfahre ich das von einem anonymen Anrufer, der mich beschimpft und mir droht, er würde mich fertigmachen, wenn dir hier etwas passiert?" Jörg schnappt nach Luft.

Jetzt bin ich genauso aufgebracht wie er. „Es tut mir leid, Jörg!", seufze ich. „Henry hat mir geholfen und Herbert hat sich mehr oder weniger entschuldigt. Damit war die Sache für mich erledigt."

Jörg wendet sich ab und geht wütend in die Küche. Ich weiß, dass er nicht lange böse mit mir sein wird, weil er nie jemandem lange böse sein kann. Trotzdem nehme ich mir vor, den guten Henry in nächster Zeit etwas im Blick zu behalten. Von wem, wenn nicht von ihm, kann dieser anonyme Anrufer erfahren haben, was geschehen ist?

Abends zahlt Henry, als abzusehen ist, dass ich bald Feierabend mache. Er verlässt das Lokal, ohne sich noch einmal umzusehen, und fährt mit seinem Wagen, einem alten Transporter, davon. Bevor ich mich auf den Heimweg mache, verabschiede ich mich von Jörg, der mir noch immer nur mit einem Brummen antwortet.

Den ganzen Abend über beschäftige ich mich mit dem Vertrag, den mir die Anwältin gegeben hat. Es handelt sich um ein mehrseitiges Exemplar in der üblichen Juristensprache.

Letztendlich hat Frau Preu nicht gelogen, als sie sagte, sie hätte mir alle Details genannt. Mir fällt noch auf, dass ich die Kleidung nach dem Gebrauch wieder im Badezimmer zu lassen habe und nicht behalten darf. Ich darf den Sir nur ansehen, wenn er mich dazu auffordert, und er wird sein Gesicht immer unter einer Maske verbergen, wenn er die Wohnung betritt. Das ist auch der Grund, warum ich auf keinen Fall im Flur sein darf, wenn er ankommt. Die 450 Euro werden mir jeden Monat überwiesen, ein Trinkgeld ist Verhandlungssache und wird direkt nach erledigter Arbeit in bar ausbezahlt.

Ich lege den Vertrag auf den Küchentisch. Der kann mir ja viel erzählen! Hinterher verarscht er mich nur und ich mache die ganze Sache doch nur für 450 Euro, auch wenn das für vier Stunden Pseudoputzen immer noch gut bezahlt ist. Habe ich etwas zu verlieren? Es geht nur um einen Monat, dann kann ich wieder aufhören. Ich könnte sogar jederzeit aufhören und verzichte dann eben auf die Bezahlung für diesen einen Monat.

Spät am Abend gehe ich ins Bett und versuche, alle Gedanken an diesen Job zu verdrängen.

Der nächste Tag, ein Donnerstag, beginnt für mich mit der Frühschicht. Als mein Telefon hinter der Theke klingelt, werfe ich nur einen kurzen Blick auf das Display. Der Anrufer hat seine Nummer unterdrückt. Für Leute, die inkognito anrufen, weigere ich mich meine Arbeit zu unterbrechen. Das Telefon klingelt hartnäckig, doch ich ignoriere es. Die Frühstücksgäste haben Hunger und wollen versorgt werden. Außerdem sieht Jörg es nicht gern, wenn während der Arbeit privat telefoniert wird. Er ist heute nicht mehr böse auf mich, dennoch möchte ich es mir mit ihm nicht verscherzen.

Kurze Zeit später erscheint Henry im Lokal. Er wirft nur einen Blick zu mir herüber, legt seinen Mantel über die Stuhllehne und geht sofort wieder raus, um einen Anruf zu erledigen. Einige Minuten später setzt er sich an seinen Stammplatz und bestellt eine Tasse Kaffee.

Am frühen Nachmittag verlasse ich das Lokal und sofort klingelt mein Telefon wieder. Wieder ist die Nummer unterdrückt. Doch diesmal nehme ich ab: „Josefine Wagner."

„Ich hatte doch gesagt, ich rufe Sie an. Gehen Sie gefälligst an Ihr verdammtes Handy, wenn ich anrufe!", schimpft eine mir inzwischen wohlbekannte Stimme.

„Hallo, es freut mich auch, von Ihnen zu hören", erwidere ich übertrieben freundlich, weil mir sein Ton nicht gefällt.

Er atmet tief durch. „Hatten Sie nicht einmal fünf Minuten Zeit, um mit mir zu telefonieren?"

„Sie möchten doch sicher auch nicht, dass ich während des Putzens ans Telefon gehe, oder?", gurre ich.

Da antwortet er sofort: „Sie haben sich also dafür entschieden?"

„Das habe ich nicht gesagt." Ich will ihn zappeln lassen, aber er lässt sich nicht darauf ein.

„Ich werde Sie nicht anbetteln. Sie haben sich doch längst dafür entschieden. Geben Sie es zu!"

„Wie kommen Sie darauf?" Sein überheblicher Ton fordert mich heraus.

„Weil Sie es kaum erwarten können, bei mir anzufangen", behauptet er leise, klingt dabei aber absolut sicher.

„Sie bilden sich ganz schön was ein, wissen Sie das?"

„Ich kann mir das erlauben. Geben Sie mir nun Ihre Antwort, sonst lege ich auf und Sie hören nichts mehr von mir."

Als ich zu lange zögere, höre ich ihn schon sagen: „Also dann, auf Wie…"

„Halt! Warten Sie!"

Sein anzügliches „Ja?" lässt mich meinen flehenden Ton bereits bereuen.

„Ich habe mich entschlossen, dass ich es ausprobiere. Aber wenn es nichts für mich ist, höre ich sofort wieder auf."

Obwohl ich keinen Ton höre, habe ich das Gefühl, dass er grinst. „Heute Abend 18.45 Uhr in der Wohnung. Seien Sie pünktlich!"

„Aber …"

Doch er hat schon aufgelegt.

Klar, heute ist ja Monatsanfang. Wie dumm von mir!

Als ich zu Hause ankomme, steht schon Frau Preu vor meiner Tür. „Frau Wagner, ich bin hier, um den Vertrag abzuholen und Ihren Daumenabdruck einzuscannen." Unaufgefordert folgt sie mir in meine Wohnung.

Ich unterschreibe wortlos den Vertrag und lege meinen Daumen auf eine Art tragbaren Scanner.

„Würden Sie hier bitte Ihre Kontodaten eintragen?" Dabei tippt sie auf die entsprechende Stelle im Vertrag.

„Ja, natürlich", wispere ich kleinlaut.

Sie lächelt, als Sie geht. „Ich wünsche Ihnen viel Spaß. Wir sehen uns spätestens in einem Monat wieder."

Ich schließe die Tür hinter ihr und werfe einen Blick auf die Uhr. Gerade noch genug Zeit, um zu duschen und dann muss ich auch schon los.

„Scheiße!", sage ich laut. Was hab ich mir da bloß eingebrockt?

Schrecklich aufgeregt lege ich wenig später den Daumen auf das Bedienfeld an der Wohnungstür, immer und immer wieder. Meine Nervosität nimmt nicht gerade ab, als sich die Tür nicht öffnet. Aber ich gebe nicht auf. Es ist bereits fünf vor sieben, als ich endlich grünes Licht bekomme. Hektisch entkleide ich mich an der Garderobe und betrete das Badezimmer.

Fein säuberlich aufgeschichtet liegt auf dem Stuhl eine Art Kostüm, naja, bestenfalls eine Art Karnevalskostüm, das sicherlich unter dem Motto „Sexy Putzfrau" laufen würde. Das Kleid ist extrem kurz! Vom rosa Stoff heben sich an manchen Stellen schwarze Applikationen ab. Jeder Saum ist mit weißen Rüschen verziert. Einen BH kann ich nicht finden, weshalb ich einfach meinen anlasse. Der Ausschnitt des Kleides ist nämlich ziemlich tief. Dafür ist die weiße Rüschenunterhose schön züchtig.

Ich schlüpfe in die halterlosen Strümpfe. Die hochhackigen schwarzen Lackschuhe passen wie angegossen. Mit so einem Outfit habe ich nicht gerechnet! Obwohl, im Nachhinein fällt mir auf, dass Frau Preus Miene bei dem Wort *Arbeitsuniform* leicht entgleist ist. Ich versuche mir keine Gedanken darüber zu machen, dass ich nicht einmal meine eigene Unterhose anbehalten darf.

Auf dem Waschbecken liegen ein Haargummi und ein Zettel: *Pferdeschwanz!*

Da höre ich eine unwirsche Stimme im Flur. „Sind Sie etwa noch im Bad?"

„Ich bin sofort fertig", flöte ich und binde meine Haare zusammen. Hoffentlich kann er mir meine Aufregung nicht anhören.

„Gehen Sie in die Küche und melden Sie sich, wenn Sie so weit sind", brummt er mürrisch.

„Jaha", hauche ich leise.

Jetzt höre ich ihn direkt hinter der Tür knurren: „Und überlegen Sie sich bitte, wie Sie mich nennen sollen!"

„Ja … Sir", flüstere ich noch leiser.

Seine Stimme klingt sehr anziehend, obwohl sie so hart und unfreundlich ist. Er wirkt so dominant, als sei er über alles erhaben.

Einen Moment warte ich, dann öffne ich die Badezimmertür und husche in die Küche.

„Bin so weit", rufe ich möglichst freundlich und höre schnelle Schritte auf die Küche zukommen.

Ein Mann mit einer Haube, wie sie die Motorradfahrer manchmal unter dem Helm tragen, betritt die Küche. Er ist auch sonst vollkommen schwarz gekleidet. Die schwarze Stoffhose ist faltenfrei. Der eng anliegende schwarze Pullover hat vermutlich einen Rollkragen, was ich nicht richtig sehen kann, weil die Maske den Hals verdeckt. Außer seinen Händen und der Partie um die Augen sehe ich keinerlei Haut. Gerade, als ich mir seine Augen näher ansehen will, braust er auf: „Bist du fertig damit, mich anzustarren?"

„Entschuldigung", hauche ich beleidigt und blicke zu Boden.

„Entschuldigung ... und wie weiter?"

„Entschuldigung, Sir", raune ich und starre immer noch auf den Boden.

Ich sehe aus dem Augenwinkel, wie er seine verschränkten Arme löst und die Hände in die Hosentaschen schiebt. Dann geht er auf mich zu und ich erschaudere.

„Der Blick auf den Boden ist in Ordnung so", lobt er mich, während er mich einmal umrundet. „Sehr nett das Kostüm, steht dir gut. Nimm die Hände vor der Hüfte zusammen!"

Ich tue es und er verbessert mich: „Nicht so! Halte eine Hand mit der anderen fest! Ja, genau so. So möchte ich dich immer hier stehen sehen, wenn ich den Raum betrete, und zwar pünktlich um 19 Uhr, verstanden?"

„Ja, Sir!"

„Ich werde dir deine Unpünktlichkeit vom Trinkgeld abziehen oder willst du die fünf Minuten nacharbeiten?"

Ich überlege.

„Also nacharbeiten, sehr gut." Er hat einfach für mich entschieden!

Dann geht er ein Stück von mir weg. Ich spüre, dass sein Blick auf mir ruht. Plötzlich knarrt die Küchentür. Ich traue mich kaum, hochzusehen, aber meine Neugier überwiegt. Hinter der Tür holt er eine Art Stock hervor. Schnell senke ich wieder den Blick, doch er hat es bereits bemerkt.

„Das ist eine Gerte ... ohne Schlag", erklärt er und kommt damit auf mich zu.

Unwillkürlich weiche ich zurück.

„Du bleibst immer in deiner Position, bis du von mir neue Anweisungen erhältst", befiehlt er und der Stab nähert sich meinem Ausschnitt.

Ich bleibe, wo ich bin, und nehme wieder die gewünschte Stellung ein.

Mit dem Stab hebt er den Stoff meines Oberteils ein Stück hoch und späht dahinter. „Tststs! Das süße Ding gehört aber nicht zu deinem Kostüm."

Er tritt noch näher an mich heran und starrt in meinen Ausschnitt. Die Gerte fährt in meinen BH. „Das nächste Mal ziehst du nur die Sachen an, die auf dem Stuhl liegen, verstanden?"

Ich keuche, weil der Stab immer noch in meinem Ausschnitt festhängt.

„Verstanden?", herrscht er mich an.

„Ja, Sir", presse ich hervor und muss mich zusammenreißen, um nicht zu schreien vor Anspannung.

„Auf eine Frage will ich eine Antwort. Immer!", fordert er etwas ruhiger und zieht den Stab aus meinem Ausschnitt zurück. Ich atme auf. Er geht noch einmal um mich herum. „Gibt es sonst noch etwas, was du beichten möchtest, bevor wir loslegen?"

„Nein, Sir", hauche ich. Er will jetzt sicherlich nicht von mir hören, dass ich als Kind die Pausenbrote meiner Mutter immer im Mülleimer an der Bushaltestelle entsorgt habe, oder?

Während er an mir vorbeigeht, fährt er mit der Gerte meinen Rücken entlang und ich bekomme eine Gänsehaut.

Hinter mir schlägt Holz gegen Holz.

Dann stellt er einen Stuhl vor mich hin, lässt sich darauf betont lässig nieder und betrachtet mich.

Obwohl ich mich nicht traue, ihn anzusehen, spüre ich wieder seine Blicke über meinen Körper gleiten, als sauge er mich in sich auf. Verkrampft versuche ich mich mit dem schlechten Gewissen wegen der vielen Pausenbrote abzulenken.

„Bist du gelenkig?", fragt er nach einer Weile.

„Naja ...", beginne ich.

„Eine Antwort!"

„Nein, Sir", sage ich, bevor er einen Spagat von mir verlangt.

„Hat sich der jahrelange Ballettunterricht etwa nicht ausgezahlt?" Auf meinen überraschten Blick hin ergänzt er spöttisch: „Ich habe mich über dich erkundigt. Was dachtest du denn?"

„War das eine Frage, Sir?"

Er lacht heiser und schlägt sich mit der Gerte ein paar Mal auf die Handfläche. „Nicht direkt. Ich sehe schon, du musst noch sehr viel lernen. Aber ich habe jetzt bereits eine Menge Spaß mit dir."

Es ist einen Moment lang still, dann befiehlt er plötzlich mit harter Stimme: „Dreh dich um!"

Ich gehorche sofort.

„Berühre mit deinen Händen den Boden!"

Ich gehe in die Hocke und er unterbricht sofort: „Nein! Lass die Beine durchgestreckt!" Er klingt genervt.

Da ich zögere, steht er auf und ich spüre schon die Gerte im Rücken. „Rücken nach unten, Beine gerade! Mal sehen, wie tief du kommst."

Ich strecke rasch meine Beine durch.

„Du bist viel zu schnell." Ich richte mich wieder auf und schaue ihn fragend an. „Merk dir, du lässt dir für alle Bewegungen, die ich dir auftrage, sehr viel Zeit, wie eine Katze, die sich genüsslich streckt!" Er spricht immer langsamer, als ob er mir vormachen müsste, wie er sich meine Bewegungen vorstellt. Dann fügt er hinzu: „Ich werde dich *Kätzchen* nennen, einverstanden?"

„Ja, Sir", antworte ich sofort.

Er setzt sich wieder auf den Stuhl. „So, und jetzt noch einmal ganz von vorn. Bücken!"

Ich bücke mich ganz langsam in Richtung Boden und spüre, wie der Rock hochrutscht. Glücklicherweise habe ich diese geräumige Unterhose an. Dennoch fühle ich mich bloßgestellt, als ich merke, dass mein Po nur noch durch eine Unterhose von diesem Mann getrennt ist.

Ich schaffe es, meine Handflächen auf den Boden zu legen, weil das für mich noch nie ein Problem war. Gut, dass ich die Pausenbrote nicht gegessen habe, sonst wäre das jetzt hier nichts mit einen auf gelenkiges Kätzchen machen!

„Gut, mein Kätzchen, bleib so!" Er steht auf.

Mir stockt der Atem, als er hinter mir in die Hocke geht und mich ganz genau ansieht.

„Jetzt wäre es angenehm, wenn der BH nicht da wäre", seufzt er schließlich und setzt sich wieder hin. „Geh auf alle viere!"

Ich tue es, doch wieder zu schnell.

„Langsam, Kätzchen, du musst hier kein Wettrennen gewinnen!"

Ich bremse mich in der Bewegung.

„Besser", höre ich ihn brummen. „Jetzt kommst du zu mir, aber ohne mich zu berühren."

Ich will aufstehen.

„Nein! Habe ich etwa gesagt, dass du aufstehen sollst? Auf allen vieren!", herrscht er mich an.

Der Ton lässt mich erstarren und ich stehe mit hängenden Schultern vor ihm.

Da murmelt er: „Nanana, wer wird denn so leicht einzuschüchtern sein! Ich sehe schon, mit meinem Kätzchen muss ich viel Geduld haben. Also noch einmal: Du kommst jetzt auf allen vieren zu mir."

Ich wende mich zu ihm um und krabble ganz langsam auf ihn zu, ohne ihn anzusehen.

„Kopf hoch!", ruft er und ich kann mir schon denken, warum. „Ja gut! Du hebst immer den Kopf, wenn du dich so bewegst, verstanden?"

„Ja, Sir." Dann halte ich vor ihm an, mein Gesicht ist genau auf der Höhe seiner Knie und ich starre geradeaus. Er öffnet seine Beine. „Komm noch ein Stück näher!" Oh Gott! Ich hätte meine Pausenbrote essen sollen. Dies ist meine Strafe.

Sobald ich mich bewege, zieht er erregt den Atem ein. „Stopp!", ruft er, kurz bevor eine Berührung unvermeidlich geworden wäre. „Sieh mich an!"

Ganz langsam heben sich meine Lider.

Sein intensiver Blick trifft mich unvorbereitet und ich versinke in seinen tiefen, dunklen Augen.

„Sieh dir an, was du mit mir machst!" Sein Blick wandert zu seinem Schritt.

„Sieh hin!", befiehlt er, als ich nicht reagiere. Dann beobachtet er mich genüsslich dabei, wie mein Blick auf die Beule in seiner Hose fällt. „Deswegen, mein Kätzchen, lasse ich dich so vor mir herumkriechen. Du machst mich unglaublich geil! Also glaub ja nicht, dass du hier eine nette Putzstelle innehast."

Ich schlucke und als er bemerkt, dass ich wegsehen will, legt er die Gerte unter mein Kinn. „Ich möchte, dass du dir meinen Ständer ansiehst und dir merkst, wie du auf mich wirkst. Ich werde dir nichts tun, dich nicht einmal berühren. Aber denke daran, dass du auch andere Männer geil machst! Die haben vielleicht weniger Spaß daran, sich nur aufs Zuschauen zu beschränken."

„Ja, Sir", hauche ich und starre auf die gespannte Hose, die so aussieht, als könne sie dem Druck nicht mehr lange standhalten. Wieso kann ich jetzt nicht mehr an meine Pausenbrote denken?

„So, mein Kätzchen, jetzt bewegst du deinen süßen Arsch unter die Spüle und räumst den ganzen Schrank aus. Auf den Knien natürlich!" Er zieht die Gerte unter meinem Kinn weg.

Während ich langsam zur Spüle krabble, rutscht er seinen Stuhl in eine andere Position.

Sobald ich den Schrank geöffnet habe, bestimmt er, was ich als Erstes herausnehmen soll. Während der ganzen Aktion führt er mich mit seinen Anweisungen und ich bewege mich genau so, wie er es verlangt. Zu meinem Entsetzen stelle ich fest, dass ich feucht im Schritt werde. Das hätte ich nicht erwartet!

Ich räume den ganzen Schrank aus, der jede Menge Putzutensilien enthält. „So, Kätzchen, das hast du gut gemacht. Du befeuchtest jetzt den blauen Lappen und dann wischt du den Schrank aus und zwar bis in die hinterste Ecke! Ich möchte, dass du immer von ganz vorne bis ganz hinten durchwischt."

Beim Aufstehen bemerke ich, dass meine Knie entsetzlich schmerzen. Als ich vor der Spüle stehe und das Wasser laufen lassen, steht er plötzlich hinter mir. Ich zucke zusammen.

„Hey Kätzchen, du brauchst dich wirklich nicht vor mir zu fürchten! Auch wenn ich zugeben muss, dass mich das noch schärfer macht." Ich spüre seine Gerte an meinem Bein. „Wenn du in Zukunft etwas an dieser Spüle machst, dann möchte ich, dass du einen Fuß auf die Arbeitsfläche stellst."

Die Gerte drückt von unten gegen meinen Unterschenkel und ich hebe langsam mein Bein. Dann stelle ich meinen Fuß auf die Kante der Arbeitsplatte.

„Ja, genau so", sagt er.

Da spüre ich die Gerte in meinem Schritt. Nur ganz kurz hat er darüber getätschelt – und ein Pulsieren entfacht.

„Interessant", höre ich ihn flüstern, bevor er wieder zu seinem Stuhl zurückkehrt.

Hat er etwa erkannt, dass meine Hose von meiner eigenen Feuchtigkeit durchtränkt ist? Ich bin froh, einen BH anzuhaben! Sonst wären auch noch die harten Nippel meiner Brüste zu sehen.

Mit dem feuchten Lappen in der Hand lasse ich mich ganz langsam auf die Knie sinken. Da es sich um eine Eckspüle mit großem Unterschrank handelt, muss ich mich beim Wischen strecken, um die hintersten Winkel zu erreichen.

„Kätzchen!", höre ich ihn nach einer Weile heiser raunen. „Spreiz deine Beine etwas mehr für mich!"

Ich tue, was er sagt, und halte kurz inne, weil er schon wieder aufsteht und sich mir nähert. Die Gerte schiebt den Rock ein Stück weiter nach oben.

Dann setzt er sich wieder. „Mach nur weiter, sonst wirst du heute nicht mehr fertig!"

Ich wische mit voller Hingabe und lasse mir alle Zeit der Welt.

„Jetzt darfst du den Schrank wieder einräumen", sagt er schließlich.

Beim Einräumen schiebe ich die Sachen ganz weit nach hinten in den Schrank, weil ich weiß, dass ihm das gefällt.

Als ich endlich fertig bin und die Schranktür schließe, will er, dass ich aufstehe. Dafür bin ich dankbar, weil ich kaum noch knien kann.

„So, Kätzchen, für heute ist genug. Du darfst dich jetzt anziehen gehen und dann kommst du zu mir ins Wohnzimmer. Falls du duschen willst, habe ich nichts dagegen. Im Bad findest du alles, was du brauchst." Er steht auf und verlässt die Küche.

Sobald ich mir sicher bin, dass er im Wohnzimmer verschwunden ist, eile ich ins Bad und entkleide mich hektisch.

Wie ich schon befürchtet habe, ist die Unterhose verräterisch nass. Diesen Beweis meiner Geilheit kann ich unmöglich hier liegen lassen! Beinah muss ich lachen. Ich habe doch nur geputzt! Schnell ziehe ich mich um und schlüpfe auch gleich in meine Jacke. Dann stopfe ich die Unterhose in die große Jackentasche und gehe zur Wohnzimmertür, die nur angelehnt ist.

„Kommen Sie herein!" Seine Stimme ist höflich.

Langsam betrete ich das Wohnzimmer. Er hat sich soeben die Maske wieder aufgesetzt und nestelt daran herum, bis sie sitzt.

„Setzen Sie sich doch!"

Weil es erst kurz vor halb neun ist, habe ich keinen Grund zur Eile.

Als er mich so durch den Raum schleichen sieht, lacht er. „Sie dürfen sich jetzt wieder ganz normal bewegen."

Ich versuche ein Lächeln, traue mich aber immer noch nicht, ihn anzusehen.

„Und Sie dürfen mich auch ansehen. Sie haben doch nicht wirklich Angst vor mir, oder?"

Ohne zu antworten setze ich mich auf den Sessel gegenüber der Couch, wo er Platz genommen hat.

Ich kann nicht verhindern, dass mein Blick auf seinen Schritt fällt. Denn ich will einfach wissen, ob er immer noch erregt ist. Es ist nichts mehr davon zu erkennen.

Doch ihm ist sofort klar, was ich gesucht habe. „Nein, ich laufe nicht den ganzen Tag mit einem Ständer herum", sagt er lachend, aber ich fühle mich immer noch unwohl.

„Werden wir uns nächsten Dienstag sehen?", fragt er und legt den Kopf schief.

„Ich denke schon", antworte ich.

„Schmerzen Ihre Knie?"

„Geht schon", brumme ich, obwohl ich höllische Schmerzen habe.

„Dann können Sie ja am Dienstag die ganzen zwei Stunden auf dem Boden kniend verbringen", stellt er fest und weil ich erschrocken die Augen aufreiße, tadelt er mich sofort: „Wenn wir gut zusammenarbeiten wollen, dann müssen Sie ehrlich zu mir sein."

„In Ordnung. Meine Knie tun so weh, dass ich es fast nicht mehr aushalte."

„Das wird besser. Bitten Sie mich nächstes Mal einfach um ein Kissen, wenn ich selbst nicht daran denke! Ich bin zugegebenermaßen ziemlich abgelenkt und achte nicht immer auf alle Details."

Ich nicke.

„Hat es Sie erregt, dass ich Ihnen zugesehen habe?"

Ich muss an die nasse Unterhose denken, die in meiner Jackentasche auf die Waschmaschine wartet.

„Es hat Sie erregt", bestätigt er sich selbst und ich höre an seiner Stimme, dass er zufrieden lächelt.

Wie sein Lächeln wohl aussieht? Ich lenke mich mit einem Blick auf seine schwarzen Socken ab, betrachte die eng anliegende Hose und den Pullover, in dem ein muskulöser Oberkörper steckt.

„Wie es scheint, bekomme ich zumindest heute keine Antwort darauf", stellt er fest und mustert mich mit einem schiefen Blick, bevor er sagt: „Sie dürfen jetzt gehen."

Ich stehe sofort auf. Auch er erhebt sich und zieht seine Geldbörse aus der Hosentasche. Er holt einen grünen Schein heraus und reicht ihn mir über den Tisch. „Auf Wiedersehen, Frau Wagner."

Ich greife hastig nach dem Geld und verabschiede mich kurz, bevor ich die Wohnung fluchtartig verlasse.

Zuhause angekommen bin ich immer noch so erregt, dass ich nicht anders kann, als mich selbst zum Höhepunkt zu bringen. Dabei stelle ich mir vor, wie mein Auftraggeber mich vor dem Spülenschrank von hinten berührt. Obwohl ich mich anfangs ziere, verführt er mich – aber wie!

Bis zum nächsten Dienstag höre und sehe ich nichts mehr von dem geheimnisvollen Fremden. Ich muss das ganze Wochenende arbeiten und habe dafür am Montag und Dienstag frei. Weil ich aber den ganzen Dienstag über nervös bin, putze ich wie besessen meine Wohnung. Erstaunt ertappe mich dabei, wie ich verschiedene Stellungen ausprobiere, die meinem Arbeitgeber gefallen könnten.

Kurz bevor ich mich auf den Weg zu ihm machen will, klingelt mein Telefon. „Hey Josi, hier ist Carina. Wie wäre es mal wieder mit einem Mädelsabend?"

„Klar, wann denn?"

„Donnerstag, 20 Uhr", sagt Carina fröhlich.

„Oh Mist, ich komme, aber sicher erst nach neun. Ich hab da eine Putzstelle", erkläre ich und obwohl Carina wie immer neugierig ist, vertröste ich sie auf Donnerstag.

Anschließend mache ich mich mit Handcreme bewaffnet auf den Weg zu meinem Date mit Herrn Alfons Mader. Während ich mit dem Aufzug nach oben fahre, creme ich mir die Hände ein und bin froh, dass der Türscanner meinen Abdruck diesmal sofort erkennt. Mit schlechtem Gewissen ziehe ich das frischgewaschene Höschen aus meiner Handtasche und lege es auf den Waschbeckenunterschrank.

Dann betrachte ich mein heutiges Outfit: ein weißes Engelskostüm, noch kürzer als das letzte Kleid. Zu allem Überfluss hat er nur einen String dazugelegt. Ich glaub, ich spinne!

Oben herum ist das langärmlige Kleid ziemlich weit geschnitten. Wie wird sich das wohl machen, wenn ich mich bücke? Bei den Klamotten traue ich mich nicht mehr, zu schwindeln. Aber eines lasse ich mir nicht nehmen: Ich klebe meine mitgebrachte Slipeinlage in den String, auch wenn da der Klebestreifen kaum Halt findet.

Für meine Haare finde ich nichts, das heißt dann wohl, dass sie offen bleiben sollen. Allerdings brauche ich für die winzigen Schließen der silbernen Riemchenstiefel so lange, dass ich erst in letzter Minute in die Küche hetze. Gerade, als ich mich dort aufstelle, höre ich, wie die Wohnungstüre aufgeht.

Es dauert einen quälend langen Moment, bis er die Küche betritt. Er ist wieder komplett schwarz gekleidet, inklusive Maske. Schweigend nimmt er sofort die Gerte von dem Haken an der Küchentür und kommt zu mir.

Als Erstes kontrolliert er meinen Ausschnitt. Dann hebt er mit der Gerte das Röckchen, bevor er sich zufrieden äußert: „Brav, Kätzchen! Da bin ich doch bereit, dir das mit dem Höschen vom Donnerstag zu verzeihen."

„Ich habe sie gewaschen und wieder mitge…"

Aber er fährt mir über den Mund: „Habe ich dich zum Sprechen aufgefordert?"

„Nein, Sir", hauche ich.

„Die Sachen bleiben hier, verstanden?"

„Ja, Sir."

„Warum hast du das Höschen mitgenommen? War es feucht, Kätzchen?"

Ich antworte nicht.

„Sag schon! Und lüg mich ja nicht an!", knurrt er und stellt sich ganz nah vor mich.

Die Gerte fährt unter mein Kinn und hebt meinen Kopf, bis ich ihn ansehe.

„Ja", hauche ich.

Er knurrt etwas Unverständliches und lässt die Gerte sinken. „Wir gehen heute ins Schlafzimmer. Das Bett muss frisch bezogen werden", erklärt er und verlässt die Küche.

Ich folge ihm ins Schlafzimmer.

Das große Doppelbett ist zerwühlt, als hätte dort eine Kissenschlacht stattgefunden. Er lässt sich auf der einen Seite des Bettes nieder und klopft neben sich.

„Bezieh erst die eine Seite und dann die andere. Auf allen vieren! Die frische Bettwäsche liegt am Boden und ich möchte, dass du sie vom Bett aus auf allen vieren aufhebst. Aber pass auf, dass dein Hintern immer in meine Richtung zeigt!"

Ich knie mich auf das Bett.

„Zuerst das Kissen!"

Während ich schon auf ihn zu krabble, fällt mir ein, den Kopf zu heben.

Ohne Zweifel sieht er mehr, als ich jemals einem Fremden zugestehen würde. Doch mehr noch graut mir davor, mich umzudrehen und ihm meinen Hintern in diesem String zu präsentieren.

„Kätzchen, du bringst mich zum Schnurren", brummt er leise und ich greife nach dem Kissen.

„Meinst du, du kannst es hinter deinem Rücken abziehen?", fragt er.

Ich halte mir das Kissen hinter den Rücken. Dabei knie ich sehr nahe vor ihm. Er scheint es zu genießen, wie ich ihm meine Brüste entgegenstrecke. Ich kann nicht verhindern, dass sich unter seinem geilen Blick meine Nippel aufrichten. Zu allem Überfluss hält er auch noch die Gerte so unter meine Brüste, dass der Stoff eng anliegt.

Es gelingt mir nicht, den Bezug von dem Kissen abzustreifen, und ich werde immer hektischer.

„In Ordnung! Mach es so, wie du es kannst", gestattet er sanftmütig und zieht die Gerte langsam unter meinen Brüsten durch.

Nun lässt sich der Bezug ganz leicht abstreifen. „Wohin mit der Schmutzwäsche?", frage ich.

„Leg sie neben die frische Wäsche auf den Boden. Aber ein Stück nach dem anderen."

War ja klar!

„Hey Kätzchen, heute schlechte Laune?", fragt er mich unvermittelt und ich presse ein „Nein, Sir!" hervor.

„Gut, dann mach weiter!"

Ich krabble von ihm weg zu dem Berg mit der sauberen Wäsche und beuge mich ganz langsam über die Bettkante hinunter, um den alten Kissenbezug gegen einen frischen auszutauschen.

„Halt!", ruft er plötzlich streng und ich erstarre. „Was ist das?"

„Was?", frage ich leicht genervt, weil ich gerade in einer absolut peinlichen Stellung bin, in der mein Hintern beinahe blank vor ihm in die Höhe ragt.

Er lacht kurz auf, klingt dabei aber eher verzweifelt. „Was hängt da aus dem String heraus?", fragt er fassungslos.

Ach du grüne Neune! Ich hatte die Slipeinlage ganz vergessen. Bestimmt ist sie verrutscht. „Gar nichts, Sir", wispere ich beschämt und merke, wie er näherkommt.

Ich beiße mir nervös auf die Unterlippe.

„Kätzchen, ich bin nicht blind." Seine Stimme klingt drohend. „Das ist eine Slipeinlage!"

„Scheiße, ja!", platzt es aus mir. „Ich meine ... Ja, Sir!"

Er lässt sich auf das Bett fallen und nach einen lauten Seufzen fängt er an zu lachen, so laut und herzhaft, dass ich nur mitlachen kann. Ich richte mich auf und pruste los, bis er plötzlich verstummt. „Geh ins Bad und entferne das verdammte Ding!", befiehlt er finster.

„Ja, Sir", wispere ich und mache mich auf den Weg.

So schnell es die silbernen Stiefel zulassen, renne ich ins Bad. Ein Blick in den Spiegel bestätigt meine Vermutung, dass ich tiefrot angelaufen bin. Ich sehe erhitzt, regelrecht erregt aus! Meine Lippen sind blutrot, meine Augen, die wirklich leicht an die einer Katze erinnern, blicken mich geradezu auffordernd an. Mir ist klar, dass es nicht Sinn und Zweck dieser Veranstaltung ist, meinen Arbeitgeber zum Lachen zu bringen, aber irgendwie hat das die Situation für mich aufgelockert. Er hat zwar bemerkt, dass ich heute etwas verkrampft bin, scheint aber den Grund nicht zu ahnen. Vielleicht sollte ich ihm sagen, dass ich mich in diesem String nicht wohlfühle?

„Kätzchen, wo bleibst du?", ruft er.

Ich entferne die Slipeinlage und bringe den String in Position. Dann kehre ich ins Schlafzimmer zurück, wo er sich wieder entspannt an das Kopfteil des Bettes gelehnt hat. Irgendwie ärgert mich die Belustigung, die in seinen Augen funkelt, und deshalb nehme ich mir vor, ihm das Lachen auszutreiben.

Provozierend langsam begebe ich mich aufs Bett und mache mich daran, den sauberen Kissenbezug vom Boden aufzuheben, wobei ich ihm mein Hinterteil entgegenstrecke. Er zieht überrascht den Atem ein, was mir wirklich gefällt. Ich arbeite weiter und werfe ihm schließlich das frisch bezogene Kissen zu.

Er fängt es auf und legt es hinter sich an die Wand, um seinen Kopf daran zu lehnen. Nachdem ich – natürlich ganz gemächlich – das Spannbettlaken entfernt habe, frage ich: „Wie soll ich die Decke beziehen?"

Er überlegt kurz. „Im Stehen – aber auf dem Bett."

Natürlich!

Ich stelle mich schwankend hin und knöpfe die Decke auf.

„Kätzchen, du sollst dich vor mich hinstellen!", raunt er mir zu und winkt mich zu sich.

„Ich kann mit den Schuhen auf dem Bett nicht richtig stehen", klage ich.

„Dann ziehe sie aus, aber lass dir Zeit dabei!"

Ich steige auf seiner Seite vom Bett und stelle einen Fuß direkt neben ihm auf das Nachtkästchen.

„Du hast schon begriffen, worum es mir geht", brummt er leise.

Es fällt mir schwer, den lüsternen Blick zu ignorieren, mit dem er mir zwischen die Beine sieht. Langsam öffne ich den Stiefel und ziehe ihn mir vom Fuß. Dann wechsle ich das Bein und er hat einen noch besseren Blickwinkel. Ich muss mich wirklich zwingen, den Schuh möglichst langsam auszuziehen.

„Komm!", höre ich ihn heiser sagen, als ich fertig bin.

Während er entspannt an dem frischen Kissen lehnt, stehe ich mit gespreizten Beinen direkt über ihm und versuche, die Decke abzuziehen, ohne das Gleichgewicht zu verlieren. Als ich es endlich geschafft habe, mache ich einen Schritt rückwärts, lasse mich lasziv auf alle viere runter und bücke mich nach dem frischen Bezug. Er ist so schrecklich still geworden, dass ich mich wieder verkrampfe. Dennoch schaffe ich es, die Decke vor ihm im Stehen zu beziehen.

Für das Laken lasse ich mir sehr viel Zeit. Ich krabble auf allen vieren auf der Matratze umher und befestige das Laken sehr sorgfältig. Die Ecke, der er am nächsten sitzt, spare ich mir bis zum Schluss auf. Er macht keine Anstalten, sich ein Stück von mir zu entfernen, und ich muss höllisch aufpassen, ihn nicht zu berühren.

Sein Atem beschleunigt sich, während er in meinen Ausschnitt schaut. Zum ersten Mal fühle ich mich dabei sicher, er wird mir nichts tun. Er will nur zusehen. Dennoch kann ich nicht anders und muss einen kurzen Blick auf seinen Schritt werfen, was er natürlich sofort bemerkt. Völlig außer Atem beende ich die erste Seite des Bettes.

Dann mache ich ihm Platz, damit er sich umsetzen kann, was er auch tut, und beziehe die zweite Seite – wieder in Zeitlupe. Diesmal erneuere ich zuerst das Spannbettlaken, dann das Kissen und zuletzt die Decke, wozu ich mich wieder vor ihm aufstelle.

Die Decke schüttle ich so heftig, dass ich das Gleichgewicht verliere. Seine Hände heben sich reflexartig, um mich aufzufangen. Darüber erschrecke ich so sehr, dass ich von ihm wegspringe. Ich stoße einen entsetzten Schrei aus und falle auf die Matratze. Sofort krabble ich rückwärts von ihm weg und rutsche prompt auf den Boden. Hastig schiele ich auf das Bett, um zu sehen, was er tut.

Ohne den Blick von mir zu wenden, lässt er die Arme sinken. Während mein Atem noch immer stoßweise geht, starrt er mich einfach nur an. Ich wage nicht, mich zu bewegen.

Plötzlich steht er auf und verlässt den Raum, während er sagt: „Mach das Bett fertig! Dann kommst du ins Wohnzimmer!"

„Ja, Sir", antworte ich und warte, bis er weg ist. Ich war sowieso fast mit dem Bett fertig, weshalb ich mich nicht sonderlich beeile.

Mit den Stiefeln in der Hand tapse ich ins Wohnzimmer. Es ist tatsächlich schon wieder nach 20 Uhr, weshalb ich die geheime Hoffnung habe, dass er mich vielleicht gehen lässt.

„Soll ich die Stiefel wieder anziehen?", frage ich und reiße ihn damit aus seinen Gedanken.

Er sieht mich überrascht an und räuspert sich. „Nein, aber ich möchte, dass du das Wohnzimmer saugst. Der Staubsauger ist in der Küche hinter der Tür."

„Ja, Sir."

Als ich den Staubsauger neben der Wohnzimmertür eingesteckt habe, frage ich: „Irgendwelche Anweisungen?"

„Kätzchen, du weißt, was mir gefällt. Überrasch mich!"

Schwer schluckend drehe ich ihm den Rücken zu und bücke mich, um den Staubsauger einzuschalten. Dann mache ich mich an die Arbeit, wobei ich mich mehr auf meine lasziven Bewegungen konzentriere als auf die Tatsache, dass ich einen vollkommen sauberen Teppich absauge. Ich krieche in jeden Winkel und wenn ich im Stehen arbeite, achte ich immer darauf, dass ich ein Bein irgendwo erhöht abstellen kann. Schließlich nähere ich mich der Couch, auf der er sitzt, und beginne auf allen vieren unter der Couch zu saugen. Zuletzt krieche ich direkt vor ihm unter den Couchtisch, bis er plötzlich auf den Knopf des Staubsaugers drückt und flüstert: „Es reicht für heute, Kätzchen."

Verwundert wende ich den Kopf und versuche durch die gläserne Tischplatte zu erkennen, was seine Augen verraten. „Hab ich etwas falsch gemacht?", frage ich.

Doch er zischt: „Komm sofort da unten raus!"

„Aber …"

„Sofort!", brüllt er, dass ich erschrecke und mir den Kopf an der Glasplatte anstoße.

So schnell ich kann, krieche ich unter dem Tisch hervor und stehe auf.

„Zieh dich an und verschwinde!", befiehlt er immer noch viel zu laut.

Ich renne ins Bad und schließe die Tür hinter mir ab. Der Stoff des Engelskostüms entgleitet mehrmals meinen Fingern. Ich zittere am ganzen Körper.

Was ist nur mit ihm los?

Leise schleiche ich mich aus dem Bad zur Garderobe und suche mit fliegenden Händen nach meiner Jacke.

„Wollen Sie Ihr Trinkgeld gar nicht?", ruft er und ich fahre herum.

Seine Stimme klingt ruhiger. Langsam gehe ich ins Wohnzimmer zurück und er deutet auf den Sessel. Ich setze mich mit klopfendem Herzen und warte ab, was er zu sagen hat. Auf dem Couchtisch liegen 100 Euro.

„Es ist unverzeihlich, dass ich Sie angeschrien habe. Das tut mir leid. Ebenso wie die Tatsache, dass ich Sie vorhin auf dem Bett beinahe angefasst hätte", sagt er ruhig.

Ich versuche zu lächeln.

„Warum haben Sie Angst vor mir?", fragt er unvermittelt.

„Ich weiß nicht, wer Sie sind und ob ich Ihnen vertrauen kann." Und außerdem weiß ich nicht so ganz genau, warum ich eigentlich hier bin. Ich muss völlig verrückt geworden sein.

„Warum kommen Sie dann her?"

Ich zucke mit den Schultern. „Es kam mir so vor, als könnte ich hier mit wenig Aufwand viel Geld verdienen."

„Stört es Sie gar nicht, dass ich Sie anstarre?"

„Eigentlich schon. Ich habe mich heute nicht besonders wohlgefühlt. Ich mag keine Tangas, die ziehe ich auch privat nicht an", versuche ich zu erklären.

„Verstehe. Dann werde ich die nächsten Male darauf verzichten", sagt er, und als ich erschrocken die Augen aufreiße, fügt er lächelnd hinzu: „Natürlich bekommen Sie etwas anderes mit mehr Stoff."

Erleichtert sacke ich zusammen.

„Was sollte das mit der Slipeinlage?", fragt er streng.

„Ich wollte die Hose nicht …"

„… nass machen?", ergänzt er süffisant und ich hätte wetten können, er grinst unter seiner Maske.

„Ja", gestehe ich ganz leise.

„Sie kommen hierher, damit ich Ihnen beim Putzen zwischen die Beine sehen kann, und wollen mir den Blick auf Ihr feuchtes Höschen nehmen, indem Sie eine Einlage tragen?"

„Müssen wir darüber reden?", frage ich peinlich berührt.

„Frau Wagner, genau das ist es, was ich sehen will. Wenn Sie unter meinem Blick feucht werden, genieße ich Ihre Vorführung umso mehr. Sie brauchen sich nicht dafür zu schämen! Ich habe schon viele feuchte Unterhosen gesehen."

„Das kann ich mir vorstellen", nuschle ich leise.

„Wie bitte?", fragt er laut.

„Nichts", gebe ich zurück, bin aber sicher, er hat mich verstanden.

„Rasieren Sie sich eigentlich regelmäßig?", fragt er plötzlich und jetzt entfährt *mir* ein lautes „Wie bitte?"

Ich bin mir sicher, dass er grinst.

„Machen Sie sich über mich lustig?", frage ich empört.

„Nicht im Geringsten. Ich finde nur, Sie könnten eine professionelle Enthaarung vertragen", entgegnet er amüsiert. Die Art, wie er seine Hand im Gesicht platziert, zeigt mir deutlich, dass er sich sehr wohl über mich lustig macht.

Mir liegt ein ganz böses Wort auf der Zunge, das mir glücklicherweise nicht über die Lippen kommt. Aber er sieht meine Empörung. Dennoch macht er keine Anstalten, den Schalk aus seinem Blick zu nehmen.

„Das war's!", fauche ich und schnelle hoch. „Behalten Sie Ihr Geld!"

„Wenn Sie jetzt gehen, können Sie Ihr Monatsgehalt vergessen", erinnert er mich ernst.

„Ich sagte, behalten Sie Ihr Geld! Sie werden noch begreifen, dass Sie nicht alles kaufen können." Seine Bemerkung hat mich verletzt. Natürlich rasiere ich mich, auch im Schambereich, zumindest so weit, dass ich im Schwimmbad nicht durch hervorlugendes Schamhaar auffalle.

„Setzen Sie sich bitte! Ich fürchte, ich muss mich erneut bei Ihnen entschuldigen. Ich wollte Ihnen nicht zu nahetreten", bittet er jetzt so sanft, dass ich zögere, aus dem Zimmer zu gehen.

Widerwillig lasse ich mich schließlich in den Sessel fallen.

„Ich werde Ihnen trotzdem einen Termin zur Enthaarung machen", sagt er.

Jetzt reicht's!

Ich springe auf, laufe in den Flur. Den 100-Euro-Schein lasse ich liegen. Hastig schlüpfe ich in meine Schuhe und beeile mich, ins Treppenhaus zu kommen. Wird er mich mit seiner dämlichen Maske verfolgen?

Am nächsten Morgen schlafe ich noch, als das Telefon klingelt. „Josefine Wagner."

„Sie haben noch geschlafen?", fragt er ruhig und freundlich.

„Was wollen Sie?" Meine Stimme klingt nicht ganz so wütend, wie sie sollte.

„Ich möchte, dass Sie am Donnerstag wieder zu mir kommen."

„Warum suchen Sie sich nicht einfach irgendeine Frau, der es egal ist, ob sie halbnackt vor Ihnen herumläuft oder nicht. Und vielleicht sollten Sie in der Stellenanzeige hinzufügen, dass Sie rasierte Frauen bevorzugen."

Er hat tatsächlich die Unverschämtheit, leise zu kichern! „Hören Sie sofort auf zu lachen oder ich lege auf!", knurre ich und setze mich auf.

„Frau Wagner. Sie sind doch 31 Jahre alt. Ich hätte nicht gedacht, dass Sie so empfindlich sind, wenn es um Ihre Sexualität geht."

„Ich bin nicht empfindlich. Es macht für mich nur einen Unterschied, ob Sie mir auf den Hintern schauen, wenn ich im Lokal unter dem Tisch Scherben aufkehre, oder ob ich halbnackt vor Ihnen herumwackeln muss."

„Genau deshalb will ich Sie", sagt er schnell. „Weil es für Sie nicht selbstverständlich ist. Genau deshalb wünsche ich mir, Sie würden es einmal mit einer Intimrasur versuchen."

Japsend lasse ich mich auf den Rücken fallen.

„Sie liegen im Bett?", fragt er eindringlich.

„Ja, ich habe Spätdienst."

„Ich weiß."

„Wenn Sie schon alles über mich wissen, dann wissen Sie sicherlich auch, warum ich nicht zu dieser Rasur gehe." Ich sinke ganz tief in mein Kissen.

„Ich weiß, dass Sie schon länger Single sind, wobei ich mir immer noch Gedanken darüber mache, warum. Sie haben offensichtlich keinen körperlichen Makel, von daher haben Sie entweder eine Macke, von der ich noch nichts weiß, oder Sie sind in Ihren Chef verschossen."

„Jörg? Ja, genau, natürlich!" Ich lache. „Jörg ist verheiratet und hat zwei kleine Kinder."

„Das ist doch für Sie kein Hindernis", höre ich ihn sagen und mein Lachen erstirbt.

„Sie wissen davon?", murmle ich und schlucke.

„Natürlich."

Es ist ein wirklich gut gehütetes Geheimnis, dass ich mit Jörg geschlafen habe. Damals war seine Frau mit dem zweiten Kind schwanger und er hatte mir mehrmals sein Herz ausgeschüttet, weil sie sich ihm gegenüber desinteressiert verhielt. Eines Nachts war es dann einfach passiert. Alle Gäste waren bereits gegangen, Jörg hatte die Lichter in der Gaststube gelöscht und mich gefragt, ob ich noch ein Bier mit ihm trinken würde. Ich habe zugestimmt und er legte seine Lieblings-CD ein. Nach einiger Zeit saßen wir singend zusammen auf der Theke. Die Stimmung schlug so plötzlich in Leidenschaft um, dass bis heute keiner sagen kann, was genau passiert war. Jörg stürmte auf die Herrentoilette, um dort ein paar Kondome aus dem Automaten zu ziehen, die wir allesamt verbrauchten. Am nächsten Tag kehrte nicht nur in Sachen Alkohol die Ernüchterung bei uns ein. Jörg beteuerte, dass er seine Frau liebt und sie nicht verlieren will. Ich mag seine Frau sehr gerne. Sie ist ein warmherziger, fröhlicher Mensch. Ich habe nie jemandem von dieser Nacht erzählt.

„Ich gebe zu, es war schwierig, das herauszufinden."

„Aber nicht unmöglich", hauche ich leise. Da wäre es mir tausendmal lieber gewesen, er hätte die Sache mit den Pausenbroten herausgefunden. Plötzlich fühle ich mich hundemüde und muss gähnen.

„Haben Sie schlecht geschlafen?", fragt er mich beinahe zärtlich.

„Nein, ich habe gestern Abend noch ziemlich lange gegrübelt."

„Worüber?"

„Über Sie."

„Interessant! Und zu welchem Ergebnis sind Sie gekommen?"

Ich grinse, weil ich merke, dass er Gefallen an dem Gespräch entwickelt. „Sie sind mir ein Rätsel. Ich frage mich die ganze Zeit, wie Sie aussehen. Und ich habe festgestellt, dass es mir bei Weitem nicht genügt, immer nur die Augen meines Gegenübers zu sehen, obwohl Sie wirklich schöne Augen haben."

Er sagt nichts, weshalb ich einfach weitersprudle: „Ich frage mich, welche Farbe Ihre Haare haben und ob sie eher lang oder kurz sind. Wie sieht Ihre Nase aus? Welche Farbe hat Ihre Haut? Schauen Sie gut aus? Ist Ihr Mund eher schmal oder haben Sie volle Lippen? Wie bewegt sich Ihr Mund, wenn Sie lachen? Ist Ihr Kinn markant oder schmal? Tragen Sie etwa einen Vollbart? In meiner Phantasie haben Sie einen Dreitagebart. Haben Sie noch alle Ihre Zähne?"

Doch er lässt sich nicht aus der Reserve locken. „Sie machen sich wirklich zu viele Gedanken. Kein Wunder, dass Sie müde sind."

„Wie alt sind Sie?", frage ich.

„38", entgegnet er knapp. „Das ist aber auch alles, was ich Ihnen über mich verrate. Ihrer Phantasie zu dem Dreitagebart kann ich gerne nachkommen, auch wenn Sie nicht viel davon haben werden."

Ich kichere.

„Eigentlich habe ich hier eine ganze Menge zu tun. Sie halten mich von der Arbeit ab, wissen Sie das?", murrt er, hört sich dabei aber freundlich an.

„Sie haben mich angerufen, schon vergessen?"

„Die Vorstellung, dass Sie in Ihrem Bett liegen, motiviert mich nicht gerade, mich auf die Arbeit zu konzentrieren."

„Ich trage nur mein Nachthemd und sonst nichts", sage ich frech und höre, wie sich sein Atem beschleunigt. „Soll ich zum Putzen vorbeikommen?"

„Sie wissen nicht, was Sie mir gerade antun. Ich habe gleich einen wichtigen Termin und müsste jetzt eigentlich meine Gäste begrüßen."

Ich kann nicht widerstehen. „Das tut mir aber leid!", sage ich in laszivem Tonfall. „Ich bin so in Fahrt!" Erstaunlich, wie leicht es mir am Telefon fällt, mit seiner Geilheit zu spielen!

„Wir sehen uns also am Donnerstag?", fragt er und ich merke, dass er vom Thema ablenken will. Schade!

Aber ich lasse ihn großzügig vom Haken. „Ich bin schon auf das Kostüm gespannt. Und nicht vergessen: Sie haben mir etwas mehr Stoff versprochen."

„Ich frage mich immer noch, wie Sie mich dazu gebracht haben", seufzt er resigniert.

„Danke", sage ich ganz leise.

„Denken Sie bitte noch einmal darüber nach!"

„Worüber?"

„Über die Rasur", höre ich und kann sein anzügliches Grinsen förmlich sehen. Dann sagt er unvermittelt: „Ich muss jetzt auflegen. Auf Wiederhören."

Ich habe noch nicht einmal Luft geholt, da ist er schon aus der Leitung verschwunden.

Den ganzen Tag in der Arbeit mache ich mir Gedanken über diesen 38-jährigen Mann, der sich in mein Leben gedrängt hat, weil ich Glasscherben unter dem Tisch aufkehren musste.

Leute, passt bloß auf, wenn euch so etwas passiert! Lasst die Scherben liegen oder holt gleich den Staubsauger! Und vor allem: Nicht bücken! Schon gar nicht, wenn ihr einen Rock anhabt.

„Hey Josi, alles in Ordnung bei dir? Du wirkst heute den ganzen Tag schon so geistesabwesend", stellt Jörg abends fest, nachdem alle Gäste weg sind und wir die letzten Gläser spülen.

„Ich bin heute nicht ganz wach, tut mir leid", entschuldige ich mich.

Jörg lächelt mich an. „Hast du einen Freund?"

„Wie kommst du denn darauf?"

„Du hast da so ein Lächeln im Gesicht ..."

„Ehrlich?"

„Ganz ehrlich."

„Ich habe jemanden kennengelernt, aber es ist kompliziert", erzähle ich.

Er klopft mir aufmunternd auf die Schulter. „Kopf hoch! Wird schon."

„Jörg, wie wäre es, wenn du heute mal früher nach Hause fährst? Ich mache dann den Laden dicht."

„Da sag ich nicht nein", erwidert Jörg.

Nachdem er fort ist, drehe ich das Radio lauter, weil da gerade von Tom Jones *She's a Lady* läuft. Beim Abtrocknen tanze ich zu dem Lied. Um für meinen Putzjob zu trainieren, lege ich immer ein Bein auf die hohe Theke, während ich ein Glas in den Schrank räume. Dabei lasse ich mein Becken im Takt der Musik kreisen. Es macht Spaß. Ich werfe meine Haare zurück und wedle mit dem Geschirrhandtuch.

Auch das nächste Lied gefällt mir, Alicia Keys mit *This girl is on fire.* Ich drehe das Radio noch lauter. Es gibt keine Nachbarn, die sich beschweren werden. Die schwerhörige Oma von nebenan hatte noch nie Probleme mit uns und sonst sind hier nur Läden, die um diese Tageszeit geschlossen haben.

Als ich mit allem fertig bin, stelle ich die Musik aus und verlasse das Lokal. Es ist erschreckend still um diese Zeit. Keine Menschenseele ist zu sehen. Auf dem Weg zu meinem Wagen höre ich nur die Geräusche meiner Schritte und meinen eigenen Atem.

Ich sperre den Wagen auf, setze mich hinters Lenkrad und schließe schnell die Tür.

Doch dann springt der Motor nicht an. Ich versuche es immer wieder, aber er will nicht. Wütend trommle ich auf das Lenkrad.

Ein Gesicht taucht auf in der Dunkelheit, ganz nah an der Windschutzscheibe. Ich schreie auf.

Da erkenne ich ihn. Es ist Henry.

Ich kurble das Fenster ein Stück hinunter: „Henry, Sie haben mich erschreckt. Was machen Sie so spät noch hier?"

„Ich will nur sichergehen, dass Sie gut nach Hause kommen. Haben Sie Probleme mit dem Wagen?"

„Er springt nicht an." Meine Stimme bebt.

„Soll ich nachsehen, wo's fehlt?", fragt er, bemerkt aber meinen skeptischen Blick und geht auf Abstand. „Schon gut, ich verstehe. Soll ich Ihnen ein Taxi rufen?"

„Nein danke, ich habe mein Telefon hier." Ich deute auf meine Tasche.

Henry nickt und entfernt sich in die Dunkelheit.

„Henry!", rufe ich ihm nach. „Kennen Sie sich denn mit Autos aus?"

Er dreht sofort um und kommt zurück. „Das ist sozusagen mein heimliches Hobby. Lassen Sie es mich einfach mal probieren!"

Da rutsche ich auf den Beifahrersitz und Henry steigt ein. Er dreht den Zündschlüssel und lässt den Motor orgeln. Schließlich öffnet er die Motorhaube und beugt sich im Schein der Straßenlaterne über den Motor.

Ich höre ihn hantieren. „Probieren Sie es jetzt mal!", ruft er.

Schnell rutsche ich zurück auf den Fahrersitz, lasse den Motor an und – der brummt zufrieden los.

„Super Henry, vielen Dank!"

Er lässt die Haube zufallen und kommt an das immer noch geöffnete Fenster: „Ein Tipp noch: Wenn Sie so ausgiebig im Lokal tanzen, dann machen Sie die Lichter aus. Ich habe Herbert regelrecht wegprügeln müssen."

„Sie haben mich beobachtet!?", frage ich entsetzt.

„Ich habe auf Sie aufgepasst", stellt er fest, dreht sich um und geht.

Es dauert eine Weile, bis ich mich so weit gesammelt habe, dass ich losfahren kann.

„Sag mal, Jörg", frage ich meinen Chef am nächsten Morgen leise. „Dieser Henry, ist der eigentlich auch manchmal hier, wenn ich nicht da bin? Irgendwie ist er merkwürdig."

Jörg überlegt kurz. „Wenn du mich so fragst, würde ich nein sagen. Aber ich habe ihn so gut wie nie bedient. Doch ich kann Saskia fragen, wenn sie kommt."

„Das wäre nett", flüstere ich und lächle Henry zu.

Herbert ist noch nicht da, was mich nicht wundert, da er gestern ziemlich voll war, als er ging.

Mein Telefon klingelt. „Jörg, darf ich schnell rangehen? Es ist Carina. Ich gehe heute Abend mit den Mädels weg und will mitbekommen, falls es eine Planänderung gibt."

„Mach nur", sagt Jörg. „Saskia ist dafür Raucherin. Die Rauchpausen ziehe ich ihr ja auch nicht vom Gehalt ab."

Ich gehe ans Telefon. „Carina, hast du keinen Babysitter?"

„Doch, schon, Björn bleibt heute Abend bei den Kindern. Es geht um übernächste Woche Montag. Herbstferien! Björn und ich würden da gerne einen Tag in die Therme und wollten dich fragen, ob du die Kinder nehmen könntest."

„Klar, da hab ich frei."

„Super, dann kann ich gleich unsere Massagen buchen. Du bist ein Schatz!"

„Dann bis später. Ich komm heute aber erst so gegen neun."

„Wohin geht ihr denn heute Abend?", fragt Jörg, als ich das Gespräch beendet habe.

„Wir gehen in unsere Stammkneipe, das Steak-House."

„Ich dachte, du hast diesen neuen Job?"

„Stimmt, deswegen werde ich ja erst später dazu-stoßen."

Dieses Mal liegt die erotische Variante eines Schnee-wittchen-Kostüms für mich bereit: ärmellos und na-türlich wieder ganz schön kurz. In das blaue enge Oberteil sind tiefsitzende rote BH-Cups eingesetzt. Bei der Unterhose handelt es sich heute um gelbe Hotpants, die mich im Schritt kneifen. Ich kann mir gut vorstellen, dass die mehr zeigen als verbergen. Aber ich darf mich nicht beschweren. Immerhin hat er Wort gehalten und es ist kein Tanga! Dazu gibt es noch ein paar weiße, lange Seidenstrümpfe. Einen ro-ten Haarreif mit Schleifchen daran soll ich laut Anwei-sung in mein hochgebundenes Haar stecken.

Weil ich dieses Mal überpünktlich bin, muss ich in der Küche noch eine Weile warten, bis er endlich kommt. Als er die Küche betritt, werfe ich einen kur-zen Blick auf ihn – und bin überrascht. Er hat eine dunkelblaue Jeans an und nur ein schwarzes T-Shirt. Seine Arme sehen wirklich gut aus, muskulös, aber nicht übertrieben trainiert. Außerdem ist seine Haut gebräunt. Schnell senke ich den Blick auf den Boden, bevor er merkt, dass ich ihn ansehe. Die Maske hat er wie üblich über seinen Kopf gezogen. Vielleicht sollte ich ihn bitten, sich ebenfalls zu kostümieren. Heute wäre dann wohl die Variante Zwerg oder Prinz an der Reihe. Für was er sich wohl entscheiden würde?

„Süß siehst du aus, Kätzchen", sagt er ruhig. „Es freut mich, dass du da bist. Ich dachte mir, du könntest heute die Trinkgläser spülen, die im Schrank stehen."

„Ja, Sir", erwidere ich, während er sich den Küchenstuhl in Position zieht.

„In der kleinen Abstellkammer findest du eine Haushaltsleiter, damit du die Gläser besser aus dem Schrank holen kannst. Du verstehst?"

„Ja, Sir", hauche ich und gehe zu der kleinen Speisekammer, die sich an die Küche anschließt.

Ich trage die Staffelei zur Küchenzeile, klappe sie auseinander und öffne den Schrank mit den Gläsern. Er nimmt seinen Stuhl und stellt ihn neben die Leiter, während ich mich betont langsam die Stufen hinauf bewege.

„Kätzchen, du hast ein wirklich anziehendes Gestell", brummt er und ich merke, wie mich seine Worte weich machen.

Ich versuche, ihn auszublenden, aber er hat es sich heute wohl zur Aufgabe gemacht, mich mit seinen Worten in Verlegenheit zu bringen. Auch wenn er mich körperlich nicht berührt, seine Worte tun es doch – intensiver als jeder Hautkontakt. Als ich alle Gläser auf die Arbeitsfläche gestellt habe, steige ich von der Leiter, hebe ein Bein auf die Küchenplatte und beginne mit dem Spülen.

Er fordert mich auf, mein Becken ein bisschen kreisen zu lassen, und rückt mir mit dem Stuhl so auf die Pelle, dass ich nur zögerlich damit beginne.

„Kätzchen, die Hotpants sind geiler als jeder Tanga. Die Naht geht genau über die richtige Stelle. Spürst du es?"

Ich weigere mich, zu antworten, weil mir beim Kreisen des Beckens tatsächlich die Naht über den Kitzler reibt.

„Spürst du es?"

„Ja, Sir", gestehe ich und sehe, wie er seine Position verändert, um mich noch besser beobachten zu können.

„Kätzchen, du musst dich auch zum Spülen auf die unterste Stufe der Leiter stellen."

Ich hebe mein Bein von der Arbeitsfläche und steige auf die Leiter.

Das muss ein seltsamer Anblick sein. Niemand würde so Gläser spülen! Aber es passt. Schneewittchen hatte von Haushaltsführung wahrscheinlich auch nicht viel Ahnung.

Mit dem linken Fuß stehe ich auf der untersten Stufe der Leiter, während mein rechtes Bein wieder auf der Küchenplatte ruht. Jetzt muss ich mich schon ganz schön tief hinunterbeugen, wenn ich die Gläser unter fließendem Wasser abspülen will, was aber genau nach dem Geschmack meines Auftraggebers zu sein scheint. Jedenfalls seufzt er.

Wieder merke ich nach Kurzem, wie ich feucht zwischen den Beinen werde, und ich wette, das ist durch den dünnen Stoff der engen Pants bereits zu sehen.

„Oh Kätzchen, du bist so geil", stöhnt er hinter mir.

Ich traue mich nicht, ihn anzusehen, aber er rutscht ziemlich unruhig auf dem Stuhl herum. Ich versuche, ihn nicht zu beachten, sondern meine Arbeit zu machen. Im Prinzip sollte er mir lieber sein als Herbert, der sich wahrscheinlich ähnliche Dinge gedacht hat, während er mir beim Gläserspülen zugesehen hat.

Die Feuchtigkeit zwischen meinen Beinen breitet sich aus und mein Unterleib droht zu zerbersten, als er leise raunt: „Kätzchen, du bist ganz nass. Du kannst dir gar nicht vorstellen, wie sehr mir das gefällt."

Gläser spülen, Gläser spülen, Gläser spülen!

Ich bete mir dieses Mantra immer und immer wieder in Gedanken vor, während ich mich gleichzeitig lasziv in den Hüften wiege.

Irgendwann bin ich fertig und er rückt mit seinem Stuhl von mir weg.

„Du brauchst sie nicht zu trocknen", sagt er und ich bin mir nicht sicher, ob er von den Gläsern spricht, weil er sich so vergnügt anhört. „Komm mit ins Bad!"

Ich folge ihm. Er sucht einen Schwamm aus dem Waschbeckenschrank. „Wanne schrubben, zuerst von außen, auf allen Vieren!"

Ich gehe auf die Knie, befeuchte den Schwamm und beginne mit kreisenden Bewegungen die Wanne zu putzen.

Nach einer Weile nimmt er den kleinen Holzschemel, auf dem sonst eine künstliche Pflanze steht, und stellt ihn mir hin. „Setz dich breitbeinig darauf!"

Wieder tue ich, was er sagt, und da er den Schemel ganz an die Wanne gerückt hat, kann ich nur darauf sitzen, wenn meine Beine weit gespreizt sind.

„Zieh die Strümpfe aus!", raunt er nach einer Weile und ich rolle mir diese ganz langsam von den Beinen.

„Jetzt kriechst du in die Wanne, Kätzchen!", höre ich seine samtige Stimme hinter mir.

Als ich auf dem Schemel kniend meine Unterarme in die Wanne strecke, höre ich ihn keuchen. Ich bin mir nicht sicher, aber ich glaube, er hat die Hand in seiner Hose.

Wanne putzen, Wanne putzen, Wanne putzen! Du bist hier bloß zum Putzen, vergiss das nicht!

Oh Mann, ich hätte wirklich nicht übel Lust, diesem Kerl die Hose vom Leib zu reißen und mich persönlich davon zu überzeugen, wie es ihn erregt, mich hier schrubben zu sehen.

Ich klettere in die Wanne und lasse den Schwamm über den Wannenrand gleiten.

„Bist du ein wasserscheues Kätzchen?", fragt er plötzlich.

„Nein, Sir, wenn das Wasser nicht kalt ist."

Er setzt sich auf den Rand der Wanne und ich versuche, seine Arme zu ignorieren, die über meinem Kopf nach der Brause greifen.

„Mach die Augen zu! Wage nicht, sie zu öffnen, bevor ich es dir erlaube!"

Ich schließe die Augen und putze wie besessen den Boden der Wanne.

„Halt still! Setz dich auf deine Beine!"

Ich überlege kurz, was er meint. Dann knie ich mich hin und hocke mich auf die Fersen. Und schon höre ich, wie er das Wasser aufdreht. Sofort plätschert ein kalter Strahl in die Wanne, der aber gleich warm wird. Ich spüre, wie er an mir vorbei zur Armatur greift. Einen Augenblick später rauscht die Brause.

„Entspann dich, Kätzchen! Ich fasse dich schon nicht an. Ich versprech's dir", flüstert er mir ins Ohr.

Zuerst spüre ich, wie das warme Wasser meine Knie nass macht und sich immer weiter in Richtung meines Schoßes vortastet. Ich öffne meine Beine, soweit es die Wanne zulässt.

Er hat die Brause nur so weit aufgedreht, dass es sich für mich anfühlt, als wäre ich in einen warmen Regen geraten. Als er schließlich Wasser über meine Arme laufen lässt, strecke ich sie nach oben und wende mein Gesicht mit immer noch geschlossenen Augen zur Decke.

Er senkt kurz die Brause. Schaut er mich einfach nur an?

Dann wandert die Brause wieder höher, über meinen Kopf. Ich genieße das warme Wasser auf meinem Körper und spüre, wie mir das Wasser von oben die Arme hinunterläuft. Wollüstig presse ich den Schwamm aus, den ich immer noch in den Händen halte. Das Wasser strömt über mein Gesicht und in den Ausschnitt. Bis auf das Rauschen des Wassers kann ich nichts hören. Mein Herz schlägt schnell.

„Erschrick nicht, Kätzchen!", höre ich ihn plötzlich ganz nah an meinem Ohr. Seine Stimme klingt ungewohnt klar, beinahe so, als hätte er die Maske ...

Als etwas Raues meine Wange berührt, zucke ich zusammen. Da begreife ich, was er mir zeigt, und muss lächeln. Ich spüre sein Kinn, seine Wange. Er ist eindeutig nicht frisch rasiert. Und er riecht unglaublich gut! Ich bin in großer Versuchung, die Augen zu öffnen, nur mit Mühe gelingt es mir, mich zu beherrschen. Warum nur ruft seine Berührung so tiefe Empfindungen in mir hervor?

Doch ehe ich mich versehe, stellt er das Wasser ab und ich höre ihn schon das Badezimmer verlassen, als er sagt: „Zieh dich an! Wir sind für heute fertig."

Verwirrt öffne ich die Augen. Was war das denn? Er reibt sein Gesicht an mir und verschwindet dann plötzlich? Immer wieder gibt er mir das Gefühl, ich hätte etwas falsch gemacht.

Für langes Nachdenken bleibt mir allerdings keine Zeit, denn ich sollte mich beeilen, wenn ich um kurz nach neun bei den Mädels sein will. Ich stehe auf und schäle mich aus der nassen Kleidung. Im kleinen Badschrank finde ich ein Handtuch und reibe mich trocken. Meine Haare sind glücklicherweise nicht so nass geworden, wie ich befürchtet habe.

Er wartet wie immer auf der Couch im Wohnzimmer. Auf dem gläsernen Tisch liegen zwei grüne Scheine für mich. Ich nehme sie und da er nicht auf mich reagiert, sage ich schnell, ohne mich zu setzen: „Auf Wiedersehen."

„Wiedersehen", brummt er.

Er wirkt so geknickt, dass ich nicht anders kann und frage: „Geht es Ihnen nicht gut?"

Da ich keine Antwort bekomme, gehe ich zur Tür, bleibe dort aber noch einmal stehen. „Die Sache mit Ihrem Bart hat mir wirklich gefallen. Danke."

Dann gehe ich.

In meiner Stammkneipe winken mir die Mädels bereits entgegen, als ich mich am Eingang suchend umsehe. Ich bin froh, dass die Stimmung am Tisch gut ist, und bestelle mir sofort ein Bier.

Auf der einzigen freien Fläche tanzen ein paar Leute. Jana schielt zur Bar und ich folge ihrem Blick. Da sitzen ein paar Männer, die ich bei unserem letzten Treffen auch schon gesehen habe.

„Jana gefällt es hier", sagt Carina mit einem frechen Grinsen. „Sie wurde schon ein paar Mal zum Tanzen aufgefordert."

Jana zuckt mit den Schultern.

„Und, welcher ist dein Auserwählter?", frage ich sie und sie beugt sich ganz nah zu mir hinüber.

„Der mit dem weißen Shirt."

Ich drehe mich erneut um, was von den Männern aber bereits bemerkt wird. Sie scheinen sich ebenfalls über uns zu unterhalten.

Ein blonder Mann in einem weißen Shirt lächelt uns zu und ich nicke zurück.

„Josi", sagt Anja erstaunt, „so kenne ich dich ja gar nicht."

„Ich kenne mich in letzter Zeit auch nicht mehr", gestehe ich und betrachte den Mann neben dem Blonden. Er erinnert mich an Patrick Swayze.

Kurzerhand stehe ich auf und gehe neben die beiden Männer an die Bar. Ganz langsam schiebe ich meinen Hintern auf den freien Barhocker, spreize meine Beine etwas mehr als nötig, aber nicht so viel, dass es zu offensichtlich ist.

„Wie wäre es mit einem Song zum Schmusen", sage ich zu Cindy hinter der Bar.

Sie grinst: „Hast du jemanden zum Schmusen?"

„Nicht direkt, aber meine Freundin Jana würde gerne mit … dir tanzen." Dabei wende ich mich zu dem Mann mit dem weißen Shirt, der mich sowieso schon angeschaut hat.

„Welche ist denn Jana?", fragt er und kommt mir sehr nahe. Ich umschließe mit meiner Hand sein Kinn und drehe es in die Richtung des Tisches meiner Freundinnen, die alle staunend zu uns herübersehen. Dann hauche ich in das Ohr des Mannes: „Das ist die hübsche Dunkelblonde mit den großen Augen, die gerade rot wird."

Ein Lächeln zuckt um die Mundwinkel des Mannes. „Na dann", sagt er und steht auf, um zu Jana zu gehen.

In diesem Moment spielt Cindy den bestellten Schmusesong an. Ich rutsche einfach auf den Barhocker meines Nachbarn und sitze neben dem Patrick-Swayze-Typen, der sich erwartungsvoll zu mir dreht.

„Ein Tanz?", frage ich ihn und er steht sofort auf. Er zeigt mir seine Hand, an der ein goldener Ring prangt und wackelt mit den Fingern.

Ich lächle. „Schon klar. Kein Problem, ich will wirklich nur mit dir tanzen."

Er nimmt mich an der Hand und zieht mich auf die Tanzfläche, wo einige Paare eng aneinander gekuschelt tanzen.

Gespielt wird eines der schlimmeren Liebeslieder aus den 80ern. Die Frau jault irgendetwas von *Show me heaven.* Aber das Lied fesselt mich, weil ich mich in den Armen eines wirklich hübschen Kerls wiegen darf, der mich mit seinen blauen Augen sofort in seinen Bann gezogen hat.

Wir sehen uns die ganze Zeit intensiv an, seine Hände wandern immer tiefer und landen auf meinen Po, was mich aber nicht stört. Nur am Rande nehme ich wahr, dass Jana mit dem Mann im weißen Shirt neben uns tanzt. Ich schmiege mich an den Körper meines Tanzpartners, einfach weil ich mich nach der Berührung sehne. Er trägt es mit Fassung und lächelt schief, während sein Blick mich nicht frei gibt.

Das Stück geht schneller zu Ende, als mir lieb ist. Sofort kündigt sich ein flotter Song an und die meisten Paare lösen sich auf. *Wake me up before you go-go* höre ich George Michael singen und wir springen übermütig in dem Pulk Menschen herum.

Ich komme ganz schön ins Schwitzen und ziehe kurzerhand meinen dünnen Pullover aus. Das enge Shirt, das ich darunter trage, gibt fast jedes Detail meiner Figur preis. Es stört mich allerdings wenig, da ich in meinem Schoß immer noch das angenehme Ziehen spüre, das während meiner Putzorgie entstanden ist. Auch wenn mein BH hält, was er verspricht, spüre ich die Blicke einiger Männer, während ich mit nach oben gestreckten Armen durch die Menge tanze.

Danach kommt wieder eine langsame Liebesschnulze. Ich schließe die Augen und tanze langsam für mich selbst, als sich von hinten ein Paar Arme um mich schlingen. Ich drehe mich um und sehe den Typen im weißen Shirt, der wohl mit meinem Tanzpartner einen Partnertausch vereinbart hat. Er zieht mich sofort an der Hüfte zu sich hin und ich lehne mich an ihn, schlinge meine Arme um seinen Hals und genieße es, wie er uns mit seinen Bewegungen führt. Seine Hände wandern ein wenig über meinen Körper, berühren aber keine Zonen, die mich zusammenzucken lassen würden.

Nach dem Song brummt er mir ins Ohr: „Geiler Tanz, Süße."

Ich lächle ihn an, entferne mich aber von ihm, um ihm klarzumachen, dass ich an mehr nicht interessiert bin. Er sieht es wohl auch eher locker, da er mir nicht durch die Menge folgt.

Jana und ich gehen zu Carina und Anja, die ebenfalls getanzt haben. Wir sind alle ziemlich aufgedreht. Beim nächsten Song, *I just called to say I love you*, singen wir lauthals mit und als danach Cyndi Lauper *Girls just want to have fun* singt, sind wir ganz aus dem Häuschen.

Dann läuft *Take my breath away* und ein Mann kommt auf mich zu, den ich nicht kenne. Er trägt eine hellblaue verwaschene Jeans, Turnschuhe und ein graues Sweatshirt. Sein braunes Haar steht etwas zerzaust von seinem Kopf ab. Er sieht gut aus, keine Frage. Deshalb zögere ich nicht lange und stehe auf, als er mich wortlos und mit einer kleinen Verbeugung anschaut.

Er zieht mich so weit an sich heran, dass ich ihm nicht ins Gesicht sehen kann, dennoch hält er meine Hüften auf Abstand, damit ich mich nicht zu fest an ihn schmiege. Wir tanzen viel ruhiger, als es der Takt des Stückes eigentlich vorgeben würde. Da er sich so gut wie nicht bewegt, füge ich mich in dieses elektrisierende Gefühl, das mich durchfährt. Obwohl er seine Hände auf dem Pullover abgelegt hat, den ich mir um die Hüfte geschlungen habe, spüre ich seine Wärme bis auf die Haut. Nach einer Weile schließe ich die Augen und lasse die Musik auf mich wirken.

Das Lied ist zu Ende und er macht sich davon, bevor ich meine Augen öffnen kann. Ziemlich aufgewühlt gehe ich zurück zu unserem Tisch, wo Carina mich sofort fragt: „Was war das denn?"

Ich greife nach meinem Glas und trinke einen großen Schluck. „Keine Ahnung", antworte ich und sehe mich in der Menge nach dem Mann um, der mit mir getanzt hat. Aber ich kann weder ihn, noch die anderen beiden Kerle sehen, mit denen ich getanzt habe.

„Waren die alle zusammen da?", frage ich Carina.

„Scheint so. Jetzt sind sie auf jeden Fall auf und davon", antwortet Jana ein bisschen enttäuscht.

Noch einmal sehe ich mich um und da entdecke ich einen Mann, der wie Henry aussieht. Nur kurz sehe ich ihn von hinten, wie er das Lokal verlässt. War er das wirklich?

„Jetzt sehe ich schon Gespenster", brumme ich mehr zu mir selbst.

Das Wochenende und der Montag rasen nur so an mir vorbei. Mir kommt es beinahe schon so vor, als ob ich nur noch von Dienstag auf Donnerstag lebe. Ich denke viel an die dumpfe Stimme unter der Maske, diese fesselnden Augen, an den Körper in der gut sitzenden Jeans und dem eng anliegenden Shirt. Die Erinnerung an den Moment, als sein Gesicht meines berührt hat, lässt mich nicht mehr los.

Mit diesen Gedanken bin ich am Dienstag in der Arbeit. Ich freue mich regelrecht auf den Abend, auch wenn ich schon seit Stunden von Kopfschmerzen geplagt werde. Im Laufe des Vormittags kommt noch ein flaues Gefühl im Magen hinzu.

„Du bist so blass, Josi", sagt Jörg zu mir.

„Ehrlich gesagt, mir ist irgendwie ziemlich schlecht."

„Warum sagst du denn nichts?"

„Ich dachte, es geht schon", flüstere ich.

„Du machst jetzt sofort Feierabend und legst dich ins Bett", befiehlt Jörg und ich verlasse dankbar meinen Arbeitsplatz.

Glücklicherweise hat niemand von den Gästen etwas von meinem Unwohlsein mitbekommen. Herbert hat sich schon ein paar Tage nicht mehr blicken lassen und Henry ist gerade auf der Toilette, als ich mich auf und davon mache.

Ich schaffe es nicht einmal bis nach Hause, weil ich unterwegs so einen Brechreiz bekomme, dass ich am Straßenrand anhalten muss, um mich in einen Busch zu übergeben. Danach geht es mir leider nicht wie sonst besser, sondern eher schlechter. Ich fühle mich so, als hätte ich alle meine alten Pausenbrote auf einmal aufessen müssen.

In meiner Wohnung reiße ich mir die Kleidung vom Körper, ziehe ein Top und eine Pyjamahose an und kuschle mich mit Wärmflasche und Decke auf die Wohnzimmercouch. Auf dem Boden daneben steht ein Kübel und mein Telefon liegt griffbereit, falls ich Hilfe benötige.

Es dauert nicht lange, als Jörg mich anruft. „Soll ich dir etwas bringen?"

„Ich habe keinen Magen-Darm-Tee da, obwohl ... momentan behalte ich nicht einmal Wasser bei mir", antworte ich leise.

„Später bring ich dir etwas vorbei. Mach's gut bis dahin!"

Keine Ahnung, wann ich eingeschlafen bin. Aber das Klingeln des Telefons reißt mich aus einem mehr als merkwürdigen Traum.

„Ja?" Völlig orientierungslos hebe ich ab und fürchte, dass ich mich gleich wieder übergeben muss. Meine Glieder zittern und ich fühle mich selbst im Liegen schwach und wackelig.

„Wo sind Sie? Ich bin hier und warte", höre ich eine bekannte Stimme böse zischen.

„Ich bin krank."

„Kommen Sie mir nicht mit solchen Ausreden. Unser Deal ist hiermit hinfällig", schimpft er und ich versuche mich aufzusetzen.

„Nein, ich bin wirklich ..." Weiter komme ich nicht, weil mich so ein Brechreiz überkommt, dass ich gerade noch den Kopf über den Eimer halten kann.

Als ich zitterig und nach Luft ringend wieder nach dem Telefon fingere, hat er bereits aufgelegt. Ich sacke zurück auf die Couch und dämmere in einer merkwürdigen Stimmung vor mich hin. Mein eigener Atem klingt ungewohnt laut und ich fühle mich meinem eigenen Körper entrückt. Ich kann nicht einmal aufstehen, um den Eimer zu entleeren.

Es klingelt. Ich schrecke auf, bin wahrscheinlich doch für einen Moment eingeschlafen. Vielleicht ist das Jörg? So schnell ich kann, rapple ich mich auf. Mir ist schwindelig und ich halte mich an der Wand fest, während ich mich durch den Gang zur Wohnungstür hangle. Durch den Spion kann ich niemanden erkennen.

Da höre ich ihn: „Machen Sie mir auf und drehen Sie sich um."

„Bitte, ich bin krank …", presse ich hervor.

„Ich will Ihnen helfen. Lassen Sie mich herein."

Langsam drücke ich die Klinke nach unten und drehe mich um. Eine neue Welle des Schwindelgefühls überkommt mich und ich haste ins Badezimmer. Kaum hängt mein Kopf über der Kloschüssel, erbreche ich jede Menge Gallensaft. Ich würge noch eine Zeitlang und werde dabei von heftigem Schüttelfrost durchgebeutelt. Als mein Magen sich endlich beruhigt hat, kann ich mich vor Schwäche nicht von der Schüssel wegbewegen.

Plötzlich steht er hinter mir, mitsamt seiner Maske. Er stützt mich und hilft mir auf, bevor er mich an den Händen zum Waschbecken führt. Dann macht er den Waschlappen, den er an einem Handtuchhaken findet, nass und wischt mir damit den Mund und die Hände sauber.

„Ins Bett?", fragt er.

„Nein, Wohnzimmer", wispere ich und weil meine Beine unter mir nachgeben, stützt er mich und zieht meinen Arm über seine Schulter. Ich deute in die Richtung, in die ich gehen will.

Schließlich sieht er mein Krankenlager auf der Couch und trägt mich kurzerhand die letzten Meter, bis er mich sanft auf der Couch ablegt und neben mir in die Hocke geht. Seine Hand befühlt meine Stirn. Ich zittere am ganzen Körper.

„Sie haben hohes Fieber", stellt er fest und zieht die Wärmflasche unter der Decke hervor. „Sie haben sich eine Wärmflasche gemacht?"

„Ja", flüstere ich schlotternd. Ich kann nur schemenhaft erkennen, dass er den Kopf schüttelt und seine andere Hand auf meine Stirn legt. Da fällt sein Blick auf den Eimer und so viel bekomme ich dann doch mit, dass es mir peinlich ist, wenn er mein Erbrochenes sehen muss. Ich will mich aufsetzen.

„Nichts da. Sie bleiben schön liegen", höre ich ihn knurren, während seine Hand so fest auf meine Stirn drückt, dass ich sowieso keine Chance habe.

„Mein Eimer!", keuche ich. „Ich leere ihn schnell aus."

„Nein, das übernehme ich." Er erhebt sich und dann höre ich im Bad die Klospülung. Schließlich hat er wohl den Wasserhahn aufgedreht und die Geräusche verraten mir, dass er den Eimer auswäscht. Mist! Wenn er schon bei mir putzt, dann hätte er wenigstens ein Baströckchen anziehen können oder einen Lendenschurz wie Tarzan.

Als er zurückkehrt, hat er mehrere Handtücher dabei, von denen einige nass aussehen. Er öffnet kurz das Fenster im Wohnzimmer und lässt frische Luft herein. Dann hebt er die Decke hoch und entblößt meine Füße.

„Ich würde Ihnen gerne Wadenwickel machen", sagt er und ich nicke. „Ihre Hosenbeine sind sehr eng. Tragen Sie Unterwäsche?"

Ich antworte nicht.

„Verstehe", murmelt er und verlässt den Raum.

An den Geräuschen kann ich hören, dass er im Schlafzimmer ist und die Schubladen meiner Kommoden aufzieht. Ob er das auf allen vieren macht? Tatsächlich kehrt er mit einer Unterhose zurück und zeigt sie mir. „Die hier?"

Ich nicke und seine Augen funkeln mich an. „Sie stehen auf Pantys?"

„Erwischt!", kann ich nur flüstern.

Seine Augen betrachten mich intensiv. „Ich werde Sie berühren. Ist das für Sie in Ordnung?"

„Solange Sie danach nicht meine Wohnung putzen", scherze ich weiter, obwohl ich nervös und völlig kraftlos bin.

Um mitzuhelfen, versuche ich meine Hose unter der Decke nach unten zu schieben, aber meine Hände gehorchen mir nicht richtig. Ermattet gebe ich auf.

„Lassen Sie mich Ihnen helfen. Sie werden immer zugedeckt bleiben", höre ich ihn sagen.

Seine Hände wandern unter die Decke und als ich seine Berührung an meinen Beinen spüre, durchfährt mich ein wohliger Schauer, obwohl ich krank bin. Er fährt ganz langsam mit den Händen an den Außenseiten meiner Beine nach oben, bis er den Gummibund meiner Schlafanzughose erreicht. Dann zieht er daran und ich hebe mein Becken leicht an, damit es besser geht.

Schließlich fädelt er meine Füße in die Unterhose und schiebt sie nach oben. Die Hose ist enger als die Schlafanzughose, weshalb ich nun doch unter die Decke greife, um zu helfen. Dabei berühre ich seine

Hände und obwohl ich eigentlich vor ihm zurückzucken will, ertappe ich mich dabei, wie ich einmal sanft über seine Hand streiche. Dennoch bin ich natürlich froh, als ich endlich eine Hose anhabe.

„So", sagt er. „Ich mache Ihnen jetzt die Wadenwickel."

Schon fühle ich, wie er eines meiner Beine hält und ein feuchtes Handtuch darum wickelt. Dann kommt das andere dran und zu guter Letzt packt er beide Beine in trockene Tücher ein.

„Wollen Sie ein Glas Wasser?", fragt er mich, während er vor mir steht.

„Nein, Jörg wollte mir noch Tee vorbeibringen", sage ich genau in dem Moment, als es an meiner Tür klingelt.

„Sie rühren sich nicht vom Fleck", befiehlt er und ich sehe aus dem Augenwinkel, dass er die Maske vom Kopf zieht, als er das Wohnzimmer verlässt. Die Stimmen der beiden Männer dringen nur leise zu mir. Ich merke aber schnell, dass Jörg sich nicht abwimmeln lässt. Kurze Zeit später erscheint er bei mir im Wohnzimmer. „Josi, ja um Gottes Willen. Dich hat es wohl richtig erwischt."

Mein glasiger Blick kann ihn kaum scharfstellen. „Ich habe dir Tee mitgebracht. Dein Freund kocht ihn gerade", sagt er und ich nicke dankbar. Dann ist er auch schon wieder verschwunden.

Ich nehme immer wieder Bewegungen um mich herum wahr. Ist er noch da? Auf dem Wohnzimmertisch stehen eine Tasse Tee und ein Glas Wasser. Wie viel Zeit ist vergangen? Mein Top ist völlig durchnässt und die Wadenwickel sind entfernt worden.

Langsam stehe ich auf. Wo ist er nur? Ich gehe ins Schlafzimmer und zwänge mich aus dem nassen Top. Bei offener Schranktür wühle ich nach einem T-Shirt und als ich eines finde, streife ich es mir schnell über. Dabei schwanke ich bedenklich und plötzlich ist er da, um mich in seine Arme zu nehmen. „Ich habe doch gesagt, Sie sollen sich nicht vom Fleck rühren."

„Mein Shirt ist ganz nass", wispere ich an seinen Hals und kralle mich an ihm fest. „Wo waren Sie?"

„Nur kurz auf der Toilette", sagt er und trägt mich zurück auf die Couch.

Er schaltet den Fernseher an und weil man von der Couch den besten Blick auf den Fernseher hat, setze ich mich auf, deute auf den Platz neben mir und sage: „Kommen Sie, setzen Sie sich hierhin."

Als er neben mir sitzt, zieht er mich mit dem Kopf auf seinen Schoß, sodass ich wieder liegen kann. „Kotzen Sie mich ja nicht voll!", brummt er.

Erstaunt sehe ich zu ihm auf. Seine Augen unter der Maske scheinen starr auf den Fernseher gerichtet zu sein. Ich entspanne mich und schlafe ein.

Zwischendurch, im Halbschlaf, glaube ich beinahe, dass seine Hände sanft durch mein Haar streicheln, aber das ist wahrscheinlich ein Fiebertraum. Warum sollte er das tun? Einmal habe ich sogar das Gefühl, dass ich sein Gesicht sehen würde, wenn auch doppelt und ganz unscharf. Eine lange schmale Nase kann ich erkennen und ganz weiche volle Lippen, die allerdings kaum geschwungen und nicht breit sind. Das muss ein Traum sein.

Am nächsten Morgen wache ich in meinem Bett auf. Ich fühle mich besser, allerdings brummt mein

Kopf immer noch ganz furchtbar. Ich habe Durst und das wird wohl ein gutes Zeichen sein, denke ich mir. Etwas wackelig tapse ich in die Küche und finde einen Zettel.

Jörg hat Ihnen den Rest der Woche freigegeben. Ich ebenso. Wir sehen uns nächsten Dienstag. Erholen Sie sich gut.

Ein Blick ins Wohnzimmer zeigt mir, dass er aufgeräumt hat. Ich kann keine Spuren seines Besuches bei mir mehr erkennen. Die Teetasse steht gespült neben dem Waschbecken, ebenso das Wasserglas.

Bereits am Mittwochabend geht es mir so gut, dass ich beschließe, am Donnerstag wieder in die Arbeit zu gehen. Jörg ist sicherlich nicht böse darüber, da er ohne mich auch Probleme hat, den Alltag in seinem Lokal zu meistern. Außerdem rufe ich am Donnerstagmittag bei dieser Anwältin an, damit sie ihrem Mandanten ausrichten kann, dass ich am Abend, wie gewohnt, in der Wohnung erscheinen werde. Leider erreiche ich die Anwältin nicht persönlich, hinterlasse ihr aber eine Nachricht auf dem Anrufbeantworter mit der Bitte, mich auf jeden Fall zurückzurufen.

Am Donnerstag ist Herbert nach Langem wieder einmal bei uns zu Gast. Mir fällt auf, dass er sich mir gegenüber wortkarg und zurückhaltend verhält. Henry ist nicht da, das wundert mich.

Am Abend erscheine ich pünktlich in der Wohnung und stutze kurz, da ich an der Garderobe bereits zwei Jacken sehe und auf dem Boden zwei Paar Schuhe: feine, glänzende Herrenschuhe und Damenhalbschuhe.

Leise gehe ich zum Badezimmer, wo zwar kein Kostüm für mich, aber die Kleidung einer Frau liegt, die sich hier offensichtlich völlig ausgezogen hat. Der Kleidungsstil lässt auf eine Dame der feineren Gesellschaft schließen.

Während ich das Bad verlasse, hauche ich leise: „Hallo?" Natürlich erhält man keine Antwort, wenn man so leise fragt.

Ich höre Geräusche aus dem Schlafzimmer und obwohl ich anhand des wiederkehrenden Keuchens nur zu gut erkennen kann, was dort gerade passiert, gehe ich zu der geschlossenen Tür. Ganz langsam und leise drücke ich die Klinke nach unten und schiebe die Tür einen Spalt auf.

Ich sehe einen Po von hinten, der immer wieder zwischen die gespreizten Beine einer schwarzhaarigen Frau stößt. Beide scheinen nackt zu sein. Niemand trägt eine Maske. Wie in Zeitlupe schließe ich die Tür wieder und schleiche unbemerkt aus der Wohnung.

Erst, als ich zu Hause angekommen bin, lasse ich es zu, über meine Beobachtungen nachzudenken. Er schläft mit einer anderen Frau. Warum schockiert mich das so? Ich kann mir doch nicht einbilden, dass es einem Mann reicht, wenn er zweimal in der Woche eine Putzfrau im Haus hat, die er nicht berührt. Außerdem hätte ich mir das schon denken können, als ich das zerwühlte Bett beziehen musste. Es würde mich nicht wundern, wenn ich es bei meinem nächsten Besuch in der Wohnung erneut beziehen darf.

Warum bin ich so verletzt? Ich bin nur seine Angestellte. Ich weiß nicht, wie er aussieht und er hat mir nie das Gefühl gegeben, als wäre er an mir als Mensch in irgendeiner Weise interessiert. Er will lediglich, dass ich für ihn putze und er mich dabei ungeniert ansehen kann. Keine Verpflichtungen, außer vielleicht finanziellen.

Aber warum hat er sich so rührend um mich gekümmert, als ich krank war? Das bleibt mir ein Rätsel. Ist er nur daran interessiert, dass seine halbnackte Putze wieder schnell gesund wird? Am liebsten würde ich sofort aufhören. Doch dann fasse ich einen anderen Entschluss.

Am späten Abend ruft mich die Anwältin an. Sie kommt mir ungewohnt aufgeregt vor. „Frau Wagner, gut, dass ich Sie erreiche. Ich habe Ihre Nachricht leider erst jetzt erhalten, da ich den ganzen Tag unterwegs und nicht zu erreichen war. Ich hoffe, Sie sind nicht in der Wohnung gewesen. Ich habe meinen Mandanten nämlich nicht informieren können."

„Nein nein. Ich dachte mir schon, dass ich nicht hingehe, wenn ich nichts von Ihnen höre", lüge ich.

„Gott sei Dank!" Sie klingt erleichtert.

„Keine Sorge, alles in Ordnung. Ich bin dann wie gewohnt am nächsten Dienstag wieder dort."

Ich bin froh, dass ich das ganze Wochenende arbeiten muss und nicht viel Zeit habe, über die neueste Entdeckung nachzudenken.

Am Montag bringen mir Carina und ihr Mann Björn wie vereinbart die Kinder vorbei. Ich frühstücke gemeinsam mit den beiden. Annika ist sieben Jahre alt und Markus fünf.

Den ganzen Vormittag sind wir unterwegs. Wir machen den Stadtpark und alle dazugehörigen Spielplätze unsicher, bis wir mittags in einem Selbstbedienungsrestaurant mit einem großen gelben Buchstaben einkehren. Wir müssen lange anstehen und vergeblich suchen wir nach einem freien Tisch. Da sehe ich einen relativ großen Tisch, an dem ein Herr ganz alleine sitzt. Er ist so in seine Zeitung vertieft, dass er mich erst bemerkt, als ich ihn anspreche: „Entschuldigen Sie, würde es Ihnen etwas ausmachen, wenn die Kinder und ich uns zu Ihnen setzen?"

Die Zeitung sinkt und ich blicke in die sanften Augen eines Geschäftsmannes, der einen noblen Anzug trägt und wahrscheinlich nur wegen des guten Kaffees hier eingekehrt ist. Er sieht mich erstaunt an und ich überlege, ob ich vielleicht vom Spielplatz einen Dreckfleck im Gesicht habe. Dann wandert sein Blick zu meinem Tablett und den beiden Kinder, die ihn erwartungsvoll ansehen. Sofort nimmt er seinen Mantel vom Nebenplatz und sagt: „Nein, natürlich nicht. Setzen Sie sich."

Da die beiden Kinder sofort auf die gegenüberliegende Bank rutschen, muss ich mich neben den Mann setzen, der allerdings aufsteht, um mich nach innen durchrutschen zu lassen.

Während wir essen, legt er seine Zeitung zur Seite und beobachtet die Kinder, die vergnügt ihre Pommes verdrücken.

„Das sind aber nicht Ihre Kinder, oder?", fragt er mich schließlich.

„Nein. Aber ist das so offensichtlich?", antworte ich verwundert.

Er lächelt mich an. „Sie sehen so jung aus!"

„Danke, allerdings täuschen Sie sich. Ich könnte durchaus die Mutter der beiden sein."

Ich werde das Gefühl nicht los, dass ich den Typen schon einmal gesehen habe. „Kennen wir uns von irgendwoher?", frage ich ihn deshalb einfach.

„Wir haben erst neulich zusammen getanzt", sagt er fröhlich.

„Oh", bringe ich nur heraus und erinnere mich an den Mann, den ich im Halbdunkel der Bar kurz wahrgenommen hatte, bevor er mich an sich zog.

„Bist du im Tanzverein?", fragt mich Annika.

„Nein", grinse ich zurück. „Aber deine Mama, Jana, Anja und ich waren im Steak-House und haben getanzt."

„Hat meine Mama auch mit dir getanzt?", fragt Markus.

Da lacht der Mann leise und schüttelt den Kopf. „Nein, ich habe nur mit …" Er sieht mich fragend an und ich ergänze: „Josefine". „… mit Josefine getanzt."

„Bist du verliebt?", fragt Markus weiter und kichert.

„Nein", sage ich schnell. „Wir kennen uns gar nicht." Mein Blick fällt auf den Fremden, der mich lächelnd von der Seite ansieht.

„Ich bin Adam", stellt er sich vor und reicht mir die Hand. Ich ergreife sie kurz und bin überrascht, wie warm und zart sich die Hände anfühlen, die bereits auf meinen Hüften gelegen haben.

Wir essen schweigend weiter, bis Annika plötzlich sagt: „Mama sagt, sie hofft, dass du bald einen Mann findest, sonst endest du noch als alte Jungfer."

Ich verschlucke mich fast und erröte höchstwahrscheinlich, während mein Nachbar grinsend an seiner Kaffeetasse nippt.

„Kinder, wollt ihr nicht draußen in dem Kletterturm spielen? Ihr seid doch schon fertig, oder?" Ich bin froh, dass die zwei fröhlich davonlaufen, habe jedoch nicht bedacht, dass ich jetzt mit diesem Mann allein hier sitze. Er macht keine Anstalten, mich freizugeben, sondern trinkt ganz genüsslich seinen riesigen Becher Kaffee. Ich beeile mich mit meinem Salat.

„Haben Sie es eilig?", fragt er.

„Nein, eigentlich nicht", antworte ich und schlinge weiter.

„Die Kinder spielen da draußen ganz schön. Darf ich Sie auf eine Tasse Kaffee einladen?", fragt er und ich sehe ihn einen Moment verwundert an. „Warum nicht?"

Als er aufsteht und an die Kaffeetheke geht, setze ich mich schnell auf die andere Bank. Er nimmt dies ohne Kommentar zur Kenntnis, als er mit zwei Kaffeetassen zurückkehrt.

Ich bedanke mich höflich und frage: „Haben Sie keine Angst, dass Sie einen Koffeinschock bekommen?"

Er lächelt in seine Tasse: „Das ist ein Milchkaffee. Wahrscheinlich habe ich danach eher einen Calciumschock. Außerdem holt mich am Nachmittag immer die Müdigkeit ein, wenn ich meinen Mittagskaffee nicht bekomme."

„Was arbeiten Sie denn?"

„Ich bin Investor", antwortet er und ich nicke, obwohl ich keine Ahnung habe, was das eigentlich genau heißt. Doch er erklärt es selbst: „Ich investiere in alles, was sich für mich als lohnend darstellt. Teilweise in Unternehmen oder in Produktionen, alles Mögliche. Neuerdings betätige ich mich auch als Produzent von Filmprojekten etc."

„Aha, interessant", schlucke ich und ergänze: „Ich bin Kellnerin."

Er lacht heiser. „Das ist doch nett."

„Ja, ganz nett", brumme ich. „Aber im Ernst, es gefällt mir. Ich muss nicht viel nachdenken, habe Kontakt zu Menschen, viel Bewegung und relativ flexible Arbeitszeiten."

„In welchen Lokal arbeiten Sie denn?", fragt er interessiert nach.

„In der *Schwarzen Witwe.*"

„Ach, das kenne ich. Da waren wir auch schon essen, wurden aber nicht von Ihnen bedient."

„Ja, ich habe noch eine Kollegin und mein Chef ist auch immer da."

„Dann hat uns wohl Ihre Kollegin bedient. An Sie würde ich mich erinnern. Sie sind mir im Steak-House auch sofort aufgefallen. Sogar mein Freund Marek, der eigentlich nie einen Blick zu viel an fremde Frauen verschwendet, hat Sie angestarrt", sagt er und fixiert mich mit seinem Blick über den Tisch hinweg.

Obwohl ich an dem Abend in der Kneipe kaum in seine Augen gesehen habe, kommt mir dieser Blick so vertraut vor, als ob ich nur darauf gewartet hätte, endlich in solche Augen blicken zu können. Das Lächeln, das sich ungefragt auf meinem Gesicht ausbreitet, kann ich nicht abstellen.

„Ich gestehe, Sie sind mir erst aufgefallen, als Sie plötzlich auf der Tanzfläche standen und Ihre Arme ausgebreitet haben", wispere ich.

„Ich weiß. Sie waren davor viel zu sehr mit meinen Freunden beschäftigt, von denen einer übrigens glücklich verheiratet ist", sagt Adam und ich fühle mich ertappt.

„War das dieser Marek? An dem Abend war ich irgendwie in einer merkwürdigen Stimmung. Ich bin normal nicht so draufgängerisch unterwegs", erkläre ich verlegen.

„Dann sollten wir uns dort vielleicht noch einmal treffen, wenn Ihre Stimmung so ist, wie sie normalerweise ist", schlägt er vor und ich ziehe überrascht die Augenbrauen hoch. „Wie wäre es heute Abend?", fragt er und ich bin mehr als baff.

„Naja, Sie haben Glück. Ich habe heute frei."

„Super! Dann sagen Sie, wann."

„Keine Ahnung, so um 20 Uhr wäre gut. Ich denke, bis dahin hat meine Freundin ihre Kinder auf jeden Fall bei mir abgeholt."

Er lächelt: „Ich freue mich. Marek hat übrigens nicht mit Ihnen getanzt. Er war der Vierte in unserer Truppe."

Ich grinse Adam fröhlich an und versuche, mich an den vierten Mann an der Bar zu erinnern. Andererseits kann ich es kaum fassen, dass ich mich mit diesem Mann verabredet habe.

Carina und Björn holen die Kinder am späten Nachmittag bei mir ab und ich bin sichtlich nervös, als ich kurz vor 20 Uhr meine Stammkneipe betrete. Adam sitzt bereits an der Bar. Ich stelle mich neben ihn und sage: „Hallo!" Er steht sofort von dem Barhocker auf. Während eine seiner Hände einen Platz auf meinem

Rücken findet, fragt er: „Wollen wir uns einen Tisch suchen?"

Ich nicke und lasse mich von Adam zu einem freien Tisch führen.

„Haben Sie die Kinder wieder gut untergebracht?"

„Ja, klar, alles bestens", grinse ich, als wir uns setzen, und frage: „Haben Sie Kinder?"

„Nein, leider nicht. Hat sich irgendwie nie ergeben. Aber ich bin aktiver Patenonkel."

„Ach, ehrlich?" Ich ziehe ihn auf, weil er so stolz aussieht.

„Den Vater haben Sie ja bereits kennengelernt", erklärt Adam mit einem Augenzwinkern. Ich nicke verstehend. „Und Sie? Haben Sie einen Freund?", fragt er.

„Vielleicht bin ich ja verheiratet", raune ich und bemerke seinen Blick auf meine ringlosen Finger.

„Sind Sie nicht", sagt er ruhig und ich ertappe mich dabei, wie ich sofort seine Hände näher in Augenschein nehme. Da muss er lachen. „Ich bin es auch nicht."

„Ich habe keinen Freund", ergänze ich. „Wie es scheint, sind die meisten Männer in meinem Alter bereits vergeben. Da muss ich eben warten, bis die ersten Scheidungen durch sind."

Da lenkt Adam von dem Thema ab. „Also Josefine, was machen Sie so, wenn Sie nicht gerade als Kellnerin arbeiten oder auf die Kinder anderer Leute aufpassen?"

„Ach, ich treffe mich mit meinen Freundinnen, gehe gerne ins Kino … obwohl, eigentlich leihe ich mir die Filme eher aus der Videothek aus." Und weil er mich so neugierig ansieht, rede ich weiter: „Ich habe einen ziemlichen Schuldenberg von meinem Vater übernommen und muss sehen, wo ich bleibe. Wenigstens habe ich jetzt noch diese Putzstelle und muss nicht mehr jeden Euro zweimal umdrehen, bevor ich ihn ausgebe."

„Putzstelle?"

„Ja, ich putze zweimal in der Woche bei einem Herrn", erkläre ich und merke, wie meine Stimme unsicher schwankt, weshalb ich versuche, das Thema abzublocken. „Aber ich bin nicht hier, um mich bei Ihnen über meine finanzielle Situation auszuheulen."

„Nein, schon gut. Es klingt für mich so, als ob Sie sehr viel arbeiten würden." Er spricht ganz sanft zu mir, fast wie ein Psychologe oder Pfarrer. „Was haben Sie für einen Beruf gelernt?", fragt er plötzlich.

Darauf will ich nicht antworten. Er scheint mein Unbehagen zu spüren und erklärt seine Neugier: „Ich frage nur, weil ... vielleicht könnte ich Ihnen in meinem Unternehmen eine Stelle anbieten, die besser bezahlt wird als Ihre Tätigkeit als Kellnerin und die Putzstelle zusammen."

„Das glaube ich nicht. Die Putzstelle ist wirklich gut bezahlt", sage ich ohne nachzudenken und rüge mich selbst für meinen unüberlegten Kommentar.

„Kann ich mir kaum vorstellen. Was verdient man so als Putzfrau in der Stunde? Doch bestimmt nicht mehr als ..."

„Ich verdiene genug", unterbreche ich ihn und füge hinzu: „Ich habe keine abgeschlossene Berufsausbildung. Von daher brauchen Sie sich über meinen Stundenlohn keine weiteren Gedanken zu machen."

„Das tut mir leid", raunt er mir zu und ich zucke lässig mit den Schultern. „Das braucht es nicht. Sie sollten mit meinen Eltern Mitleid haben. Ich glaube, die hatten es mit mir wesentlich schwerer als ich mit mir."

„Nein, Sie verstehen nicht. Es tut mir leid, dass ich so unverschämt bin. Das ist eigentlich nicht meine Art", flüstert er und auf einmal spüre ich seine Hand auf meiner. Er drückt meine Hand leicht und schenkt mir ein Lächeln, in das ich mich hineinlegen möchte.

Eigentlich würde ich mich gegen eine so vertraute Berührung durch einen fast fremden Mann wehren. Aber es passt für mich genauso, wie es für ihn in Ordnung zu sein scheint. Wahrscheinlich liegt das an dem Tanz, den wir als Erfahrung gemeinsam haben. Es fühlt sich richtig an, vertraut und völlig normal.

Trotzdem ziehe ich die Hand nach einer Weile unter seiner hervor, weil ich es einfach nicht mehr aushalte, wie er mich ansieht und dabei berührt. Glücklicherweise habe ich inzwischen meine bestellte Saftschorle erhalten, an der ich mich festklammern kann.

„Was machen Sie so, wenn Sie nicht investieren oder zu viel Kaffee trinken?", frage ich ihn.

„Ich trinke noch mehr Kaffee", lacht er und ich lache mit. Dann wird er ernst. „Jetzt bin ich Ende 30, habe weder Frau noch Familie. Manchmal habe ich das Gefühl, ich habe meinen Weg noch nicht gefunden."

„Aber Sie sind doch erfolgreich in dem, was Sie tun, oder?"

„Ja, sehr sogar. Aber das ist nicht alles im Leben, wie man bei Ihnen sieht."

Ich reiße erstaunt die Augen auf, aber er schwächt seine Aussage mit einem sympathischen Lächeln ab und ich grinse.

Dann wechselt er das Thema. „Ich sehe mir auch oft Filme an. Gehen Sie mal mit mir ins Kino?"

„Ja, sehr gerne. Nächstes Wochenende habe ich frei, denke ich." Ich bin so gut gelaunt, dass ich völlig undiplomatisch zeige, wie ich mich freue.

„Treffen wir uns direkt dort?", fragt er und ich nicke.

„Geben Sie mir bitte Ihre Telefonnummer. Dann weiß ich, wo ich anrufen kann, wenn mir etwas dazwischenkommt."

Er grinst schelmisch. „Ich dachte schon, Sie fragen mich nie."

Dann zieht er seinen Geldbeutel aus der hinteren Tasche seiner Jeans und sucht nach einer Visitenkarte. „Hier stehen sämtliche Kontaktdaten drauf. Ich schreibe Ihnen noch meine private Telefonnummer auf die Rückseite." Wie gebannt schaue ich zu, wie er die Mine seines Kugelschreibers ausfährt und die Rückseite seiner Karte für mich beschreibt.

„Ich habe leider keine eigene Visitenkarte. *Josefine Wagner, Kellnerin und Putzfrau.* Meinen Sie, das macht sich gut?"

„Also ich finde, Sie machen sich mehr als gut", raunt er mir zu und schließt halb die Augen, während er mich unverwandt ansieht.

„Warten Sie. Ich habe eine Idee", sage ich und suche in meiner Handtasche nach einer Visitenkarte der

Schwarzen Witwe. Dann teile ich trocken mit: „Das sind meine Geschäftsdaten. Aber ich schreibe Ihnen noch meine private Nummer auf die Rückseite." Es tut gut zu hören, dass er meinen Humor versteht und lustvoll auflacht, während er mir seinen Kugelschreiber reicht.

„Ich hoffe, der Name des Lokals lässt nicht auf Ihre Taktik schließen", höre ich ihn sagen, während ich meine Telefonnummer aufschreibe.

„Natürlich. Oder warum glauben Sie, dass ich gerade in dem Lokal arbeite?"

Er grinst mich frech an, während er meine Visitenkarte in seinen Geldbeutel steckt.

Wir unterhalten uns noch eine ganze Weile über alle möglichen Dinge. Mir fällt auf, dass wir sehr viel gemeinsam zu lachen haben. Kurz vor Mitternacht sehe ich das erste Mal an diesem Abend auf meine Armbanduhr. „Ach herrje, schon so spät. Ich sollte jetzt wirklich Land gewinnen, auch wenn ich morgen noch einmal frei habe."

„Ich muss leider sehr früh aufstehen, deshalb bin ich Ihrer Meinung. Kann ich Sie nach Hause bringen?"

„Nein, ich wohne nicht weit weg. Ist nur ein Katzensprung."

„Sicher?", fragt er noch einmal nach und winkt bereits der Kellnerin, während er seinen Geldbeutel zückt.

„Ja, ich gehe das kurze Stück immer zu Fuß", erkläre ich.

„Haben Sie etwas dagegen, wenn ich Sie begleite?"

„Nein, wenn Sie unbedingt noch später ins Bett kommen wollen."

„Ich dachte, es ist nur ein Katzensprung?"

„Ist es ja auch. Höchstens zehn Minuten."

„Alles zusammen?", fragt die Bedienung.

„Ja", antwortet Adam und bezahlt für mich mit.

Anschließend schlendern wir in die Richtung meiner Wohnung und ich bin nun doch froh darüber, dass Adam mich begleitet. Wir schweigen uns an, was aber nicht unangenehm ist, im Gegenteil. Vor meinem Block bleibe ich stehen: „Da wären wir. Danke für die Begleitung und die Einladung."

„Nichts zu danken, habe ich gerne gemacht." Ehe ich mich versehe, hat er mir einen kurzen Kuss auf den Mund gedrückt. „Bis demnächst", raunt er mir noch zu und geht dann zurück zur Bar, wo er vermutlich sein Auto geparkt hat.

Wow, denke ich mir, der lässt nichts anbrennen! Ich sollte vorsichtig sein. Trotzdem bin ich überglücklich, als ich an diesem Abend hundemüde ins Bett falle.

Den Dienstag verbringe ich schon wieder damit, meine Wohnung zu putzen. Ist das meine Strategie, die Aufregung wegen des bevorstehenden Abends zu bekämpfen? Denn die Erinnerung an den vergangenen Donnerstag, als ich unangemeldet in die Wohnung gegangen war, hat mich eingeholt.

Wieder bin ich überpünktlich und eile gespannt ins Badezimmer. Mittlerweile freue ich mich schon auf die Kostümierung und muss fast lachen, als ich sehe, was er mir bereitgelegt hat: Ein Krankenschwesternkostüm und zwar wie immer ein Modell mit sehr wenig Stoff.

Auf das weiße Röckchen, den auch eine Cheerleaderin tragen könnte, ist vorne eine kleine Schürze angenäht mit einem aufgestickten roten Kreuz. Dazu gehört ein weißes Oberteil, eine Art Dirndl-Bluse, die unter einem Balkonette-BH endet. Für die Haare finde ich nur ein Stirnband, auf dem ebenfalls ein rotes Kreuz prangt. Erfreulicherweise liegt auch eine Unterhose da. Es handelt sich um eine weiße Panty, die allerdings zu mehr als der Hälfte nur aus dünnem durchsichtigem Stoff besteht. Glücklicherweise sind die entscheidenden Stellen von einer sehr hübschen Stickerei verdeckt.

Strümpfe oder Schuhe finde ich keine, was mich irgendwie nervös macht. Klingt vielleicht etwas blöd, aber mit langen Stiefeln oder Strümpfen habe ich mich einfach nicht so nackt gefühlt und ausgerechnet heute, wenn sogar mein Bauch und ein großer Teil des Rückens frei bleiben, bekomme ich keine Strümpfe.

Ich darf nicht meckern, da ich wenigstens eine anständige unanständige Unterhose habe. Barfuß begebe ich mich in die Küche und warte auf 19 Uhr. Auch er erscheint überpünktlich und ich senke, wie ich es bereits gewöhnt bin, den Blick, als er die Küche betritt. Er eilt mit schwunghaften Schritten auf mich zu und bleibt vor mir stehen: „Hallo Kätzchen, geht es dir wieder gut?"

„Ja, Sir", brumme ich.

„Alles gut?"

„Ja, Sir", bringe ich noch weniger überzeugend rüber.

„Kätzchen, du bist doch ehrlich mit mir?"

„Ja, Sir", erwidere ich kleinlaut.

„Gut, dann gehen wir ins Schlafzimmer, Bett beziehen."

Zum Glück hat er sich bereits von mir abgewendet und geht voran. So sieht er nicht mein Gesicht, das wahrscheinlich Bände spricht. Er hat die Gerte dabei.

Während er sich schwunghaft aufs Bett fallen lässt, betrachte ich ihn kurz. Die schwarze Maske kenne ich ja zur Genüge. Dass er ebenfalls barfuß ist, wundert mich. Die Ärmel von seinem weißen langärmeligen Shirt hat er fast bis zu den Ellenbogen hochgeschoben. Seine bequeme Jeans scheint er gerne zu tragen.

„Na dann, leg los, Kätzchen!", höre ich ihn im Plauderton sagen.

Dennoch zögere ich, als ich mir die Bettwäsche genauer ansehe. Keine Frage, hier hat er diese dunkelhaarige Frau gevögelt und ich habe jetzt die Ehre, darin herumzuwühlen. Wunderbar!

Schweigend und missmutig mache ich mich an die Arbeit und nach einiger Zeit murrt er beinahe unfreundlich: „Was ist denn heute los?"

„Nichts, Sir", nuschle ich vor mich hin, während ich das Spannbettlaken um die Matratze schlinge.

„Kätzchen, komm einmal her!"

Als ich zu ihm sehe, winkt er mich ungeduldig herbei. Ich krabble auf ihn zu und hebe so meinen Kopf, wie er es mir gezeigt hat. Natürlich fällt sein Blick in meinen Ausschnitt, was mir aber egal ist.

„Sieh mich an, Kätzchen!" Ich mache halt und zwinge mich, ihm in die Augen zu sehen. Er fixiert mich mit seinem Blick und ich muss mich tierisch zusammenreißen, damit ich nicht zurückzucke, als er mit dieser Gerte auf mich zukommt.

Er fährt ein paar Mal mit dem Ende der Gerte über mein Dekolletee, ganz langsam. Dabei bleibt sein Blick starr in meine Augen gerichtet. Schließlich hält er den Stab unter mein Kinn und legt den Kopf leicht schief: „Du hast heute den ganzen Abend so einen mürrischen Gesichtsausdruck."

Ich will den Blick senken. „Sieh mich an", zischt er. „Ich bezahle dir einen ganzen Haufen Geld, damit du hier bist, von daher kann ich zumindest einen neutralen Gesichtsausdruck erwarten."

Wieder sehe ich vor meinem inneren Auge, was er in diesem Bett mit dieser anderen Frau gemacht hat. „Ja, Sir", hauche ich ganz leise und versuche, die Falte zwischen meinen Augen zu glätten.

„Wir lassen das mit dem Bett. Komm mit in mein Büro!", sagt er plötzlich, steht auf und geht.

Ich folge ihm langsam. Er sitzt bereits hinter seinem Schreibtisch, als ich das Büro betrete.

„Komm zu mir", brummt er und ich gehe zu ihm hinter den Schreibtisch. „Setz dich auf den Tisch!" Dabei rollt er mit dem Stuhl ein Stück vom Tisch weg.

Ich schiebe meinen Hintern auf den Schreibtisch. Als ich sitze, rollt der Stuhl wieder näher heran und ich spüre die Gerte zwischen meinen Knien.

„Mach auf!"

Langsam öffne ich meine Beine ein Stück.

„Weiter."

„Was soll ich putzen, Sir?", frage ich leise und komme mir mit dieser Frage selbst blöd vor.

Seine Augen funkeln mich böse an, während die Gerte an die Innenseite meiner Oberschenkel drückt. „Du lügst mich an, Kätzchen, und das macht mich wütend", knurrt er, während er mit der Gerte dafür sorgt, dass ich meine Beine öffne. „Ich könnte jetzt auch sagen, dass ich gelogen habe, als ich sagte, ich würde dich nicht berühren", zischt er und ich erschrecke. Die Gerte fährt meinen Oberschenkel aufwärts und ich kann sehen, wie sein Blick zwischen meinen Beinen hängen bleibt. „Wie gerne würde ich dich berühren und dir zeigen, was ich in meinen Gedanken schon längst mit dir tue!" Ich schließe die Augen. „Aber ich bin kein Lügner. Zu schade."

Die Gerte fährt nun über den Stoff meiner Unterhose, um genau zu sein, genau zwischen meinen Schamlippen entlang.

„Kätzchen, was verschweigst du mir?"

„Nichts, Sir", stöhne ich und als ich ihn ansehe, bemerke ich seinen Blick, der immer noch zwischen meinen Beinen verweilt, während er mit der Gerte zart über meinen Venushügel streift und leise sagt: „Wie gerne würde ich jetzt mit meiner Hand in dieses Höschen fassen und mit meiner Zunge ..."

„Bitte, hören Sie auf!", flehe ich ihn an und presse meine Beine aneinander. Streng füge ich hinzu: „Das geht zu weit. Ich kann das nicht. Machen Sie das mit Ihrer Freundin."

„Meiner Freundin?" Er klingt erstaunt und verärgert. Wenigstens zieht er endlich die Gerte von mir zurück.

Ich springe von dem Tisch herunter. „Ich war letzten Donnerstag da. Ich habe Sie gesehen ... mit ..." Mehr kann ich nicht sagen. Es überrascht mich selbst, dass es mich immer noch verletzt.

Er lässt sich in seinem Bürostuhl zurücksinken und betrachtet mich. „Ziehen Sie sich um und kommen Sie ins Wohnzimmer!", sagt er mit ruhiger Stimme und steht auf.

„Nun kommen Sie schon herein!", höre ich ihn genervt sagen, als ich wenig später angezogen vor der Wohnzimmertür stehe. Ich atme tief durch, gehe in das Zimmer und stelle mich hinter den Sessel, in dem ich normalerweise sitze. „Sie setzen sich doch wohl! Wir haben zu reden", blafft er mich an.

Bockig gehe ich um den Sessel herum und lasse mich hineinfallen.

„Sie waren also am letzten Donnerstag da?"

„Ja."

„Diese Frau ...", flüstert er.

Aufgeregt unterbreche ich ihn: „Das ist mir so etwas von egal. Sie können von mir aus schlafen, mit wem Sie wollen. Aber lassen Sie mich in Ruhe."

„Es ist Ihnen nicht egal", stellt er ruhig fest und schlägt die Beine übereinander. „Warum regen Sie sich denn so auf?"

„Ich rege mich über mich selbst auf, weil ich mich nicht mehr wiedererkenne. Ich meine, ich hätte es nie für möglich gehalten, dass ich halbnackt für einen Mann putzen würde. Aber ich bin tatsächlich dazu in der Lage, wie es scheint", hauche ich ganz leise, aber er hört mir aufmerksam zu.

„Sie fühlen sich immer noch nicht wohl in meiner Nähe?"

„Es ist einfach merkwürdig, vor jemandem halbnackt zu sein, der völlig bekleidet ist."

„Würden Sie sich wohler fühlen, wenn ich weniger anhätte?"

„Nein, ehrlich gesagt nicht", seufze ich. Es sei denn, es handelt sich um ein Baströckchen.

„Warum kommen Sie dann immer wieder her? Doch nicht nur wegen des Geldes."

„Ehrlich gesagt, ich … ich finde die Vorstellung schön, dass Ihnen mein Äußeres gefällt." Dieses Geständnis ist aus mir herausgebrochen. Darüber nachgedacht habe ich nicht.

„Es erregt Sie, wenn ich Ihnen zusehe, nicht wahr?"

„Ja."

„Und genau das erregt mich. Deshalb würde ich Sie ungern verlieren. Es tut mir leid, dass Sie in diese Situation am letzten Donnerstag geraten sind. Ich will Sie – wie soll ich mich ausdrücken – dadurch nicht verschrecken."

„Warum machen Sie diese Rollenspiele nicht mit der anderen?"

Er lacht kurz. „Ich halte das gerne getrennt."

Ich nicke und will aufstehen, als er erneut zu sprechen beginnt. „Sie sind wirklich eine hübsche junge Frau, aber miteinander zu schlafen, gehört nicht zu unserem Vertrag."

„Ihnen ist doch klar, dass ich nicht mehr kommen werde, falls ich tatsächlich einen anderen Mann kennenlernen sollte", schimpfe ich weiter. „So ein Doppelleben ist nichts für mich. Außerdem sollte mein Freund schon die Gewissheit haben, dass ich nur für ihn auf allen vieren die Wohnung putze."

„Warum habe ich nur immer das Gefühl, dass Sie sich eigentlich über mich lustig machen? Haben Sie keine geheimen Phantasien, die Sie gerne einmal ausleben würden?"

Höchstwahrscheinlich werde ich jetzt rot, aber ich reagiere patzig: „Diese Phantasien bespreche ich sicherlich nicht mit einem Mann, der sein Gesicht hinter einer Maske versteckt."

„Würden Sie mich denn gerne ohne Maske sehen?", fragt er und wieder liegt sein Kopf schief.

„Ich … öhm … keine Ahnung. Ehrlich gesagt, habe ich mir darüber keine Gedanken gemacht. Ich habe mir zwar ständig Gedanken gemacht, wie Sie wohl aussehen. Aber ich will vielleicht gar nicht wissen, wer Sie sind."

„Vielleicht bin ich Herbert", sagt er amüsiert.

Da muss ich bitter lachen. „Ja, klar."

„Oder jemand anderes, den Sie kennen? Ihr Chef zum Beispiel."

Tatsächlich ertappe ich mich dabei, dass ich ihm intensiv in die Augen sehe und mir dann versuche, Jörgs Augen vorzustellen. „Jörg würde mich niemals Kätzchen nennen. Sie spielen ein teuflisches Spiel mit mir."

„Mmh, mein Kätzchen. Sie haben mir heute in der neckischen Unterhose sehr gut gefallen. Zu schade, dass wir nur so kurz das Vergnügen hatten", gurrt er immer noch amüsiert.

Mir reicht es. „Kann ich jetzt gehen?"

„Natürlich – wenn Sie am Donnerstag wiederkommen." Er zieht seine Geldbörse hervor, um mir mein Trinkgeld zu geben.

„Den Monat mache ich auf jeden Fall fertig", sage ich, ohne zu überlegen und greife nach dem Geld.

„Und dann?" Er lässt den Geldschein nicht los und wir hängen beide mit unseren Händen daran.

„Dann weiß ich noch nicht."

„Kommen Sie schon. Sie werden doch nicht aufhören?"

„Warum nicht? Die monatliche Absprache ist ja nicht nur für Sie die Möglichkeit auszusteigen", necke ich ihn.

„Das werden Sie nicht tun", erwähnt er siegessicher.

„Oh doch!", erwidere ich schnippisch und ebenso siegessicher. Dabei ziehe ich an dem Geldschein, den er endlich freigibt, und bedanke mich lächelnd.

Dann gehe ich und bin wirklich froh, dass ich bis Donnerstagabend nichts mehr von ihm höre und sehe.

Dafür ruft Adam mich noch am selben Abend an und auch am Mittwochabend telefonieren wir eine Weile.

Am Donnerstag nach der Arbeit mache ich mich wie immer auf den Weg zu der Wohnung, deren Anblick von außen bereits mein Herz schneller schlagen lässt. Das Kostüm zeigt mir erneut, dass mein Arbeitgeber entweder einen ziemlich schrägen Sinn für Humor hat oder aber es sich zur Aufgabe gemacht hat, mich zu ärgern.

Schon an dem bereitgelegten Haarreifen erkenne ich, dass ich mich als Katze kleiden soll. Ich schlüpfe in die rosafarbene Korsage mit schwarzem Spitzenstoff an den Seiten und betrachte skeptisch das schwarze Schwänzchen, das hinten angenäht ist. Dazu finde ich die passende Panty und lange Strümpfe, die ich an den Haltern der Korsage befestigen kann. Sogar schwarze High Heels stehen da.

„Miau", schnurre ich in den Spiegel, bin mir aber sicher, dass ich in der Gegenwart des Mannes, der dieses Kostüm für mich ausgewählt hat, bestimmt nicht mehr so selbstsicher auftreten werde. Ziemlich aufreizend wackle ich in die Küche und schwinge dabei verspielt den Schwanz der Katze in meiner Hand.

Verschreckt bleibe ich stehen, weil er schon da ist und auf mich wartet. Der Schwanz der Katze fällt mir aus der Hand und ich senke den Blick. „Mach ruhig weiter, Kätzchen. Tu einfach so, als ob ich nicht da wäre!"

„Ich fürchte, ich kann das nicht", antworte ich mit zittriger Stimme.

Er steht auf und schiebt den kleinen Tisch und die Stühle auf die Seite an die Wand des Raumes. Erst jetzt sehe ich, dass er einen CD-Spieler dabei hat.

„Würdest du für mich tanzen?", fragt er.

„Öhm, vielleicht."

Er kommt mit einer Schlafmaske, die ironischerweise Katzenohren hat, auf mich zu und flüstert: „Ich möchte, dass du dich ganz locker machst. Vergiss, dass ich da bin. Darf ich dir die Augen verbinden?"

„Na gut", antworte ich genauso leise.

Während er mir die Maske über den Kopf zieht, raunt er mir ins Ohr: „Tu einfach so, als ob du im Tanzunterricht wärst, mit einer ganzen Menge anderer Leute. Keine Sorge, du kannst nichts verkehrt machen."

Gespannt lausche ich auf die ersten Takte des Liedes, das er ausgesucht hat: *Stolen Dance* von Milky Chance. Ich versuche, mich ganz locker im Takt des Songs zu bewegen, obwohl mich das Gefühl, von ihm dabei beobachtet zu werden, eher verkrampfen lässt. Erstaunlicherweise hilft mir die Augenbinde, da mich sonst seine Anwesenheit noch mehr ablenken würde.

Ich tanze einfach mit geschlossenen Augen vor mich hin, bewege mich aber nicht zu ausschweifend, da ich mich nirgendwo anstoßen möchte.

„Darf ich?", höre ich ihn genau in dem Moment fragen, als ich bereits seine Hand an meiner Taille spüre, während er mit der anderen nach meiner linken Hand greift. Er führt mich zu einem lockeren Tip-Fox und als er mich mit einer Drehung von sich stößt, kommt mir sogar ein Lachen aus. Er bewegt sich sehr schwunghaft und das lässt mich selbst immer lebendiger werden. Es macht mir richtig Spaß, so mit ihm zu tanzen. Er wirkt sehr sicher und ich verlasse mich völlig auf seine Führung.

Als das nächste Lied angespielt wird, rückt er mir auf einmal viel näher und ich spüre, dass er seine Maske ausgezogen hat. Sein kratziges Kinn reibt unterhalb meiner Schlafmaske auf meiner Haut und als Emeli Sandé zu singen anfängt, lässt er meine Hand los und legt beide Hände um meine Taille. Ich umschlinge seinen Hals und ziehe ihn an mich. Da ich nur dünn bekleidet bin, spüre ich deutlich den festen Stoff seiner dunklen Jeans, den breiten Gürtel und die harten Muskeln seines Bauches auf meinem Körper. Sein Atem streift meine Schulter und meinen Nacken, während seine Hände sich langsam über meinen Rücken bewegen. Eigentlich könnte ich mich darüber aufregen, wenn es nicht so elektrisierend wäre.

Nun beginne ich selbst, von seinem eindeutigen Verstoß gegen die Regeln angestachelt, mit meinen Händen auf Wanderschaft zu gehen. Ich fahre über sein Haar. Im Nacken und oberhalb der Ohren scheint seine Frisur eher kurz zu sein, während am oberen Teil des Kopfes eindeutig mehr Haar zu spüren ist. Außerdem fühlt es sich dort hart an, als hätte er Gel oder Haarlack darin.

„Was tust du da, Kätzchen?", raunt er mir leise ins Ohr.

Ohne mich beirren zu lassen fahre ich mit beiden Händen über sein Gesicht, über eine glatte Stirn, die sich großflächig anfühlt, wahrscheinlich, weil kaum Haar ins Gesicht fällt. Buschige Augenbrauen sitzen tief über den Augen, was ich aber bereits trotz der Maske gesehen hatte. Er hat die Augen geschlossen, als ich darüber streiche und langsam mit zwei Fingern seine lange, schmale Nase hinabfahre.

Seine Arme halten mich, während meine flachen Hände seine Backen abtasten. Ich lächle, als ich den Bartansatz spüre und merke, wie sich sein Gesicht ebenfalls verzieht. Mein Finger nähert sich seinem Mund und umrundet ihn. Während ich seine Oberlippe entlangfahre, erschrecke ich und schreie auf, weil ich mir einbilde, er würde nach mir schnappen.

Da lache ich laut und entziehe mich ihm, was er nicht verhindert. Ausgelassen tanze ich durch den Raum, nachdem ich mich an der Küchentheke orientiert habe, wo ich mich befinde. Beinahe übermütig tänzle ich auf den hochhakigen Schuhen durch den

Raum, erinnere mich an Armbewegungen aus dem Ballettunterricht und singe den einfachen Refrain des Liedes mit.

Mit den letzten Klängen des Songs lasse ich mich auf den Boden sinken und liege still. Sofort als das nächste Lied beginnt, bewege ich mich langsam auf dem Küchenboden zu *Wings* von Birdy. Es ist mir inzwischen völlig egal, ob er mich beobachtet und was er sich dabei denkt. Ich räkle mich auf dem Boden und fahre mir durchs Haar. Als ich meine Arme ausgebreitet über den Boden streifen lasse, spüre ich, dass er direkt oberhalb meines Kopfes steht. Ich greife nach seinen Fesseln und halte mich daran fest. Dann beginne ich wie in einer Art Bauchmuskeltraining, meine Beine in der Luft herumzuwirbeln. Erst geschlossen, später auch gespreizt. Das Ganze wird für mich immer mehr zu einem Spiel und mir ist inzwischen alles egal.

Dann schwinge ich mich auf die Knie und fauche meinen merkwürdigen Arbeitgeber an, fahre meine Krallen aus und umkreise ihn. Leider kann ich seine Reaktion nicht sehen, aber er scheint ganz still zu stehen und sich meine Vorstellung gefallen zu lassen. Erst als das nächste Lied beginnt, spüre ich, wie er nach meinen Händen greift und mich hochzieht.

Robbie Williams trällert *She's the one* und ich lasse mich von meinem Tanzpartner an den Händen durch den Raum ziehen, wobei ich durch meine Armbewegungen dafür sorge, dass wir uns langsam zu der Musik bewegen. Wie gerne hätte ich ihn gesehen, da ich trotz seiner Maske alleine durch seine Körpersprache einschätzen könnte, wie es ihm gerade geht. So ganz im Dunkeln zu sein, macht es allerdings schwierig und ich muss alleine durch den Druck seiner Hände oder den Widerstand, den seine Arme auf meine Bewegungen ausüben, erkennen, ob er genauso locker ist wie ich.

Nach Robbie Williams fragen sich The Black Eyed Peas, wo die Liebe geblieben ist. In konventioneller Tanzstellung wirbelt mich mein geheimnisvoller Unbekannter durch den Raum und ich vertraue ihm völlig, dass er mich nicht in irgendein Möbelstück tanzen lässt.

Die Songs kommen und gehen. Ich habe keine Ahnung, wie viel Zeit vergangen ist. Die Tatsache, dass ich ganz schön ins Schwitzen gekommen bin, lässt mich vermuten, dass es schon spät ist.

Dann ertönen die sanften Klänge von R.E.M. *Everybody Hurts* und mein ebenfalls erhitztes Gegenüber zieht mich in seine Arme. Eng aneinandergeschmiegt wiegen wir uns zu dem Lied und ich höre meinen Begleiter manchmal leise brummend mitsingen. Eigentlich höre ich es nicht, ich kann es an der Vibration an seinem Brustkorb spüren. Als das Lied verklingt, bleibt es still.

Die CD scheint zu Ende zu sein und ich stehe auf einmal völlig alleine da.

„Du kannst die Maske jetzt abnehmen."

Sofort ziehe ich mir die Maske vom Kopf und versuche mich blinzelnd an die Helligkeit in der Küche zu gewöhnen. Toll! Er hat seine Maske auf, ich bin meine los. Was ist das hier für eine Arbeitsbeziehung?

„Du kannst gerne duschen, wenn du willst", sagt er und ich nicke, weil ich wirklich völlig ausgepowert bin.

Erschöpft schäle ich mich aus dem Kostüm und wie immer in dieser Wohnung von einem Adrenalinschub heimgesucht fühle ich mich richtig gut. Das Tanzen heute hat mir wirklich gefallen, seine Berührungen haben mir nichts ausgemacht, im Gegenteil. Ich genieße die Dusche und obwohl ich eigentlich ein richtiger Warmduscher bin, kühle ich mich mit lauwarmem Wasser ab.

Danach klopfe ich an die Tür des Wohnzimmers. Vielleicht hat er ja gar nicht auf mich gewartet?

„Ja", höre ich ihn sofort knapp antworten und wie immer, gehe ich zu dem Sessel, der für mich bereit steht und lasse mich nieder. Er schweigt und ich ebenso.

Schließlich will er sein Portmonee zücken und weiß der Himmel, was mich reitet, als ich sage: „Nein, bitte, ich will kein Trinkgeld."

Er verharrt kurz in der Bewegung, legt seinen Geldbeutel aber schließlich auf den Schoß, bevor er mich lange mustert und fragt: „Warum nicht?"

Nervös sehe ich mich im Zimmer um und suche nach den passenden Worten, meine Hände klemmen zwischen meinen Knien, damit ich nicht unkontrolliert herumgestikuliere: „Es war schön … genau … ich käme mir irgendwie schäbig vor, wenn ich Geld von Ihnen für den besten Tanzabend meines Lebens nehmen würde."

Sein Kopf kippt abrupt nach hinten. Mein Satz hat ihn wohl überrascht. Er trommelt eine Weile schweigend mit den Fingern seiner rechten Hand auf der Lehne des Sofas herum. Schließlich brummt er: „Ich käme mir überaus schäbig vor, wenn Sie das Geld nicht annehmen würden. Ich habe Sie engagiert, in diesem Kostüm in meiner Wohnung zu sein."

„Ich habe aber nicht geputzt", platze ich sofort dazwischen.

„Sie haben sonst auch nicht richtig geputzt."

„Das stimmt nicht. Ich ..."

„Vergessen Sie es. Ich möchte, dass Sie das Geld nehmen", knurrt er tief und greift nach seinem Geldbeutel.

„Nein."

„Seien Sie nicht so zickig."

„Seien Sie nicht so stur." Mit diesen Worten stehe ich auf und verlasse die Wohnung.

An diesem Abend klingelt mein Telefon und weil ich denke, dass es Adam ist, der anruft, gehe ich an den Apparat, ohne nachzusehen, welche Nummer angezeigt wird.

„Josefine Wagner."

„Ich bin es", höre ich seine tiefe, angenehme Stimme. Er klingt ruhig und gefasst.

„Hallo, Mister Unbekannt", flöte ich ins Telefon, weil es mich irgendwie freut, dass er mich anruft.

„Sie sind wirklich ein dickköpfiger Mensch", stellt er leicht amüsiert fest.

„Na und? Sie sind keinen Tick besser."

„Und frech sind Sie auch, wirklich wie eine Katze. Der Spitzname passt perfekt zu Ihnen."

„Erwarten Sie bitte nicht, dass ich jetzt anfange, zu schnurren."

Er lacht kurz. „Das würde ich doch zu gerne hören. Aber ich rufe eigentlich wegen dem Trinkgeld an.

Ich habe mir da einen Kompromiss überlegt. Im Laufe des morgigen Tages werde ich Ihnen meine Idee zukommen lassen. Und bitte, seien Sie doch so nett und schießen Sie weder meine Idee noch mich deshalb auf den Mond."

„Das kann ich Ihnen nicht versprechen." Ich hasse es, wenn er immer das letzte Wort haben will.

„Ich möchte nicht, dass Sie Ihre Arbeit bei mir wieder aufgeben", sagt er ganz plötzlich und der unerwartet gefühlvolle Klang seiner Stimme bereitet mir eine Gänsehaut.

„Was ist los mit Ihnen? Finden Sie keine Frau, mit der Sie ohne Maske Kostümpartys veranstalten können?"

Er seufzt. „Es ist nicht gerade üblich, beim Kennenlernen über seine sexuellen Vorlieben zu sprechen, oder?", erklärt er. „Außerdem bin ich nicht an einer Beziehung interessiert. Ich will einfach nur, dass Sie weiter zu mir kommen."

„Und diese andere Frau, die wollen Sie einfach nur in Ruhe weiter vögeln?"

„Das ist komplizierter, als es für Sie momentan vielleicht aussieht …"

„Es hat eigentlich nicht besonders kompliziert ausgesehen", blaffe ich ihn an, „und mir ist durchaus klar, dass ich nicht das Recht habe, mich darüber aufzuregen. Dennoch, ich tue es."

„Ja, Sie tun es und ehrlich gesagt gefällt mir das." Er scheint zu lächeln und ich werde wütend.

„Aber mir gefällt es ganz und gar nicht. Ich weiß ja nicht einmal, wie Sie aussehen."

„Aussehen ist nicht alles. Mögen Sie mich?"

„Im Grunde genommen kenne ich Sie doch überhaupt nicht."

„Sie kennen mich wahrscheinlich besser als so manch anderer. Mögen Sie zumindest das, was Sie von mir kennen?"

„Sie wollen unbedingt ein Ja hören. Also gut, ich mag Sie. Sind Sie nun zufrieden?"

„Ja … ich mag Sie auch, sogar sehr gerne. Deswegen möchte ich nicht, dass Sie wieder aus meinem Leben verschwinden."

Mir fällt nicht ein, wie ich darauf reagieren soll. Schließlich kann ich mich geschmeichelt fühlen. Mir sagt nicht jeden Tag ein anderer Mensch, dass er mich mag, selbst wenn es offensichtlich ist, wie bei meinen Freundinnen und mir. Aber es kommt nur selten vor, dass man es sagt. Sollte eigentlich doch öfter vorkommen, allerdings nicht so abgedroschen wie in diesen amerikanischen Filmen.

„Ich habe jemanden kennengelernt", platzt es aus mir heraus.

„Einen anderen Mann?"

„Ja. Ich gehe morgen Abend mit ihm ins Kino. Er ist nett."

„Kenne ich ihn?"

„Woher soll ich das denn wissen? Er heißt Adam und arbeitet als Investor." Ich gebe so bereitwillig Auskunft, weil ich das Gefühl habe, dass er mir sonst nicht glaubt.

„Darf ich fragen, wo Sie ihn kennengelernt haben?"

„Kennen Sie ihn?"

„Das habe ich nicht gesagt."

„Ich habe ihn das erste Mal in meiner Stammkneipe getroffen und später ganz zufällig bei McDonald's."

„Aha."

„Aha, was?"

„Sie haben ihn nur diese beiden Male getroffen?"

„Nein", antworte ich erstaunt. „Wir waren schon einmal zusammen in der Kneipe. Warum wollen Sie das wissen?"

„Nur so. Ich wünsche Ihnen noch einen schönen Abend und denken Sie daran, dass ich Ihnen morgen Ihr Trinkgeld zukommen lasse." Dann legt er auf.

Ganz ehrlich, mir gefällt der Gedanke auch nicht, dass ich vielleicht bereits am nächsten Dienstag den letzten Arbeitstag bei meinem fremden Bewunderer habe. Aber wie lange will ich denn so etwas machen? Ich habe es ausprobiert, es ist nicht gerade einfach für mich und die Vorstellung, dass er eigentlich an Unterwäsche interessiert ist, die kaum der Rede wert ist, finde ich beängstigend. Wie lange wird er sich noch mit diesen etwas großzügigeren Unterhosen zufriedengeben?

Am Freitag habe ich Frühschicht. Henry ist auch wieder da und ich nehme mir die Zeit, mich auf einen Kaffee zu ihm zu setzen.

„Na Henry, erzählen Sie mal. Was gibt es Neues?"

„Naja, vielleicht sehen wir uns in nächster Zeit nicht mehr so häufig", brummt Henry.

„Das klingt ja mysteriös."

„Ist es auch. Genau genommen bin ich ganz froh darüber, wenn ich wieder mehr unterwegs sein darf, aber im Grunde genommen werde ich Sie vermissen."

„Was mache ich denn, wenn mein Auto wieder nicht anspringt?"

„Werden Sie Mitglied beim ... Sie wissen schon", lächelt Henry.

Während ich über seinen Rat lache, kommt mir die Idee gar nicht so blöd vor, bei der alten Kiste, die ich fahre.

Nach der Arbeit leere ich wie gewöhnlich meinen Briefkasten und natürlich fällt mir sofort ein Brief auf – ohne Briefmarke und nur mit einem Wort als Adresse: „Kätzchen". Schon auf dem Weg in die Wohnung öffne ich den Umschlag und staune nicht schlecht über den Inhalt: Ein Gutschein für ein Waxing! War ja klar.

Zugegeben, ich habe tatsächlich darüber nachgedacht, ob ich das nicht einmal ausprobieren soll. Eigentlich hätte ich es mir denken können, dass er in dieser Hinsicht keine Ruhe geben wird. Interessanterweise hat er mir sogar schon einen Termin ausgemacht und zwar am Montagvormittag. Mal sehen, ob ich da tatsächlich hingehe.

Am Abend stehe ich vor dem Kino, in dem ich mich mit Adam verabredet habe. Ich warte schon eine ganze Weile und die Vorstellung hat längst angefangen. Ein paar Meter neben mir steht ein Mann, der ebenfalls vergeblich auf eine Verabredung zu warten scheint.

Ich wühle in meiner Tasche nach meinem Telefon, das ich eigentlich schon ausgeschaltet habe, damit es im Kino nicht losgeht. Adam hat nicht einmal versucht, mich zu erreichen. Ich suche seine Nummer heraus und rufe ihn an. Er meldet sich tatsächlich: „Ja?"

„Adam, ich bin es, Josefine."

„Josefine, es tut mir so leid. Ich kann heute nicht mehr mit Ihnen ins Kino gehen. Ich bin bis zum Hals voll mit Arbeit. Wir haben hier ein Problem in der Firma. Mein Chef …", sagt Adam.

„Ihr Chef? Ich dachte, Sie seien Investor?"

„Genau genommen habe ich da etwas geschummelt. Ich bin der Mitarbeiter dieses Investors."

Ich schließe die Augen, während ich die Lippen aufeinanderpresse. „Sie haben mich angelogen!", flüstere ich erst nach einiger Zeit, in der auch Adam still bleibt.

„Ja." Er klingt kleinlaut.

„Wissen Sie was? Ich gehe jetzt jedenfalls ins Kino. Viel Spaß noch!", keife ich in den Apparat und lege auf.

Auf einen Liebesfilm habe ich jetzt überhaupt keine Lust mehr. Ich brauche Action, oder wie Arnold Schwarzenegger sagen würde: „An Äktschon Fuim!" Tatsächlich ist ein Film im Angebot mit Bruce Willis und John Malkovich. Wunderbar!

„Einmal Kino 4, bitte", sage ich an der Kasse. Der einzelne Mann, der immer noch auf seine Begleitung zu warten scheint, schenkt mir ein mitleidiges Lächeln und ich lächle verständnisvoll zurück. Dann suche ich in dem Kino, das bereits zur Hälfte voll ist, einen Platz. Neben mir sind ein paar freie Plätze. Mitten in der Werbung muss ich meine Beine zur Seite klappen, weil sich jemand in meine Reihe setzen will. Es ist der einsame Mann vom Eingang, der sich wohl auch dazu entschlossen hat, alleine einen Film anzusehen – mit einer Riesenschachtel Popcorn. Wahrscheinlich rechnet er damit, dass seine Freundin oder Freunde doch noch kommen. Er besetzt den übernächsten Platz neben mir und macht sich sofort über seine Popcorn her.

Ich versuche, ihn auszublenden, ertappe mich aber immer wieder dabei, wie ich zu ihm hinüberschiele, weil er so genüsslich kaut. Schließlich hält er mir die Packung hin. Als ich zögere, lehnt er sich noch ein Stück weiter zu mir herüber, ich greife einmal in die Packung und bedanke mich. Er lächelt mich wieder freundlich an und ich grinse zurück.

Dann beginnt endlich der Film. Obwohl der Film wirklich genau nach meinem Geschmack ist, kann ich mich nicht darauf konzentrieren. Erstens regt mich Adam auf, weil er mich angelogen und auch noch versetzt hat, und zweitens irritiert mich der Mann, der neben mir sitzt. Wenigstens ist noch ein Platz zwischen uns frei. Der Mann hat dort inzwischen seine Popcornpackung deponiert und mir mit einer Handbewegung zu verstehen gegeben, dass ich mich bedienen soll. Immer wieder greife ich in die Packung und einmal zucke ich erschrocken zurück, weil er auch gerade nach ein paar Popcorn greifen will. Unsere Hände berühren sich und wir schauen uns im Halbdunkeln an.

Mir läuft es kalt den Rücken runter. Was ist denn los mit mir? Bin ich zur Nymphomanin geworden, dass mich jeder Mann so durcheinanderbringt? Ich beschließe, lieber nichts mehr von dem Zeug zu essen. Als der Film aus ist, bedanke ich mich kurz für die Popcorn. Er grinst mich nur an und ich verlasse das Kino möglichst schnell.

Von Adam höre ich das ganze Wochenende über nichts mehr und ehrlich gesagt bin ich darüber auch nicht besonders böse.

Am Montagvormittag gehe ich zu dem Termin in dem Waxing-Studio. Einmal ausprobieren kann ja nicht schaden. Empfehlen kann ich diese Behandlung jedoch niemandem. Die Enthaarung der Beine ging ja noch, aber im Schambereich war es recht schmerzhaft. Die Frau, die das bei mir gemacht hat, meinte zwar, es sei bei der ersten Behandlung am unangenehmsten und würde immer weniger problematisch, wenn ich regelmäßig käme.

Aber ich habe nicht vor, das zu überprüfen, obwohl ich zugeben muss, dass ich mir unbeschreiblich sexy vorkomme. Und der schmale, kurze Streifen Schamhaar, den ich stehen lassen habe, sieht wirklich neckisch aus. Meine Haut fühlt sich zart an, auch wenn sie nach der Behandlung noch gerötet ist.

An einem Tag, als in der Arbeit wirklich die Hölle los ist und sowohl Henry als auch Herbert auf ihren Stammplätzen sitzen, höre ich leise meinen Namen rufen: „Josefine?"

Ich drehe mich um und da steht Adam hinter mir. Gleichzeitig bemerke ich, dass Henry aufgestanden ist und unschlüssig neben seinem Tisch steht. Was soll das denn?

„Adam, ich will nicht mit dir reden. Außerdem habe ich zu tun", schimpfe ich und gehe weiter.

„Josefine, es tut mir wirklich so leid, dass ich mich nicht gemeldet habe. Kann ich es irgendwie wieder gutmachen?"

Da bleibe ich stehen und blaffe Adam an: „Das wäre vielleicht zu verzeihen. Aber warum hast du mir etwas vorgelogen?"

„Kann ich Ihnen helfen?", sagt Henry zu Adam, was mich völlig aus dem Konzept bringt.

„Henry! Was machst du hier?", fragt Adam.

„Ihr kennt euch?" Ich verstehe nichts mehr.

„Ja", wiegelt Adam ab. Er wendet sich mir wieder zu und kommt mir zwei Schritte näher.

Henry macht eine Bewegung, als ob er dazwischen gehen will. Endlich höre ich die Stimme von Jörg hinter mir: „Gibt es ein Problem?"

„Nein", sage ich und gehe zurück hinter die Theke. Jörg geht hinter mir her. Ich beobachte Adam und Henry, die sich eine Weile leise zischend unterhalten.

Schließlich geht Henry mit energischen Schritten vor die Tür des Lokals und zückt bereits beim Hinausgehen sein Telefon. Adam sucht sich einen leeren Tisch und beginnt, die Speisekarte zu studieren.

„Dieser Henry entwickelt sich zu einem richtigen Stalker", stellt Jörg fest, während er den Hebel der Bierzapfanlage drückt.

Ich schenke Wasser in ein großes Glas ein und nicke. „Ja, ich weiß auch nicht so recht, was ich von dem halten soll. Ist ja ein sympathischer Kerl, aber manchmal fühle ich mich von ihm direkt bewacht. Ist nicht ganz so wie bei Herbert, aber dennoch irgendwie unheimlich."

„Ich habe übrigens mit Saskia gesprochen. Sie kennt Henry fast gar nicht. Der ist so gut wie nie da, wenn sie da ist." Ich schlucke schwer und mir wird noch mulmiger zumute, als es mir ohnehin schon ist.

„Und wer ist der andere Typ?", fragt Jörg.

„Ich dachte, ich könnte mich mit ihm anfreunden. Aber er hat mich bereits beim zweiten Date versetzt. Jetzt plagt ihn wohl das schlechte Gewissen."

Jörg schaut mich nachdenklich an. „Was ist aus deinem Freund geworden?"

„Freund?"

„Na, der Mann, der bei dir war, als du krank warst", sagt Jörg ganz locker daher. Stimmt!

Jörg hat meinen Arbeitgeber ohne Maske gesehen, was ich völlig vergessen habe. Da platzt es aus mir heraus: „Sah er gut aus?"

„Was?"

Jörg muss mich ja für völlig durchgeknallt halten, wenn ich ihn über meinen Besuch ausfrage. Deshalb korrigiere ich mich: „Ich meine, was hast du für einen Eindruck von ihm gehabt?"

Jörg denkt kurz nach, nimmt ein weiteres Glas und befüllt es. „Er war auf jeden Fall sehr besorgt um dich, das habe ich gleich bemerkt. Und ich bin etwas geknickt, weil er wirklich besser aussieht als ich."

Jörg grinst frech und ich boxe ihn in die Seite. „Aber er ist definitiv kleiner als ich", fügt er hinzu.

Da lache ich den Riesen an. „Das ist bei dir kein Kunststück." Ich greife nach dem Tablett, auf dem mittlerweile die fertigen Getränke stehen und mache eine Runde durch das Lokal.

Bei Adam bleibe ich kurz stehen. „Was möchten Sie trinken?"

„Josefine, bitte, ich …"

„Möchten Sie etwas bestellen?"

„Eine Apfelsaftschorle", sagt Adam ruhig und ich wende mich um. Hinter der Theke stelle ich fest, dass der Apfelsaft leer ist. „Ich gehe schnell in den Keller und hole Apfelsaft", sage ich zu Jörg, der nickt. Über die Diskussion, dass ich lieber einen Mann die Kisten aus dem Keller tragen lassen sollte, sind wir glücklicherweise hinaus.

Als ich endlich die richtige Kiste gefunden habe, höre ich auf der Treppe Jörg aufgeregt schreien: „Josi, komm!"

Ich stelle die Getränkekiste auf den Boden und renne los. „Was ist los?"

„Josi, schnell", ruft Jörg. „Dein Freund ist gekommen. Der zofft sich mit deinem anderen Date. Aber wie!"

„Henry und Adam streiten sich?"

„Nein, Josi! Dein Krankenpfleger ist da."

„Ach du Scheiße", presse ich hervor und stürme an Jörg vorbei die Kellertreppen nach oben.

In der Gaststube ist es ruhig. Adam ist nicht mehr da. Aber draußen vor der Tür höre ich lautes Männergeschrei.

Rasch durchquere ich die Gaststube und will die Tür aufreißen. Da verstellt mir Henry plötzlich den Weg.

„Henry, ich will durch. Sofort!"

„Sorry, aber Sie sollten sich da nicht einmischen", sagt er leise, aber hart.

Ich habe keine Chance, an dem Schrank vorbeizukommen. Was soll ich tun? Die Gäste beobachten mich gespannt. Draußen vor dem Lokal toben immer noch zwei Männer.

Blitzschnell drehe ich mich um und renne in die Küche. Dort gibt es einen zweiten Ausgang. Ich hetze auf die Straße. In dem Moment fährt ein silberner Wagen mit quietschenden Reifen davon. War das nicht ein Mercedes? Das Nummernschild kann ich nicht erkennen. Aber was hätte mir das gebracht? Von Adam ist keine Spur zu sehen.

Da stürzt Henry aus dem Lokal. Er hat wohl meine Flucht bemerkt. Ohne ihn eines Blickes zu würdigen, gehe ich an ihm vorbei zurück an meine Arbeitsstätte. Für den Rest des Tages behandle ich ihn wie Luft.

Nachdem ich mehrere Gläser verschüttet und zwei Bestellungen verwechselt habe, sagt Jörg zu mir: „Josi, ich mache mir langsam Sorgen um dich. Du trägst doch etwas mit dir herum, von dem ich nichts weiß. Ich kann dir nicht helfen, oder?"

„Doch, du kannst mich einfach eine Weile halten", schniefe ich und stürze mich in Jörgs Arme. Er fängt mich auf, umschlingt mich und drückt sein Gesicht in mein Haar. Während ich ein paar Tränen verdrücke, hält Jörg mich einfach fest, genau so, wie ich es in diesem Moment brauche.

Dann sagt er: „Josi, ich glaube, dir reicht's für heute. Geh nach Hause. Ich komm schon allein zurecht."

Dankbar verabschiede ich mich. Draußen atme ich erst mal tief durch. Dann schalte ich mein Telefon ein und es fängt sofort an, zu vibrieren. Wer ruft mich denn so spät noch an?

„Ja?", sage ich mit belegter Stimme.

„Adam ist nicht der nette Kerl, den er Ihnen vorspielt."

Er ist es. „Sie kennen ihn also auch?"

„Ja."

„Vielleicht sind Sie ja auch kein netter Kerl."

„Ich habe nie behauptet, dass ich einer bin. Sie kennen mich so, wie ich wirklich bin."

„Ich kenne Sie überhaupt nicht", fahre ich ihn an.

„Frau Wagner, ich bitte Sie höflichst, mich nicht anzuschreien!"

„Warum nicht? Sie haben es verdient. Platzen einfach in das Restaurant und entführen einen Kunden."

„Ich habe das nur zu Ihrem Besten getan. Bei den vielen Männern, die sich um Sie scharen, fällt es mir allerdings langsam schwer, den Überblick zu behalten. Und nach dem, was ich eben gesehen habe, frage ich mich, ob ich mir nicht stattdessen lieber Ihren Chef vorknöpfen hätte sollen."

Plötzlich bekomme ich Angst. Ich sehe mich hektisch auf dem Parkplatz um und nestle nach meinem Autoschlüssel. Wo ist Henry, wenn man ihn einmal braucht?

Am anderen Ende der Leitung lacht jemand leise: „Sie haben doch nicht immer noch Angst vor mir? Wenn ich Ihnen etwas antun wollte, dann hätte ich es längst getan."

„Wo sind Sie?", flüstere ich ganz leise.

„Warum auf einmal so still. Wollen Sie nicht herkommen und mir ins Gesicht schreien?"

„Nein", brumme ich noch leiser, während ich mein Auto aufsperre und mich sofort hineinsetze. Mein Auto ist immerhin so alt, dass ich von innen einen Knopf zur Verriegelung betätigen kann.

Auf dem Display meines Telefons sehe ich, dass er aufgelegt hat. Ich atme auf.

„Bitte nicht erschrecken!", höre ich hinter mir eine Stimme und zucke kreischend zusammen. Ich vergrabe das Gesicht in den Händen und lasse den Schlüsselbund auf den Schoß fallen. Sollte ich nicht eigentlich fliehen?

Doch stattdessen hebe ich den Kopf und sehe in den Rückspiegel. Eine Maske starrt mich an.

„Hey Kätzchen, keine Angst. Ich bin nur hier, weil ich mit Ihnen reden will. Wollen wir noch einmal genauer auf das Thema von vorhin eingehen?"

„Nein, Sir", sage ich ohne zu überlegen und bin überrascht, als er laut lacht.

„Frau Wagner, wir sind hier nicht dienstlich. Fahren Sie bitte los, bevor Ihr Chef sich wundert, weil Ihr Auto noch auf dem Parkplatz steht."

Ich brauche eine Weile, bis ich meinen Autoschlüssel in das Zündschloss gebracht habe.

„Wohin fahren wir?"

„Zu Ihnen nach Hause natürlich", antwortet er ruhig.

Das ist die schlimmste Fahrt meines Lebens. Was wäre, wenn wir in eine Verkehrskontrolle kämen und die Polizei auf meiner Rückbank einen maskierten Mann vorfände?

Nach einer Weile fängt er an, mir leise ins Ohr zu sprechen: „Sie haben Ihren Gutschein heute eingelöst."

„Ja."

„Und Sie haben sich für den *Brazilian Landing Strip* entschieden?"

„Wenn Sie eh schon alles wissen, warum fragen Sie mich überhaupt?"

„Weil ich Ihre Verlegenheit betörend finde." Seine Stimme lächelt. „Beinahe noch mehr, als Ihren kostümierten Körper."

Ich erschrecke über das elektrisierende Pulsieren, das seine Worte in mir auslösen.

„Sind Sie damit einverstanden, morgen Abend einen Tanga zu tragen?"

„Oh Gott, ich weiß nicht."

„Sie sind so wunderschön. Tun Sie mir den Gefallen. Warum haben Sie solche Hemmungen?"

Darauf kann ich nicht antworten, weshalb er nachfragt: „Fühlen Sie sich von mir erniedrigt?"

„Nein!", antworte ich spontan und steuere auf einen freien Parkplatz vor meinem Wohnblock zu. Mit meinem kleinen Wagen ist das Rückwärtseinparken kein Problem für mich. Auch dieses Mal gelingt es auf Anhieb, obwohl ich mich beim Umsehen mit diesem Mann auf dem Rücksitz konfrontiert sehe.

Er wartet geduldig, bis ich den Motor ausgestellt habe. Dann lehnt er sich zu mir nach vorne. „Warum keinen Tanga, Josefine?"

Das ist das erste Mal, dass er mich bei meinem Vornamen nennt, und es macht mich schwach. „Ich möchte nicht, dass Sie mich auslachen."

„Auslachen? Kätzchen, warum sollte ich über dich lachen?"

Ich antworte nicht darauf und er überlegt laut: „Also bitte, das mit der Slipeinlage war doch wirklich eine ganz andere Situation. Und die Sache mit dem Wildwuchs hast du ja heute erledigt."

Jetzt reicht es mir. Ich platze heraus: „Wildwuchs? Das ist natürlich gewesen. Außerdem ... ach, was soll's."

Wütend will ich meine Autotür öffnen. Doch sein Finger hält den Verriegelungsknopf nach unten gedrückt und ich kann den Wagen nicht verlassen.

„Josefine, können wir in Ruhe darüber reden?"

„Nein, ich will nicht, dass Sie sich hinter meinem Rücken über mich lustig machen."

„Niemand hat das vor. Dein Körper entlockt mir wirklich völlig andere Gefühle. Das Gefühl, dass ich einen Lachanfall bekomme, war bisher nicht dabei", murmelt er in mein Ohr und nimmt den Finger von dem Knopf. „Also, kein Tanga. Na gut, dann werde ich mir etwas anderes überlegen", brummt er und nach kurzer Pause fügt er hinzu: „Würdest du bitte so lange im Auto warten, bis ich nachgesehen habe, ob dieser Nichtsnutz vor deiner Haustüre auf dich wartet?"

„Adam?"

„Ja, Adam."

„Wieso ... Ich warte", seufze ich laut und er steigt aus. Während ich auf seine Rückkehr warte, fällt mir ein anderes geparktes Auto auf und ich erkenne Henry, der am Steuer des Wagens sitzt.

„Scheiße, was ist hier los?", fluche ich mir selbst zu. Ich traue mich nicht aus meinem Auto, obwohl ich nichts lieber täte, als Henry zur Schnecke zu machen.

Mein Tangafreund kehrt zurück und zieht sich beim Verlassen des Hauses die Maske über den Kopf. Eigentlich ein Wunder, dass er noch niemals irgendwo mit diesem Ding aufgefallen ist. Scheint ja so eine Art Hobby von ihm zu sein. Er setzt sich wieder auf meinen Rücksitz und sagt: „Er ist nicht da."

„Dafür ist er da", sage ich und deute mit dem Kinn auf den Wagen, in dem Henry sitzt.

„Henry?"

„Sagen Sie bloß, den kennen Sie auch?"

„Er arbeitet für mich."

„Was?", schreie ich fassungslos, drehe mich um und funkle den maskierten Kerl böse an.

Er lacht auf. „Ich wusste, dass dir das gefällt."

„Sie sind krank", schreie ich hysterisch und zeige mit dem Finger auf ihn. „Sie sind total krank."

Da packt er meinen Arm und zieht mich grob zwischen den Sitzen durch nach hinten auf die Rückbank. Keine Ahnung, wie er es angestellt hat, aber zu meiner Überraschung sitze ich plötzlich auf seinem Schoß und er hält mich fest. Dabei zischt er mir ins Ohr: „Ich habe dir doch schon gesagt, dass ich nicht gerne angeschrien werde."

„Und ich werde nicht gerne festgehalten", fauche ich zurück.

„Das machte mir aber vorhin einen ganz anderen Eindruck."

„Wovon reden Sie?"

„Von Jörg."

Sofort erschlaffen meine Abwehrversuche. Dadurch erreiche ich, dass er mich etwas lockerer hält.

„Was jetzt?", frage ich einfach.

„Ja, was jetzt, Kätzchen?"

Er lässt meine Arme los. Warum verlasse ich nicht sofort fluchtartig den Schoß dieses Mannes?

„Du hast so wundervolles Haar", murmelt er. Seine rechte Hand findet meine Schulter, fährt über meinen Nacken und streift zärtlich durch mein Haar.

„Bitte …", flehe ich, weil ich eigentlich lieber aus dieser Situation entkommen würde.

„Du kannst jederzeit gehen, Kätzchen. Ich werde dein Auto schon abschließen, wenn ich gehe", wispert er und lässt sich von mir nicht aus der Ruhe bringen.

Die Unterseiten meiner Oberschenkel sind bereits so erhitzt, dass ich befürchte, der Stoff unserer Hosen wird bald miteinander verschmelzen.

Seine zweite Hand fährt mir nun ebenfalls durch die Haare – vorsichtig und zärtlich. Unangenehm ist mir das nicht, im Gegenteil. Eine Gänsehaut hat meinen Rücken erfasst.

Nach einiger Zeit streift er meine Haare alle auf eine Seite und fängt an, meinen Nacken und Hals zu streicheln. Als ich mein Gesicht ein wenig in seine Richtung wende, beginnt er, Nase, Mund und Augenbogen nachzufahren, beinahe so, wie ich es bei ihm getan habe.

Um ihn besser sehen zu können, drehe ich mein Gesicht noch weiter zu ihm und stelle fest, dass er seine Augen geschlossen hat. Er fährt mit den Fingern über meine Gesichtszüge und ich beobachte, wie seine Lider zittern.

Aus welchem Grund auch immer löst sich eine Träne aus meinem linken Auge und rinnt mir langsam über das Gesicht. Es ist nur eine Frage der Zeit, bis er mit seinem Finger darüberstreicht. Als er es tut scheint er sofort zu begreifen, weil er die Augen öffnet. Sein Blick überfordert mich, weil ich ihm so nah bin und seine Augen selbst in der Dunkelheit des Wagens so tief in meine Seele zu blicken scheinen. Er verreibt die Träne auf meinem Gesicht, sagt aber kein Wort zu mir, sieht mich nur an, mit diesem Blick, seinem Blick.

„Wer bist du?", wispere ich beinahe tonlos.

Als er nicht antwortet, nehme ich einfach sein Gesicht mitsamt der Maske in meine Hände und drücke ihm einen kurzen Kuss auf jedes Auge. Danach springe ich sofort aus dem Wagen.

Weil ich in meiner Wohnung kein Fenster zur Straßenseite habe, kann ich nicht sehen, was die beiden Männer dort unten noch so tun. Meine Befürchtung, dass mein Tangafreund mir in die Wohnung folgt, bestätigt sich nicht. Emotional aufgewühlt gehe ich schließlich ins Bett, kann aber eine gefühlte Ewigkeit lang nicht einschlafen.

Völlig unausgeschlafen und übernächtigt schließe ich am nächsten Morgen das Lokal auf. Sofort kommt Henry herein. Er wirkt tatsächlich ein bisschen unsicher und das sieht wegen seines riesigen Körpers wirklich ulkig aus.

„Guten Morgen", brummt er und ich schnaufe tief durch, bevor ich laut antworte: „Guten Morgen."

Ich habe beschlossen, ihm nicht weiter böse zu sein. Er kann schließlich genauso wenig wie ich etwas dafür, dass er den Job bei dem Tangafreund angenommen hat.

„Wie immer eine Tasse Kaffee?", frage ich deshalb betont freundlich und sofort entspannen sich seine Gesichtszüge.

Er lächelt leicht. „Ja, danke."

Als ich ihm die Tasse serviere, sieht er mir mit einem wehmütigen Hundeblick in die Augen. „Josi, ich wollte eigentlich nicht, dass Sie so über meine Tätigkeit hier erfahren."

„Wahrscheinlich wollten Sie überhaupt nicht, dass ich es je erfahre."

„Richtig."

„Jetzt ist es sowieso zu spät. Ihr Boss hat ganz gehörig einen an der Klatsche. Ich bin heute das letzte Mal bei ihm", kläre ich Henry auf.

Seine Augenbrauen ziehen sich nach oben. „Ach, weiß er das schon?"

„Ich habe so meine Andeutungen gemacht. Wieso?"

Henry lacht zynisch. „Naja, er ist es nicht gewöhnt, dass andere die Entscheidungen treffen."

„Dann wird es aber Zeit!" Ich lächle siegessicher, obwohl ich mir schlecht vorstellen kann, dass ich meinen geheimnisvollen Arbeitgeber nicht mehr besuchen werde.

Kurzerhand setze ich mich zu Henry an den Tisch und frage: „Hat er eigentlich die anderen Putzfrauen auch überwachen ..." Ich bremse mich, weil mir Henrys Gesichtsausdruck nicht gefällt. „Öhm, ich meine ... beschützen lassen?"

„Ja", erklärt Henry knapp. „Aber nicht in diesem Umfang."

„Was soll das heißen?"

„Naja, die anderen habe ich nur im Vorfeld kurz überprüfen müssen und später immer wieder stichprobenmäßig. Es ging dabei vor allem darum, ob es irgendwelche Bestrebungen gab, die Identität meines Arbeitgebers ausfindig zu machen. Er sieht das nicht gerne."

„Das kann ich mir vorstellen. Also sind Sie doch zur Überwachung eingesetzt?"

„Das war ich. Ja. Bei Ihnen war es allerdings anders." Auf meinen fragenden Blick hin ergänzt er: „Er hat mir ausdrücklich gesagt, dass ich auf Sie aufpassen soll, insbesondere wegen Herbert."

Mir wird ganz mulmig zumute. „Heißt das, Sie mussten auf die anderen Frauen nicht so ... aufpassen?"

„Ich habe ja keine Ahnung, wie er ansonsten die Frauen aufgegabelt hat, aber wenn Sie mich fragen, dann waren das ziemlich hartgesottene Ladys. Ein Beschützerinstinkt kam da nicht auf."

„Henry, verstehen Sie mich nicht falsch. Aber glauben Sie, ihm liegt etwas an mir?" Ich kann es nicht fassen, dass ich tatsächlich diese Frage stelle.

„Josi, warum fragen Sie ihn das nicht selbst?"

Ich nicke und presse meine Lippen aufeinander. Ja, warum eigentlich nicht?

Während ich in Gedanken versunken vor mich hinblicke, lächelt Henry mich an und sagt: „*Sie* mögen ihn tatsächlich."

„Ja, ich kann es selbst kaum glauben, aber ich mag ihn, sogar sehr. Nur die Umstände, wie ich ihn kennengelernt habe, sind etwas merkwürdig."

Henry grinst breit. Erstaunlicherweise bin ich richtig froh, dass ich endlich mit jemandem offen sprechen kann, selbst wenn es sich dabei um den nächsten Halbfremden handelt. „Wie haben *Sie* ihn kennengelernt?", frage ich.

„Ich habe mich auf eine Stellenanzeige beworben."

Da muss ich lachen. „Was hat er denn da gesucht?"

Henry versteht und lacht ebenfalls. „Jedenfalls keinen Nacktputzer."

Mein Lächeln erstirbt, als mir bewusst wird, dass Henry über meine Beschäftigung Bescheid weiß.

Sofort ergänzt er: „Er vertraut mir und ich bin gleichzeitig auch ein Freund für ihn geworden. Deshalb bin ich über ziemlich viele Dinge im Bilde."

„Oh, das ist mir jetzt irgendwie peinlich", gestehe ich kleinlaut.

Henry ergreift meine Hand und drückt sie kurz: „Es muss Ihnen nichts peinlich sein. Er hat mir keine Details berichtet. Ich glaube, er schützt Ihre Privatsphäre sehr genau."

„Sagen Sie, können Sie mir bitte erklären, was es mit Adam auf sich hat?"

„Das sollten Sie auch lieber mit meinem Chef selbst besprechen."

„Wenn ich mich traue", erwidere ich leise.

„Nur so viel. Sie sollten nicht den Fehler machen und sich auf Adam einlassen."

„Verstehe", murmle ich, obwohl eigentlich das Gegenteil der Fall ist.

Dann stehe ich auf und reiche Henry die Hand: „Also, Jörg kommt bestimmt gleich. Ich finde, wir sollten uns voneinander verabschieden, weil das sonst später merkwürdig aussieht."

„Auf Wiedersehen", brummt er.

„Auf Wiedersehen, Henry, und danke, dass Sie auf mich aufgepasst haben."

Erst kurz bevor ich meine Schicht beende, bezahlt Henry und als er wenig später von seinem Tisch aufsteht, winkt er mir noch kurz zu. Ich winke zurück und es überfällt mich ein wehmütiges Gefühl, als er mir den Rücken zukehrt.

Auf dem Parkplatz stelle ich erfreut fest, dass Henrys Wagen noch dort steht. Das ist bisher noch nie vorgekommen, das wäre mir aufgefallen. Er hat es wohl jetzt nicht mehr nötig, sich vor mir zu verstecken. Fühlt sich gar nicht so schlecht an, einen Beschützer im Hintergrund zu haben! Daran könnte ich mich glatt gewöhnen. Ist zumindest eine bessere Situation, als einen Stalker am Hals zu haben.

Henry ist auch da, als ich mich von zu Hause auf den Weg zu Alfons Maders Wohnung mache. Wer sich wohl diesen Decknamen ausgedacht hat?

„Mein letzter Besuch in dieser Wohnung!", denke ich, als ich mit meinem Daumen die Wohnungstür öffne.

Im Badezimmer erwartet mich eine kleine Überraschung. Das ist kein Kostüm, sondern Schlafwäsche: ein besonders edler Pyjama. Mein Blick fällt auf das Etikett. Oh, *Victoria's Secret!* So etwas hatte ich noch nie an. Der dunkelblaue Satinstoff fühlt sich angenehm glatt an und glänzt. Schnell schlüpfe ich in diese wunderschönen Teile. Das Oberteil mit ganz schmalen Trägern wird nur durch drei kleine Knöpfe vorne zusammengehalten. Der Stoff ist nur teilweise blickdicht, was allerdings bei dem tiefen Ausschnitt auch nicht mehr ins Gewicht fällt. Die kurze Hose sitzt relativ locker und bequem, sieht aber unbeschreiblich sexy aus. Am Waschbecken liegt eine Haarklammer, mit der ich mein Haar am Hinterkopf nach oben stecke.

Fröstelnd tapse ich in die kühle Küche. Hoffentlich soll ich nicht hier arbeiten! Er erscheint pünktlich, wie immer. Sofort nehme ich die übliche Grundhaltung ein.

„Hallo, Kätzchen!"

„Hallo, Sir!" Mit gesenktem Kopf versuche ich ihn anzuschauen. Er sieht heute sehr schick aus. Seine schwarze Stoffhose sitzt so perfekt, als sei sie maßgeschneidert worden. Ironischerweise trägt er ein dunkelblaues Satinhemd, passend zu meinem Outfit. Die Maske fehlt natürlich auch nicht.

„Du sieht so richtig zum Anbeißen aus – wie ein Geschenk, das darauf wartet, ausgepackt zu werden." Er geht langsam um mich herum und ich fühle mich seinem schamlosen Blick ausgeliefert.

„Mmh", höre ich ihn genießerisch summen, als er mit seiner Besichtigungsrunde fertig ist. Dann fragt er erschrocken: „Ist dir kalt, mein Kätzchen?"

„Ja, Sir."

„Schade! Ich dachte schon, dass meine Anwesenheit diese Wirkung auf dich hat."

Da ich mir schon denken kann, worauf er anspielt, spare ich mir einen Blick auf meine Brüste.

„Ich habe die Heizung im Wohnzimmer angemacht. Dort hast du es mollig warm."

Er geht voraus und ich tipple barfuß hinter ihm her. Im Wohnzimmer steht vor der riesigen Wohnwand die mir bereits bekannte Leiter.

Mein Arbeitgeber knöpft die Hemdsärmel auf und krempelt sie hoch. Dabei schaut er mich an und sagt: „Du darfst heute das ganze Regal ausräumen und sauber machen. Anschließend wieder einräumen. Du weißt ja, was ich sehen möchte. Noch Fragen?"

134

„Nein, Sir", antworte ich, während er sich in seinen Sessel fallen lässt.

Sogar einen Eimer mit Wasser und Lappen hat er für mich bereitgestellt. War er etwa schon vor mir da?

Als Erstes rücke ich die Leiter in eine Position, in der er mich von hinten sieht und klettere in Zeitlupe daran hoch. Er sieht mir eine Weile von seinem Sessel aus zu, wie ich etliche Male übertrieben langsam die Staffelei hinauf- und hinunterwackle und dabei meine Hüfte viel mehr bewege, als es eigentlich nötig wäre.

Vertieft in meine Tätigkeit bemerke ich gar nicht, dass er den Sessel verlassen und sich neben der Staffelei auf den Boden gesetzt hat. Eigentlich fällt es mir nur auf, weil mich ein Hauch seines Aftershaves oder Parfums trifft. Ich sehe mich um und entdecke ihn hinter mir am Boden.

„Hey!", sagt er betont locker und winkt mir zu. Er hat wohl bemerkt, dass mich seine Nähe irritiert.

„Hey!", antworte ich und füge dann noch schnell „Sir" hinzu.

Er lacht leise und schüttelt den Kopf.

Ich arbeite weiter. Welche Einblicke wohl das bequem geschnittene Höschen gewährt? Es sitzt ja ziemlich tief auf den Hüften und ist an der Außenseite weit nach oben geschlitzt!

Aber er scheint keine Hemmungen zu haben, wenn es um eine gute Aussicht geht. Denn nun sitzt er schon fast unter der Staffelei. Er sagt nichts mehr, was ich ihm hoch anrechne. Ein falsches Wort und ich würde mit Sicherheit meine Beine zusammenpressen! Allerdings hätte er trotzdem noch einen schönen Anblicke: Das Oberteil ist ebenfalls weit geschnitten und bedeckt nur knapp die Brust. Und unter dem Oberteil trage ich – nichts.

Inzwischen habe ich mich in der Wohnwand so weit nach unten vorgearbeitet, dass ich die Staffelei nicht mehr benötige. Jetzt kommen die großen Schubkästen im unteren Bereich dran. Fragend sehe ich meinen Beobachter an.

„Aber natürlich auch die Schubladen, Kätzchen, und zwar auf allen vieren."

Ich ziehe die Staffelei zur Seite und gehe auf die Knie. Doch bevor ich mich auf die erste Schublade stürzen kann, höre ich wieder seine Stimme: „Würdest du einmal um mich herumkriechen, mein kleines Kätzchen?"

„Ja, Sir", hauche ich und mache mich langsam auf den Weg zu ihm.

Sein genüsslicher Blick fixiert mein Gesicht, dann sinken seine Augen eine Etage tiefer und bleiben dort hängen. Deshalb die hochgesteckten Haare! Die hätten sonst wirklich gestört.

Langsam umrunde ich den mit angezogenen Beinen auf dem Boden sitzenden Mann. Dabei wende ich meinen Blick nicht von seinem Gesicht beziehungsweise der Maske. Schließlich krabble ich zu der ersten Schublade zurück. Hoffentlich bin ich nicht arg feucht, während ich ihm meinen Hintern hinstrecke!

„Oh, Kätzchen!", stöhnt er und meine Hoffnung ist im Keim erstickt. Vorsichtig schiele ich zu ihm nach hinten: Er hat sich sein Hemd aufgeknöpft.

„Hier ist es so heiß und du kühlst mich auch nicht gerade ab. Darf ich mein Hemd ausziehen?"

136

Wenn ich jetzt Ja sage, zu was genau gebe ich dann eigentlich meine Zustimmung?

Er errät meine Gedanken. „Keine Sorge, ich will einfach nur aus dem Hemd raus und vielleicht noch aus den Socken."

„Also gut. Ist ja deine Wohnung", brumme ich und verbessere mich sofort: „In Ordnung, Sir."

Plötzlich kommt er mir ganz nahe und mir wird ebenfalls heiß, weil sein Hemd komplett geöffnet ist. „Kätzchen, ich will auch nicht unbedingt, dass du dich über mich lustig machst. Ich bin unendlich geil und mein Ständer drückt bereits schmerzhaft gegen meine Hose. Also reiß dich zusammen!"

„Ja, Sir." Ich muss schlucken. Sein Oberkörper zieht meinen Blick magisch an. Er sollte besser nicht auf meinem Wildwuchs herumreiten!

„Gefällt dir, was du siehst, Kätzchen?"

Schnell wende ich mich der Schublade zu. Aus den Augenwinkeln nehme ich wahr, dass er das Hemd ganz von seinem Körper streift. Mir stockt der Atem. Denn der Hauch von verschwitztem Mann widert mich nicht an, sondern wirkt erotisch auf mich, besonders in der Kombination mit seinem Parfum.

Dennoch schaffe ich es irgendwie, die Schublade ganz langsam leerzuräumen. Nur ein paar Wolldecken waren drin. Klar, falls jemand friert!

Als ich mich auf die Fersen setze, beschwert er sich sofort: „Versteck dich nicht vor mir!" Erstaunt schaue ihn an.

Um seine Augen zuckt es, als er kaum hörbar raunt: „Ich habe bereits alles von dir gesehen, Kätzchen."

Ich erstarre und versinke in seinen Augen. Bestimmt verraten meine Nippel unter dem Pyjama-Top, was ich empfinde.

Er scheint noch nicht fertig zu sein mit seinen verbalen Berührungen: „Du bist unfassbar schön, überall. Ich wollte, dass du dich rasierst, nicht weil ich gegen deinen natürlichen Haarwuchs bin, sondern weil ich nicht will, dass du deine Vollkommenheit vor mir verbirgst."

Als mein Mund sich öffnet, hebt er sofort die Hand. „Kein Widerspruch."

Mein Mund klappt zu und ich greife nach dem Lappen.

„Komm schon, geh wieder auf die Knie!"

Diesmal folge ich ihm und knie mich vor die Schublade. Beim Wischen des Schubladenbodens bewegt sich mein Becken vor und zurück. Er keucht und ich schäme mich für meinen erregten Zustand. Würde ich mich wehren, wenn er mir jetzt unter die Hose greifen würde?

Andererseits, er hatte schon vor mir Putzfrauen und eigentlich bin es nicht ich, die ihn so anmacht. Es ist die verkorkste Tatsache, dass er gerne leicht bekleidete Frauen beim Putzen beobachtet. Das alles hat gar nichts mit mir zu tun. Jede andere Frau hat ihn wahrscheinlich genauso zum Keuchen gebracht. Vielleicht nannte er sie auch Kätzchen und hat ihnen dieselben Worte zugeflüstert wie mir.

Ohne es zu merken wische ich immer schneller und verkrampfe mich. Meine Gedanken bestärken mich in dem Entschluss, dass ich meinen Vertrag nicht verlängern werde. Mein Leben ist aus den Fugen geraten, seit ich diesen Mann getroffen habe.

„Oh Mann. Was ist denn jetzt wieder?", jammert er hinter mir und ich sehe mich zu ihm um. „Etwas hat sich verändert. Was ist los?"

Wie kann er nur so feinfühlig sein trotz seiner Geilheit? Wie macht der das bloß? „Entschuldigung, Sir", flüstere ich.

„Ich habe dich etwas gefragt."

„Ich fühle mich einfach nicht gut, wenn ich eine von vielen bin", erwidere ich ehrlich.

„Du fühlst dich nicht gut? Entschuldige, du kassierst hier einen ganzen Haufen Geld ab. Du fühlst dich nicht gut? Ha!"

„Reite doch nicht immer auf diesem blöden Geld herum. Es ist einfach so, dass ich mir einbilde, dass nicht ich es bin, die dich so anregt, sondern nur diese Klamotten und die ewige Putzerei."

„Genau. Deswegen bist du hier angestellt. Schon vergessen?"

„Dann hör auf, mir irgendwelche Pseudo-Komplimente ins Ohr zu flüstern. Das ist alles gelogen."

„Schluss. Sofort. Du ziehst dich an. Meine Stimmung ist hinüber", sagt er hart.

Ich stehe auf und gehe schneller als nötig ins Badezimmer. Wäre diese Nachtwäsche nicht so wunderschön, würde ich sie mir am liebsten vom Körper reißen. Meine wirren Gedanken kreisen um die Tatsache, dass ich diesen Mann viel zu gerne mag.

Als ich mir meinen Pullover über den Kopf ziehe, bin ich über mein rotes Gesicht schockiert, das mich aus dem Spiegel ansieht. Mein Haar fällt wellig über die Schultern den Rücken hinab, wahrscheinlich weil ich auch geschwitzt habe. Ich fixiere mich selbst im Spiegel und schicke mir etwas Mut zu: „Geh da rein und verabschiede dich anständig!"

Im Wohnzimmer stehen inzwischen die Fenster offen. Kühle Nachtluft weht mir entgegen, als ich die Tür öffne. Sein Hemd hat er wieder angezogen. Wie immer sitzt er auf dem Sofa und sogar das Trinkgeld liegt schon auf dem Tisch.

Da es erst Viertel vor neun ist, setze ich mich in den Sessel. Er hat eine Hand vor den Mund gelegt und starrt gedankenverloren in eine Ecke des Raumes. Ich würde es unter dieser Maske keine fünf Minuten aushalten, ohne Beklemmungen zu bekommen.

Geduldig warte ich darauf, dass er mir seine Aufmerksamkeit schenkt. Mein Blick ist auf den Teppichboden gerichtet und das Muster verschwimmt mir vor den Augen. Tatsächlich habe ich ein schlechtes Gewissen, weil er ja eigentlich die Wahrheit gesagt hat: Ich bin hier, weil er mich dafür bezahlt. Es kann ihm wirklich egal sein, wie ich mich fühle. Als ich ihn kurz anschaue, treffen sich unsere Blicke. Unruhig rutsche ich auf meinem Sessel herum und nuschle: „Diese Streiterei mit dir geht mir ganz schön an die Nieren. Ich will das eigentlich gar nicht."

„Wie bitte?" Er beugt sich fragend zu mir, obwohl ich sicher bin, dass er jedes meiner Worte verstanden hat.

„Es tut mir leid, okay?", fahre ich fort. „Ich bin einfach nicht die Richtige für diese merkwürdige Arbeitsbeziehung."

„Kann sein. Auch wenn ich zugeben muss, dass ich noch nie so zufrieden war wie mir dir. Natürlich hast du es nie auf die vereinbarten zwei Stunden gebracht. Aber wenn du mich in deinen Bann gezogen hast, dann richtig!" Nach kurzer Pause ergänzt er: „Ich habe dennoch kein Interesse mehr, den Vertrag zu verlängern."

„Was?", schreie ich auf.

„Ich will dich nicht wiedersehen."

„Du bist unglaublich!", schnaube ich empört. „Ich habe doch schon längst gesagt, dass ich nicht mehr kommen werde. Und jetzt lässt du es so aussehen, als würdest *du* die Sache beenden. Das gibt es doch nicht. So eine Frechheit!"

Völlig ruhig entgegnet er: „Du hast das doch bloß gesagt, um mein Interesse an dir nicht einschlafen zu lassen. Tut mir leid, Kätzchen, dein erbärmlicher Versuch ist leider fehlgeschlagen."

Er macht einen richtig entspannten Eindruck auf mich, als ob er die Situation genießen würde. Dieser Depp! Ich stehe auf und greife nach dem Geldschein: „Den nehme ich nur, damit ich nicht wieder einen völlig überflüssigen Gutschein bekomme. Du machst es mir wirklich leicht, zu verschwinden. Auf Nimmerwiedersehen, mein lieber Alfons Mader."

Hasserfüllt schaue ich ihn an. Eigentlich erwarte ich ein paar Abschiedsworte aus seinem Mund. Doch er wendet sich von mir ab. Prima. Dann kann ich ja jetzt gehen. Ich stürme aus dem Raum, was wohl zu einer Art Gewohnheit geworden ist und verlasse die Wohnung.

Zuhause gebe ich mich dem Gefühl der Frustration hin, das sich in mir breit macht, gemischt mit einer Portion Trauer und Wut. Ich wusste gar nicht, dass ich zu so vielen verschiedenen Empfindungen gleichzeitig fähig bin.

Da klingelt es an meiner Haustüre. Es überrascht mich doch ein wenig, dass ich ausgerechnet Adam durch meinen Türspion erkenne. Mit eingerasteter Sicherheitskette öffne ich die Tür.

„Adam, was wollen Sie?"

„Ich möchte wirklich nur gerne mit Ihnen reden. Diese ganze Geschichte ist mir so unangenehm, ehrlich", brummt Adam mir durch den kleinen Spalt zu.

Wahrscheinlich bin ich nach diesem Abend nicht mehr ganz zurechnungsfähig. Oder warum lasse ich ihn in meine Wohnung? Vielleicht ist es auch der leidende Blick, den er aufgesetzt hat.

„Danke", höre ich ihn hinter mir murmeln, während ich ihn ins Wohnzimmer führe. Dort deute ich auf die Couch. „Setzen Sie sich doch. Möchten Sie etwas trinken?"

„Nein. Ich will mich für mein Verhalten entschuldigen."

Als er sich gesetzt hat, suche ich mir einen Platz neben ihm, allerdings mit etwas mehr Abstand als nötig.

„Ich hätte mich von Anfang an zu erkennen geben müssen", fängt er an.

„Was?"

„Ich wusste von Anfang an, dass Sie die neue Putzfrau sind. Schon in dem Moment, als wir in der Bar miteinander getanzt haben."

„Was ist das für ein perverses Spiel, das Sie da spielen zusammen mit Alfons Mader?"

Er lacht und wiederholt spöttisch: „Alfons Mader!" Dann wird er wieder ernst und sagt: „Wir spielen kein Spiel. Ich finde wirklich, dass Sie etwas ganz Besonderes sind, Josefine, deshalb habe ich Sie in der Bar zum Tanz aufgefordert. Und das Treffen in dem Fast-Food-Restaurant war reiner Zufall. Es hat mich mehr als nur gefreut, Sie dort zu treffen, ehrlich."

Ich bin geneigt, ihm zu glauben, obwohl mir die Warnung meines Tangafreundes und auch die von Henry im Hinterkopf rumort.

Adam rückt mir ein Stück näher. Als er meine Hand ergreift, sehe ich ihn überrascht an. Sein Blick ist starr auf meinen Mund gerichtet, während er spricht. „Mein Chef, dieser Spielverderber hat von Anfang an versucht, eine mögliche Beziehung zwischen uns zu verhindern. Er hat es geschickt boykottiert, dass ich mit Ihnen ins Kino ging. Und dann ... als er in das Lokal geplatzt ist und mich an den Haaren nach draußen gezogen hat ..."

Oh. Mein. Gott. Sehe ich da Tränen in Adams Augen glitzern? „Adam!", rufe ich verblüfft aus.

„Er hat genau gemerkt, dass ich mich Hals über Kopf in dich verliebt habe." Er nähert sich mir und als wir uns küssen, bin ich überrascht über meine Leidenschaft. Dennoch versuche ich verkrampft unter den immer fordernder werdenden Küssen einen klaren Gedanken zu fassen.

Er trägt keine Maske, ich kenne seinen Namen, er ist nett, spricht mich auch körperlich an und außer der Warnung eines ziemlich zweifelhaften Zeitgenossen habe ich keinen Grund, nicht hier zu sitzen und diesen Mann zu küssen.

Lediglich Henrys Warnung liegt mir schwer im Magen, weshalb ich Adam nun doch Einhalt gebieten möchte. Der macht aber keine Anstalten, auf meine Versuche einzugehen.

Er drängt sich an mich und will mich in eine liegende Position auf der Couch drücken. Seine Hand fährt bereits unter meinen Pullover und ich merke, dass ich hier mit zarten Abwehrversuchen nicht weiterkomme.

„Stopp", schreie ich ihn an. Aber er küsst mich erneut und berührt jetzt bereits meine Brust.

„Oh, Josefine, ich will dich", raunt er mir zu.

„Halt!", brülle ich ihn an und drücke ihn mit aller Kraft, die ich aufwenden kann, von mir weg. Er weicht zurück.

„Ich werde nicht mit dir schlafen, Adam. Hast du das wirklich geglaubt?"

Er sieht mich erst erstaunt, dann aber mit einem gemeinen Grinsen an und presst hervor: „Du bist nichts weiter als seine abgelegte Putzschlampe."

„Spinnst du?"

„Alle wollen von ihm gefickt werden, aber er überlässt sie immer mir. Das ist unser Deal", erklärt er brummend und kommt mir wieder näher.

Ich springe von der Couch auf und ziehe meinen Pullover zurecht. „Du solltest jetzt sofort gehen. Und nie wieder kommen", sage ich möglichst laut und selbstsicher, während ich in die Richtung meiner Wohnungstüre deute.

„Wir könnten sehr viel Spaß miteinander haben. Ich bin nicht so schlecht im Bett, wie du vielleicht denkst."

„Ich habe überhaupt kein Interesse an Spaß im Bett mit dir. Geh jetzt, sonst schreie ich das ganze Haus zusammen", warne ich ihn ernst.

Er scheint zu begreifen. Sein hämisches Grinsen erstirbt und als er aufsteht, vergrößere ich meinen Abstand zu ihm. „Frigides Weibsstück!", schimpft er und verlässt meine Wohnung, wobei er die Tür laut zuknallen lässt.

Ich schnaufe tief durch, schlinge die Arme um mich selbst und breche heulend auf der Couch zusammen.

Der nächste Tag beginnt nicht besser. Ich bin am Ende, kann mir gar nicht vorstellen, in die Arbeit zu gehen. Allerdings muss ich das auch nicht. Wieder klingelt es nämlich an meiner Wohnungstür.

„Jörg?" Verwundert öffne ich ihm die Tür. Er will mich besuchen, sieht dabei allerdings so ganz und gar nicht glücklich aus. Eigentlich sieht er so schlecht aus, wie ich mich fühle.

„Komm rein!"

Wir gehen an meinen kleinen Esstisch in die Küche und ich schenke ihm eine Tasse Kaffee ein.

„Ist etwas passiert?"

Jörg stützt den Kopf in die Hände und starrt auf den Tisch. Ich berühre seine Schultern, aber er zieht sie sofort von mir weg.

„Hey! Was ist los?", frage ich noch einmal nach.

„Setz dich erst einmal, Josi. Ich muss dir etwas sagen."

Ich lasse mich auf dem Stuhl ihm gegenüber nieder und umklammere dabei aufgeregt mit beiden Händen meine Kaffeetasse.

Jörg schnauft tief durch und fängt an, zu erzählen, ohne mich anzusehen: „Gestern Abend hat Daniela einen Anruf erhalten, als ich noch im Lokal war."

„Ja?" Daniela ist Jörgs Frau, mit der er zwei Kinder hat.

„Der männliche Anrufer hat ihr von meinem Seitensprung berichtet."

„Nein!", bringe ich nur heraus und mein Mund bleibt offen stehen.

„Weißt du, Josi, ich habe ihr meinen Seitensprung gebeichtet, schon vor einiger Zeit und wir waren, denke ich, ganz gut darüber hinweggekommen. Allerdings habe ich ihr aus gutem Grund verschwiegen, dass du diejenige warst, mit der ich geschlafen habe."

„Jörg, was ..."

„Wie es scheint, hat der anonyme Anrufer sie darüber in Kenntnis gesetzt und ich habe es nicht geleugnet ... Josi ... ich muss dich entlassen. Du kannst nicht mehr bei mir arbeiten."

„Aber mein Gott ... Jörg! Wie stellst du dir das vor? Wo soll ich denn etwas anderes finden? Ich muss die Schulden für die Wohnung abzahlen, das weißt du ..."

„Bitte, Josi, mach mir nicht noch ein schlechtes Gewissen! Mir ist schon klar, dass die Initiative nicht nur von dir ausging und ich war schließlich derjenige, der seiner Frau untreu war. Dennoch gehört das Lokal mir und Daniela will, dass du sofort von dort verschwindest ... was ich auch verstehen kann."

„Du kannst es verstehen? Dann verstehe bitte auch mich! Was soll ich denn jetzt machen?"

„Vielleicht kannst du diese Putzstelle ausbauen, die du hast?"

„Ja, genau Jörg. Diesen verdammten Job habe ich gestern Abend hingeschmissen." Meine Stimme versagt und jetzt bin ich diejenige, die den Kopf auf die Hände stützt und den Tisch anstarrt.

„Es tut mir wirklich leid, Josi. Ich wollte nie, dass es so kommt. Ich mag dich wirklich", höre ich Jörgs leise Stimme brummen.

Obwohl ich durchaus Verständnis für den Standpunkt seiner Frau habe, fühle ich mich von Jörg als Freund im Stich gelassen.

„Vielleicht könntest du ja deine Mutter …", murmelt er.

„Du weißt genau, dass ich meine Mutter nicht um Hilfe bitten möchte", zische ich unter meinen Händen hervor und schniefe.

Jörg lässt nicht nach. „Deine Mutter liebt dich. Sie leidet mit Sicherheit darunter, dass du dich so von ihr zurückgezogen hast."

„Meinst du, das kommt besonders gut rüber, wenn ich mich jetzt bei ihr melde, wo ich in Schwierigkeiten bin?"

„Sie ist deine Mutter. Sie wird nicht nach dem Anlass fragen. Lass dir doch helfen."

Jetzt will er mich berühren und ich zucke vor ihm zurück. „Jörg, fass mich nicht an!", schreie ich. „Nie wieder, hörst du?" Seine Hand fällt zurück auf den Tisch und meine Wut gewinnt die Oberhand. „Verschwinde!", fauche ich ihn an.

Er nickt und steht auf. Wahrscheinlich kennt er mich so gut, dass er mit dieser Reaktion gerechnet hat. Sachlich sagt er: „Ich halte natürlich die Kündigungsfrist ein. Offiziell verrechne ich dir noch deinen Urlaub und die Überstunden, sodass du nicht von heute auf morgen ohne Geld dastehst."

„Wie gnädig von dir!"

Bis ich höre, wie er sanft meine Wohnungstür ins Schloss zieht, reiße ich mich zusammen. Aber dann packe ich seine Kaffeetasse und schleudere sie in den Flur. Der Kaffee spritzt an die Wände und auf den Boden, bevor das Porzellan auf den weißen Fliesen zerschellt. Ein stummer Schrei liegt mir auf der Zunge. Ich reiße meinen Mund auf und verkrampfe mich. Dann breche ich erneut weinend zusammen.

Erst viel später, während ich die Scherben aufräume, mache ich mir darüber Gedanken, was Alfons Mader alias Mister Unbekannt dazu getrieben hat, Daniela anzurufen. Ich bin mir sicher, dass er es gewesen ist. Bestimmt hat er mit mir damals über dieses Thema gesprochen, damit ich mir zusammenreimen kann, dass er für meine Kündigung gesorgt hat.

Aber warum? Reicht ein gekränktes Ego für so eine Tat aus? War ihm denn nicht klar, dass er mit nur einem Anruf mein Leben zerstören würde? In meiner Wohnung halte ich es nicht mehr aus und mache einen Spaziergang. Ich schlendere nicht wie sonst gemütlich durch die Straßen, sondern marschiere aggressiv drauf los. Das hilft mir, mich abzureagieren.

Erstaunt bemerke ich bei meiner Heimkehr ein kleines Paket, das vor meiner Wohnungstür auf mich

148

wartet. Ist das jetzt die Bombe, mir der mein Leben ausgelöscht werden soll? Der Absender ist mir allerdings bekannt. Angelika Preu, die Anwältin von Mister Unbekannt, schickt mir ein Päckchen? Und wie es aussieht, hat sie es persönlich gebracht, denn es steht nur mein Name, aber keine Adresse drauf.

Eigentlich sollte mein Stolz mich daran hindern, dieses Paket zu öffnen. Aber meine Neugier überwiegt. Ich staune nicht schlecht, als ich darin die blaue Nachtwäsche vom Vorabend finde – und einen Brief.

Sehr geehrte Frau Wagner,

mein Mandant möchte Ihnen hiermit seine freundlichsten Wünsche übermitteln und Ihnen als Entschädigung für seine üble Laune, die er gestern Abend an Ihnen ausgelassen hat, die beiliegenden Bekleidungsstücke als Geschenk überlassen.
Des Weiteren befindet sich in dem Paket der Entwurf eines neuen Vertrages, der Ihnen eine unbefristete Weiterbeschäftigung bei meinem Mandanten zusichert.

Denken Sie darüber nach und rufen Sie mich an.

Mit freundlichen Grüßen
Angelika Preu

Ich verstehe die Welt nicht mehr. Gestern Abend sagt er noch zu mir, dass er mich nicht weiterbeschäftigen will, was ich ja auch nicht will. Und heute?

Was hat sich verändert seit gestern Abend? Ja … der Besuch von Adam! War das ein Test?

Und die Kündigung! Um mir die Entscheidung noch etwas leichter zu machen, sorgt er dafür, dass ich meine andere Stelle verliere. Wie wunderbar eingefädelt!

Allerdings hält er es nicht einmal für nötig, selbst ein paar Zeilen zu schreiben. Er kann sich doch nicht wirklich einbilden, dass ich auf sein Angebot eingehe!

Empört wähle ich die Nummer der Anwaltskanzlei, erreiche aber nur die Mailbox der Anwältin. Obwohl ich mich um einen neutralen Ton bemühe, ist meine Wut zu hören, als ich sage: „Hallo, Frau Preu! Hier spricht Josefine Wagner. Ich habe eben Ihr Paket vor der Tür gefunden. Aber ich muss Ihnen leider mitteilen, dass ich kein Interesse habe. Bitte richten Sie Ihrem Mandanten aus, dass ich keinerlei Kontakt mehr zu ihm wünsche, weder schriftlich, noch telefonisch und erst recht nicht persönlich. Vielen Dank. Auf Wiederhören.“

Dann schnaufe ich ein paar Mal tief durch, bevor ich eine Nummer wähle, die ich zwar schon seit ungefähr zwei Jahren nicht mehr gewählt habe und dennoch besser kenne als meine eigene.

„Mama …“, schluchze ich in den Apparat.

Meine Mutter Dagmar wohnt mit meinem Stiefvater Walter Probst in einem noblen Vorort. Das ist von mir zu Hause mit dem Auto nur etwa eine Stunde Fahrt entfernt.

In dem großen modernen Haus habe ich auch lange Zeit gelebt und jetzt werde ich wieder für eine

Weile dort Unterschlupf suchen. Meine Mutter hat sich wirklich sehr über meinen Anruf gefreut und als sie mich am Telefon weinen hörte, hat sie sofort angeboten, dass ich kommen und so lange bleiben könne, wie ich es für nötig hielte.

Jetzt bin ich auf dem Weg zu ihr. Ich habe gepackt, als ginge ich auf Weltreise. Dennoch spricht nichts dagegen, dass ich hin und wieder in meiner Wohnung nach dem Rechten sehe.

An unserer Funkstille war hauptsächlich ich schuld. Damals, als pubertierende Jugendliche, habe ich es nicht verkraftet, dass meine Mutter, nachdem sie meinen Vater verlassen hatte, einen anderen Mann geheiratet hat. Noch dazu einen wesentlich jüngeren Mann als sie. Gestört hat mich auch ganz massiv, dass ich es nicht nur einmal mitbekam, wie der Mann meine Mutter gut hörbar vernascht hat.

Dabei war Walter im Grunde genommen ein richtig netter Mann, inzwischen 43 Jahre alt, immer braungebrannt und gutaussehend mit seinem schwarzen Haar und den altmodischen Koteletten.

Als er meine Mutter kennenlernte, war er gerade mit dem Medizinstudium fertig und ich habe ihm unterstellt, dass er lediglich hinter dem Geld meiner Mutter her war.

Heute ist er ein erfolgreicher Arzt und will demnächst eine eigene Privatklinik eröffnen. Das hat mir meine Mutter sofort stolz am Telefon erzählt, vielleicht auch, um mich von meinem Kummer abzulenken.

Ich freue mich, dass das Gartentor offensteht, und fahre direkt auf die kleine Parkbucht für Besucher. Da eilt auch schon meine Mutter auf mich zu.

Ihr blondes Haar und die offene Bluse wehen im Wind. Sie sieht nicht aus wie 52. Ihre Figur ist weiblich und ihre Jeans betont die runden Hüften. Unter der Bluse trägt sie ein Top und keinen BH, wie ich feststelle. Dass sie sich das in ihrem Alter noch erlauben kann, finde ich bemerkenswert. Wenn ich schon nicht die blonden Haare von ihr geerbt habe, dann hoffentlich das gute Bindegewebe!

Ich steige aus dem Auto.

„Hallo", ruft sie fröhlich. Wir umarmen uns nicht, weil wir beide nicht der Typ für solche Begrüßungen sind.

„Hallo, Mama", lächle ich schüchtern.

„Ich habe mit Walter telefoniert. Er freut sich wirklich, dass du bei uns einziehst."

„Vorübergehend, Mama. Ich will nicht dauerhaft bei euch wohnen."

„Natürlich. Ich helfe dir mit dem Gepäck."

Mein altes Kinderzimmer ist inzwischen zum Gästezimmer umfunktioniert worden. Welche Ironie des Schicksals, dass ich nun wieder dieses Zimmer bewohnen werde!

Meine Mutter lässt mich in Ruhe, was ich wirklich nett von ihr finde. Ich kann sie durch das Fenster sehen, wie sie im Garten an einigen Pflanzen herumschneidet. Sie wirkt glücklich und zufrieden.

Am späten Nachmittag kommt Walter mit dem Auto und meine Mutter geht ihm sofort entgegen. Die zwei vereinen sich zu einem innigen Begrüßungskuss. Beinahe neidisch betrachte ich das Geschehen und staune, dass ich dabei an meinen Mister Unbekannt denken muss.

Ich werde aus meinen Gedanken gerissen, als Mama und Walter zu mir nach oben sehen. Lächelnd winke ich und bin erleichtert, weil Walter zurückwinkt. Mit ihm muss ich wirklich die Friedenspfeife rauchen, wenn es sich ergibt.

Wie früher hüpfe ich die Treppen hinunter und gehe Walter entgegen. „Hallo", sage ich sofort, als ich ihn sehe.

„Josi, ich grüße dich", erwidert er lächelnd und streckt mir die Hand entgegen. Ich ergreife sie und er drückt sie fest, während er mir in die Augen sieht. Auch er scheint Frieden mit mir schließen zu wollen. Nicht, dass er jemals an einem Krieg interessiert gewesen wäre, aber meine Attacken hat er sich nicht gefallen lassen.

„Danke, dass du nichts dagegen hast, wenn ich eine Weile bei euch bin."

„Mensch, Josi, du bist hier immer willkommen. Ich bin der Letzte, der etwas dagegen hat", sagt er ruhig und ergänzt: „Und das hast du bestimmt auch gewusst."

„Ich richte das Abendessen her", ruft meine Mama. Walter legt ihr sofort seinen Arm auf die Schultern und sagt: „Ich komme gleich und helfe dir."

„Kann ich auch etwas helfen?", höre ich mich selbst fragen und die Überraschung in den Gesichtern, die mich anblicken, zeigt mir deutlich, dass diese Frage von mir absolut ungewöhnlich ist.

Beschämt schaue ich zu Boden, aber da höre ich meine Mama sagen: „Na gerne."

Ich gehe mit ihr in die Küche, in der ich mich eigentlich noch ganz gut auskenne.

„Mama?", frage ich nach einer Weile und weil von Walter noch nichts zu sehen ist.

„Ja, Schatz."

„Hat Walter dir eigentlich erzählt, wie gemein ich immer zu ihm war?"

„Ja, Schatz, das hat er."

„Oh Gott."

„Du hat ihm ganz schön zugesetzt. Aber ich denke nicht, dass da noch etwas in ihm arbeitet", meint sie locker. Unser Gespräch ist schnell beendet, weil Walter frisch geduscht erscheint und uns beim Tischdecken hilft.

Beim Essen halte ich mich ziemlich zurück und bin positiv überrascht, weil meine „Eltern" sich einfach unterhalten, ohne sich von meiner Anwesenheit stören zu lassen.

Die nächsten Tage verlaufen nach ähnlichem Muster. Meine Mutter überlässt mich mir selbst, Walter arbeitet die meiste Zeit und ich bekomme die Zeit, die ich zum Nachdenken brauche. Ich telefoniere viel mit meinen Freundinnen Carina, Jana und Anja, wobei niemand das eigentliche Problem meiner Geschichte zu hören bekommt.

Alle sind gleichermaßen entsetzt über Jörg, der mich entlassen hat. Da ja niemand den eigentlichen Grund kennt, gerate ich immer wieder in die Situation, dass ich Jörg in Schutz nehmen muss. Jörg ruft mich auch ein paar Mal an, was ich aber ignoriere. Von Adam höre ich überhaupt nichts mehr, bin aber auch nicht böse darüber. Die unbekannte Nummer ohne Kennung, die mich einige Mal zu erreichen versucht, nehme ich erst gar nicht an. Ich werde nie erfahren, ob mein mysteriöser Arbeitgeber versucht, mich zu erreichen.

Wieder einmal spaziere ich ziellos durch den Garten und bemerke gar nicht, wie meine Mutter sich mir von hinten nähert. Plötzlich geht sie neben mir und fragt freundlich: „Josefine, willst du nicht langsam mit mir darüber reden?"

„Worüber?"

„Na über den Mann, der dir das Herz gebrochen hat."

„Mama, Jörg hat mich entlassen und nicht mein Herz gebrochen."

„Da ist doch noch etwas anderes. Ich bin deine Mutter. Du kannst das nicht vor mir verstecken."

„Da sind eine ganze Menge Männer, die mir das Leben in letzter Zeit schwer gemacht haben: Jörg, Adam, Henry und Mister Unbekannt."

„Erzähl mir von Mister Unbekannt."

„Wenn ich das tue, dann habe ich eine Klage am Hals."

Meine Mutter ist entsetzt. „Auf was hast du dich denn da eingelassen?"

„Eigentlich auf gar nicht besonders viel und jetzt ist es sowieso vorbei."

„Ich versteh schon. Du weißt ja, wenn du dich jemandem anvertrauen willst, dann kannst du mich oder Walter jederzeit ansprechen."

„Walter? Genau, ich rede mit einem Mann über meine Probleme mit Männern! Hältst du das für eine gute Idee?"

„Er ist zwar nicht dein leiblicher Vater und ich weiß, dass du ihn vom Alter her nicht ganz als Stiefvater akzeptieren kannst. Aber er macht sich Gedanken über dich. Erst gestern Abend hat er wieder diese Sache mit deinem ersten Freund erwähnt, die ihn fast zur Weißglut getrieben hat." Meine Mutter lächelt. „Kannst du dich noch daran erinnern?"

„Wie könnte ich das vergessen. Er hat Matthias aus dem Haus geworfen, obwohl wir nur händchenhaltend auf der Couch gesessen sind."

„Es war ihm im Nachhinein sehr unangenehm. Andererseits ist ihm damals klar geworden, dass du wie seine eigene Tochter für ihn bist. Ich glaube, er hat es mir deshalb auch verziehen, dass ich keine Kinder mehr bekommen wollte."

„Ich habe ihn nicht immer fair behandelt", sage ich mehr zu mir selbst.

„Wie wäre es dann mit einem längst überfälligen Stiefvater-Tochter-Gespräch?"

„Mal sehen. Ich bin in dieser Hinsicht ziemlich feige."

Meine Mama klopft mir auf die Schulter und wendet sich dann wieder ihrem Garten zu. Sie zieht eine Leiter unter den großen Apfelbaum, steigt hinauf und beginnt, Äste zurückzuschneiden.

Ich gehe weiter und hänge meinen Gedanken nach, als ich sie plötzlich schreien höre.

Sofort drehe ich mich um und renne zu ihr. Sie liegt unter dem Baum auf dem Boden. Ihr Gesicht ist schmerzverzerrt. Sie hält sich die Schulter.

„Ach du Scheiße!", kreische ich. Die Schulter sieht merkwürdig aus, einfach gar nicht gut. „Ich rufe sofort den Notarzt", befehle ich mir selbst und ziehe mein Handy aus der Tasche.

Dann kümmere ich mich um meine Mutter, streichle sie und versuche sie abzulenken von den Schmerzen. Endlich kommt der Krankenwagen. Die beiden Rettungssanitäter beschließen sofort, sie ins Krankenhaus zu bringen.

„In welche Klinik fahren Sie denn?", frage ich.

„Am Park", antwortet der Sani kurz.

„Ich rufe Walter an, Mama. Mach dir keine Sorgen!", sage ich wie betäubt, obwohl eigentlich ich diejenige bin, die sich Sorgen macht.

Walters Telefonnummer habe ich überhaupt nicht in meinem Telefon eingespeichert. Deshalb blättere ich mit fliegenden Fingern in dem Telefonbüchlein meiner Mutter. Sie ist der Meinung, es gebe nichts Schlimmeres, als alle Daten in seinem Handy zu speichern und darauf angewiesen zu sein.

Glücklicherweise finde ich Walters Nummer und ich habe noch größeres Glück, weil er sofort am Apparat ist. Ich erzähle ihm, was passiert ist.

„Auweh! Bin schon auf dem Weg dorthin", ruft er sofort.

„Ich komme auch. Wir sehen uns dort."

Als ich im Krankenhaus ankomme, ist meine Mutter gerade beim Röntgen und ich warte auf einem Stuhl vor ihrer Zimmertür. Nach einiger Zeit kommt Walter aus der Röntgenabteilung. Obwohl er selbst Arzt ist, sieht er verloren aus, völlig durch den Wind. Ich springe auf und als er mich sieht, schüttelt er verzweifelt den Kopf. Ich kann nicht anders, als ihn in die Arme zu nehmen, was er dankbar zulässt.

Irgendwann setzen wir uns und es bricht aus ihm heraus: „Die Schulter ist ausgekugelt, aber sie ließ sich nicht wieder einrenken. Deshalb wird Dagmar sofort operiert."

Ich nicke schweigend und dann lache ich bitter.

„Du lachst?"

„Naja, das Letzte, wovon Mama vor dem Sturz gesprochen hat, war ein Stiefvater-Tochter-Gespräch. Hätte ich gewusst, wie sie das einzufädeln gedenkt, hätte ich es ihr ausgeredet."

Walter lächelt nun auch leicht, bevor er neugierig fragt: „Was willst du denn mit mir besprechen?" Er scheint über die Ablenkung froh zu sein, ebenso wie ich.

„Naja, sie hat mir angeboten, mit dir meine Männerprobleme zu besprechen, was ich allerdings nicht für eine so gute Idee halte. Dann sind wir auf die Geschichte mit Matthias gekommen."

„Erinnere mich bloß nicht daran! Ich habe mich verhalten wie ein gestörter Vater."

„Leider habe ich das damals nicht erkannt."

„Dass ich gestört bin?"

„Nein, dass du wie ein Vater für mich warst", wispere ich ganz leise und werfe Walter einen vorsichtigen Blick zu. „Ich habe dich nicht so behandelt, wie du es verdient hättest. Ich war sauer auf dich, weil du meine absurde Hoffnung, dass meine Eltern sich wieder vertragen könnten, zunichte gemacht hast."

„Ich weiß", sagt Walter ruhig.

„Aber das war noch lange kein Grund, dich anzuschreien, dich anzumachen oder dich als Pisser zu bezeichnen", brumme ich leise. „Ich habe viel zu spät begriffen, dass du meine Mama wirklich liebst."

„Besser spät als nie. Das mit dem Pisser hatte ich schon wieder vergessen", grinst Walter mich an. „Die Anmache allerdings nicht."

„Ach herrje, das ist mir im Nachhinein echt immer noch peinlich", sage ich und vergrabe mein Gesicht in den Händen.

„Ich muss zugeben, ich habe Dagmar alles erzählt, was du dir so erlaubt hast. Nur deinen Nacktauftritt habe ich ihr verschwiegen."

„Danke", murmle ich. Schon seit Jahren hat mich die Frage gequält, ob meine Mutter weiß, dass ich nackt durch das Haus gelaufen bin, um Walter zu testen. „Warum hast du ihr das nicht erzählt?"

„Keine Ahnung. Irgendwie hatte ich den Eindruck, dass das mehr Ärger bringen könnte, als es wert war", grinst er mich an. „Du warst ein Teenager, völlig außer Rand und Band. Ich wollte deine ohnehin nicht einfache Beziehung zu deiner Mutter nicht noch schwieriger machen. Außerdem habe ich mich ja gerächt."

„Oh, ja, stimmt!" Ich muss lachen, als ich daran denke. Denn am nächsten Tag sagte er zu meiner Freundin, die zu Besuch kam, dass wir einmal wieder ein paar Klamotten kaufen gehen sollen, weil ich anscheinend nichts mehr anzuziehen hätte. „Ich korrigiere mich", necke ich ihn. „Du warst ein richtig fieser Stiefvater."

„Ja und du warst eine megamäßig miese Stieftochter", kontert er sofort.

„Ich gebe es zu, das war ich wirklich."

„Zeit für einen Neuanfang! Es ist nämlich so, ich habe nicht vor, mich von deiner Mutter zu trennen.

Du wirst also noch sehr lange das Vergnügen mit mir haben."

„Freunde?"

„Freunde!", sagt er und drückt mich an sich.

Die Operation meiner Mutter verläuft ohne Komplikationen, sie muss nur noch ein paar Tage im Krankenhaus bleiben.

Sie freut sich, als sie feststellt, dass Walter und ich uns so gut verstehen. Als ich sie an einem Nachmittag besuche, überfällt sie mich deshalb sofort mit einer Bitte: „Josefine, kannst du mir einen kleinen Gefallen tun?"

„Was denn, Mama?"

„Walter ist heute Abend auf eine Feier eingeladen und ich wollte ihn eigentlich sehr gerne dorthin begleiten. Würdest du …?"

„Mama, ich habe mich zwar mit Walter ausgesprochen. Aber ob er mich deshalb gleich mit auf eine Party nehmen will …"

Meine Mutter lässt nicht locker. „Bitte, bei der Feier geht es um seine Klinik. Einer seiner Hauptinvestoren hat ihn zu seiner Geburtstagsfeier eingeladen, was wirklich eine große Ehre ist. Ich fürchte, dass er sich ohne Begleitung vielleicht nicht ganz so wohl fühlt."

„Also gut. Wenn er mich fragt, dann gehe ich mit. Aufdrängen werde ich mich nicht."

„Danke, du bist ein Schatz."

Natürlich hat meine Mutter mit Walter darüber gesprochen. Denn als er an diesem Abend nach Hause kommt, klopft er sofort an mein Zimmer. Schon sein Gesichtsausdruck, als die Tür aufschwingt, spricht Bände. Ich muss lachen und er sagt ebenfalls grinsend: „Sie hat es sich in den Kopf gesetzt. Wollen wir ihr nachgeben?"

„Also gut. Was ist das für ein Fest? Muss ich mich da irgendwie herausputzen?"

„Nein, ich gehe in Jeans und Hemd. Ich denke doch nicht, dass das so eine hochgestochene Feier ist. Dagmar hat gesagt, du kannst dich bei ihr bedienen, wenn du etwas zum Anziehen brauchst."

Sein Blick fällt auf mein Bett, auf dem meine schöne zweiteilige Nachtwäsche liegt. „Wow! Ist das dein Schlafanzug?"

„Öhm, ja."

„So einen sollte ich deiner Mutter auch einmal schenken. Wo hast du ihn her?"

„Ich habe ihn geschenkt bekommen. Aber er ist von *Victoria's Secret.*"

Walter blickt mehrmals zwischen dem Satinteil und mir hin und her, bevor er meinen Gesichtsausdruck richtig deutet: „Die Männergeschichte?"

„Hmmh", nicke ich mit zusammengepressten Lippen. Walter räuspert sich und sagt dann: „Ich geh dann mal. Wir fahren so in einer Stunde los."

Ich dusche mich und ziehe mich frisch an. An Jeanshosen mangelt es mir nicht, aber ich leihe mir tatsächlich von meiner Mutter eine weiße blickdichte Bluse aus. Da muss ich nichts darunter anziehen. Dazu nehme ich mir eine schwarze Jacke aus dem Schrank meiner Mutter. Mein langes Haar lasse ich offen. Walter empfängt mich mit einem Lächeln. „Ganz die Mama!"

„Falls das ein Kompliment sein sollte, sage ich danke."

„Natürlich war das ein Kompliment."

Auf der Fahrt fängt Walter sofort an zu reden: „Ich habe über dich nachgedacht und mir Gedanken über deine berufliche Zukunft gemacht."

„Ach ja?"

„Wenn du Interesse am medizinischen Bereich hast, dann könnte ich dir eine Azubi-Stelle in meiner Klinik anbieten."

„Azubi? Mit 31?"

„Da bist du nicht die Einzige, glaube mir. Irgendwann solltest du dir schon einmal Gedanken machen, wo es für dich hingehen wird. Immer so völlig ohne Berufsausbildung zu sein, ist auf Dauer nicht gut."

„Ja, Papa", seufze ich.

Da lacht Walter. „Ich dachte, wir sind über diesen Punkt hinaus. Ich will einfach, dass du darüber nachdenkst. In Ordnung?"

„Ich denke ja schon", witzle ich zurück. „Was wäre denn das für eine Stelle?"

„Da gäbe es verschiedene Möglichkeiten. Ich bin nicht der einzige Arzt in der Klinik. Du könntest ins Labor, an den Empfang, als Arzthelferin, OP-Schwester etc. Die Möglichkeiten sind breit gefächert."

„Wärst du dann mein Chef?"

„Indirekt ja", gibt Walter zu und lächelt. Diese Vorstellung scheint ihm wohl zu gefallen.

„Danke für das Angebot! Ich denke darüber nach."

„Hey, kein Pisser? Wir machen Fortschritte!" Er lacht und ich stimme in sein Gelächter ein.

Walter parkt seinen Wagen schließlich mitten im Bankenviertel. „*Hier* feiert jemand seinen Geburtstag?", frage ich erstaunt.

„Ja, es ist mehr die Geburtstagsfeier für die Geschäftsfreunde. Die Feier findet in den Büroräumen von Held Investments statt."

„Held Investments? Noch nie gehört."

„Du wirst Herrn Held bald persönlich kennenlernen. Er ist das Geburtstagskind. Ihm gehört die ganze Firma und ich bin ehrlich stolz darauf, dass er sich für eine nicht ganz unbeachtliche Investition in meine Klinik entschieden hat. Ist ein netter Kerl, sympathisch, bodenständig und … gutaussehend", fügt Walter hinzu und rempelt beim Gehen vielsagend meine Schulter an.

Ich schubse ihn zurück. „Puh. Das interessiert mich nicht die Bohne. Aber ich meine nicht das mit der Klinik. Das freut mich natürlich sehr für dich."

Wir betreten ein gläsernes Gebäude und fahren mit dem Aufzug in irgendeine obere Etage. Ich achte gar nicht darauf, wo die Fahrt hingeht. Als sich die Aufzugtüren öffnen, befinden wir uns mitten im Partygetümmel. Überall stehen kleinere und größere Grüppchen herum und lachen. Die fröhliche Stimmung schwappt sofort auf mich über.

Ich weiß schon, warum meine Mama mich unbedingt hierherbringen wollte, denke ich mir. Walter hat bereits einen Stehtisch erspäht, auf dem einige Getränke bereit stehen: „Ich trinke non-alcohol. Du kannst dich also gehen lassen."

„Mit dir als Fahrer? Niemals!", scherze ich ausgelassen. Ich nehme mir dennoch ein Glas Sekt – oder ist das Champagner? – und folge Walter in eine Art Großraumbüro. Dort spielt bereits eine Big Band. Die zierliche Sängerin gibt ihr Bestes, als sie mit geschlossenen Augen einen ruhigen Song von Pink covert.

Walter hat wohl ein bekanntes Gesicht erspäht. „Bin gleich wieder da", sagt er und spricht eine Frau an, die ihn freundlich begrüßt.

Mein Blick schweift über das Getümmel. Dabei wiege ich mich leicht im Takt der Musik, als ich plötzlich jemanden erkenne. Dieser jemand scheint mich im selben Moment entdeckt zu haben. Jedenfalls starren wir uns einen Moment lang quer durch den Raum an. Mein Mund klappt auf. Er kommt mit schnellen Schritten auf mich zu und jeder, der in seinem Weg steht, macht dem Riesen Platz.

„Henry", bringe ich gerade noch hervor, zu mehr begrüßenden Worten bin ich nicht mehr fähig.

„Was machen Sie hier?", fragt er vorwurfsvoll.

„Ich freue mich auch, Sie zu sehen", erwidere ich.

Henry mustert mich einen Moment ungläubig, bevor ihm ein angedeutetes Lächeln entkommt. Er zieht mich mit sich. „Kommen Sie!"

Ich folge ihm, werfe einen Blick zu Walter, der aber in ein sehr lebhaftes Gespräch mit der Frau vertieft ist. Henry zieht mich in ein Büro und schließt die Tür, durch die keine Partygeräusche dringen. Wir sind alleine.

„Bringen Sie mich jetzt um die Ecke?", frage ich leicht amüsiert.

„Spaß beiseite. Was machen Sie hier, Josefine?", brummt Henry und verschränkt die Arme, während er sich mit seinem massigen Körper an die Tür lehnt.

„Was soll das? Ich bin mit meinem Stiefvater hier. Walter ist eingeladen und ich bin seine Begleitung, weil meine Mutter im Krankenhaus liegt."

„Wer ist Ihr Stiefvater?"

„Dr. Walter Probst. Was ist das Problem?"

Henry verdreht die Augen. „Sie haben wirklich keine Ahnung, auf wessen Geburtstagsfeier Sie hier gelandet sind?", fragt er ungläubig.

„Doch. Walter hat es mir ...."

Henry schaut mich leicht verzweifelt an und da dämmert mir etwas.

„Nein!", kreische ich.

„Doch."

„Dieser Herr Held ist ... Alfons Mader?"

„Jep", nickt Henry mir zu.

„Ach du heilige Sch…", bringe ich hervor und lasse mich in einen Bürostuhl fallen, bevor ich mir die Hände vors Gesicht schlage.

Henry lässt mir Zeit, mich mit der Situation auseinanderzusetzen. Oder sucht er selbst krampfhaft nach einer Lösung in dieser heiklen Lage?

„Ich muss gehen", schlage ich vor.

„Immer mit der Ruhe! Er ist noch nicht da."

„Umso besser. Ich muss sofort weg."

„Warum haben Sie Angst vor ihm? Ich weiß zwar, dass ihr nicht gerade in größter Freundschaft auseinandergegangen seid. Aber ich weiß auch, dass er die letzte Woche ständig versucht hat, mit Ihnen zu sprechen. Sie waren weder in Ihrer Wohnung noch telefonisch zu erreichen. Sogar auf der Arbeit habe ich Sie nie angetroffen."

„Jörg hat mir … für einige Zeit freigegeben", lüge ich.

„Das ist aber dumm von Ihrem Chef. Sie sind die beste Mitarbeiterin in dem Laden."

„Wie es scheint, bin ich in jeder Hinsicht ersetzbar. Sogar als Putzfrau", stoße ich bissig aus.

Henry zeigt sich erstaunt. „Davon weiß ich nichts. Ich kann mich nur an Mareks Tobsuchtsanfall erinnern, als seine Anwältin neulich bei ihm angerufen hat und ihm Ihre Botschaft vorgespielt hat", sagt er und grinst.

„Ich muss sofort verschwinden. Ich habe tatsächlich Angst vor ihm. Außerdem wird er ja nicht mit Maske auf seine eigene Geburtstagsfeier kommen. Ich will gar nicht sein Gesicht sehen", rattere ich wie ein Maschinengewehr und gehe auf Henry zu, der immer noch die Tür blockiert. „Lassen Sie mich gehen, Henry, bitte. Ich habe wegen diesem Mann schon genug durchgemacht."

Er geht tatsächlich zur Seite. „Ich hatte nicht vor, Sie hier festzuhalten."

Rasch verlasse ich das Büro und werfe einen Blick in das Großraumbüro. Walter ist nirgends zu sehen. Doch feige, wie ich bin, nehme ich den Wunsch, das Gebäude zu verlassen, wichtiger als die Pflicht, ihm Bescheid zu sagen.

Der Aufzug kommt gerade mit weiteren Gästen oben an. Als er leer ist, fahre ich allein ins Erdgeschoss. Erst jetzt stelle ich fest, dass ich das Sektglas immer noch in der Hand halte. Hastig trinke ich aus und stelle das Glas auf den Boden des Aufzuges.

Dann öffnen sich die Türen und ich sehe mich schon durch die Glastür ins Freie entschwinden. Einen Mann, der den Aufzug betreten will, sehe ich nur kurz an, nicke freundlich und will an ihm vorbeieilen. Doch er hält mich am Oberarm fest. Ich schaue ihn an und es entfährt mir: „Ach, Sie sind das? Der edle Popcorn-Spender aus dem Kino, richtig?"

Ehe ich mich versehe, hat mich der Mann in den Aufzug gedrängt und betätigt sofort eine Taste, damit sich die Türen schließen. Als ich diese Stimme höre, wird mir auf einen Schlag klar, was sie ausspricht: „Ich bin nicht nur der Mann aus dem Kino, Kätzchen."

Der Aufzug fährt wieder nach oben. Mit ist ganz schlecht, vor Wut, Angst und – Freude. Mit verschränkten Armen habe ich mich abgewendet und starre schweigend die Aufzugtüren an.

Er nähert sich mir von hinten. „Wir müssen reden."

Darauf antworte ich nicht.

„Warum so kratzbürstig, Kätzchen?"

„Ich bin nicht mehr dein Kätzchen", bocke ich laut.

Er lacht leise. „Oh doch, für mich wirst du immer mein Kätzchen sein. Trägst du die blaue Wäsche, wenn du schläfst?" Weil ich wieder nicht antworte, spricht er weiter: „Ich wette, du trägst sie, sooft es geht. Was machst du hier, Kätzchen?"

Bevor ich eine bösartige Antwort formulieren kann, öffnen sich die Aufzugtüren. Genau in diesem Augenblick läuft Walter vorbei. Er sieht mich sofort und ruft: „Josi, ich habe dich schon gesucht."

Zu gerne hätte ich jetzt das Gesicht von Herrn Held gesehen. Aber da er immer noch hinter mir steht, geht das leider nicht. Allerdings bin ich inzwischen schon so daran gewöhnt, auch ohne Blickkontakt mit ihm zu kommunizieren, dass ich seine Überraschung beinahe körperlich spüre.

„Öhm, ja, entschuldige. Ich wollte nur kurz frische Luft schnappen", erkläre ich, während ich auf Walter zugehe.

„Aber Josi, wir sind doch gerade erst angekommen!", erwidert Walter erstaunt.

Erst jetzt sieht er Herrn Held, der den Aufzug ebenfalls verlässt und leise zu ihm sagt: „Dr. Probst, Sie haben mir verschwiegen, dass Ihre Gattin so überaus reizend ist."

Walter stutzt kurz, vor allem wahrscheinlich über den bösen Gesichtsausdruck seines Gegenübers gepaart mit einer schneidenden Stimme. Lächelnd erklärt er: „Herr Held, Sie täuschen sich. Meine Frau hatte leider einen kleinen Unfall im Garten und liegt im Krankenhaus. Deshalb begleitet mich heute meine Stieftochter."

„Ach?", sagt Herr Held und sieht auf einmal wieder glücklicher aus.

„Alles Gute zum Geburtstag noch nachträglich", sagt Walter und streckt Herrn Held seine Hand hin.

„Vielen Dank. Ich hoffe, dass es Ihrer Frau bald wieder gut geht. Würden Sie mich Ihrer bezaubernden Stieftochter vorstellen?"

„Oh, aber natürlich. Josefine Wagner, das ist Marek Held", sagt Walter und ich gaffe einen Moment äußerst widerstrebend auf die Hand, die mir Marek entgegenstreckt. Walter stupst mich mit der Schulter an und ich strecke reflexartig meine Hand aus.

Mit verkrampftem Lächeln und rauer Stimme stottere ich: „Es freut mich, Sie kennenzulernen, Herr Held. Von mir natürlich auch alles Gute zum Geburtstag.“

„Vielen Dank, Josefine. Ich darf doch Josefine sagen?“

Oh Mann. Seine Stimme klingt ohne diese Maske so verdammt sexy. Und endlich kann ich sehen, wie sich sein Mund beim Sprechen bewegt. Beinahe anzüglich.

„Öhm, ja“, sage ich leise und meine Zunge fühlt sich wie Knetgummi an.

„Und bitte, nennen Sie mich Marek.“ Dann lässt er meine Hand einfach nicht los. Das Lächeln, das er mir zuwirft, setzt mich fast schachmatt. „Darf ich Ihnen eine Führung durch meine Büroräume anbieten?“, säuselt er und Walter und ich rufen gleichzeitig ein entgeistertes „Was?“ aus.

„Vielleicht später“, beantwortet Marek seine Frage selbst. „Ich muss mich jetzt um meine anderen Gäste kümmern.“

Erst jetzt lässt er meine Hand los und wendet sich sofort den nächsten Gratulanten zu. Walter stupst mich mit dem Finger an und brummt ärgerlich: „Was habt ihr in dem Aufzug gemacht?“

„Walter!“, empöre ich mich.

Aber er sagt nur: „Also, die Einladung zu einer Büroführung hat sich für mich wie die Einladung zur Begutachtung der Briefmarkensammlung angehört.“

Ich lache hysterisch auf. „Du übertreibst. Ich habe den Mann gerade eben erst kennengelernt.“

„Trotzdem bin ich als dein Vater in äußerster Alarmbereitschaft", witzelt er und legt mir wie beschützend den Arm um die Schultern.

Wir bahnen uns einen Weg durch die Menge. Am Rand steht Marek neben Henry und flüstert ihm etwas ins Ohr. Der Blick der beiden Männer trifft mich gleichzeitig. Henry scheint nun einiges zu berichten zu haben.

„Ich habe unsere Tischkarten vorhin schon gesehen", lenkt mich Walter ab. „Wir sitzen da hinten." Er deutet genau in die Richtung des Tisches, auf den auch Henry gerade zusteuert. Walter und ich beobachten verwirrt, wie Henry zwei Tischkarten von dem einen Tisch wegnimmt und zu einem anderen wesentlich kleineren bringt.

„Was zum ...?", fragt Walter verwundert.

„Sag nicht, dass das unsere Plätze waren!"

„Doch, genau da."

„Am besten, wir tun einfach so, als ob wir noch nicht wüssten, wo wir sitzen", schlage ich vor. „Nicht, dass es dem Gastgeber unangenehm ist, weil er uns an den kleinen Tisch verfrachtet hat."

„Ja, das machen wir. Wahrscheinlich sitzen da die Außenseiter. Was habt ihr nur im Aufzug gemacht?"

Ich stöhne genervt auf. Dann gehen wir die Tische entlang, als würden wir unsere Namen suchen. Erst zum Schluss nähern wir uns dem kleinen runden Tisch. Tatsächlich. Die Karte mit dem Namen von Dagmar Probst steht direkt zwischen den Plätzen von Marek Held und Walter Probst. Ich sauge überrascht Luft in meine Lungen und bevor Walter etwas sagen kann, tausche ich die Karten von seiner Frau und ihm aus.

„Du solltest neben deinem Investor sitzen", sage ich und dulde keinen Widerspruch. Noch bevor er Luft holen kann, schimpfe ich: „… und nein, wir haben in diesem Aufzug wirklich nichts gemacht."

Ich setze mich und Walter ergibt sich in sein Schicksal. Es dauert noch eine Weile, bis alle Gäste ihre Plätze eingenommen haben und der Gastgeber ist erfahrungsgemäß einer der Letzten, der Zeit hat, sich hinzusetzen.

Wir sitzen mit dem Rücken zur Wand, relativ nah bei der Band und der kleinen Fläche, die davor freigelassen wurde. In aller Ruhe kann ich Marek beobachten, wie er Glückwünsche entgegennimmt und lächelnd kurze Gespräche führt.

Zwischendurch schnellt sein Blick zu mir und er ertappt mich mehr als einmal dabei, dass ich ihn anschaue. Obwohl ich guten Grund habe, unendlich böse auf ihn zu sein, erinnere ich mich lebhaft an die durchaus netten Seiten an ihm, die ich kennenlernen durfte. Er schaut gut aus. Das passt zu seiner sexy Stimme. Er hätte wahrlich keinen Grund sein Gesicht hinter einer Maske zu verstecken. Ups. Schon wieder wirft er mir einen kurzen vertraulichen Blick zu. Verübelt er es mir, dass ich ihn ausgiebig mustere, da ich nun endlich die Gelegenheit dazu habe?

„Tanzen wir?", fragt mich Walter plötzlich und ich bemerke, dass sich einige Gäste auf der Tanzfläche vergnügen.

„Na gut, weil du es bist, Stiefpaps."

Wir wiegen uns zu einer Coverversion von *Demons* von den Imagine Dragons. Diesmal ist es Marek, der immer wieder interessiert zu Walter und mir herüberschaut.

Schließlich geht der Gastgeber zu einem der Bandmitglieder und sagt ihm etwas ins Ohr. Nach dem Song macht die Band eine kurze Pause.

Walter und ich gehen auf unsere Plätze und Marek spricht in eines der Mikrophone: „Meine lieben Gäste. Eigentlich ist es absolut unüblich einen unrunden Geburtstag so aufwändig zu feiern. Da einige von Ihnen mir bereits zum 40er gratuliert haben, möchte ich das Geheimnis über mein Alter lüften. Ich bin seit letzter Woche 39 Jahre alt, hatte aber keine Lust noch ein Jahr auf eine große Feier zu warten. Ich freue mich jedenfalls, dass Sie alle heute Abend hier erschienen sind, um dieses freudige Ereignis mit mir zu begehen. Ehrlich gesagt, ich feiere nur, damit ich um eine Überraschungsparty herumkomme. Wie ich eben erfahren habe, ist das Essen jetzt da und hiermit eröffne ich das Buffet. Guten Appetit."

Alle klatschen und Marek gesellt sich zu uns an den Tisch. „Lassen Sie sich nicht aufhalten", sagt er zu uns, aber Walter reagiert sofort: „Ich warte immer gerne, bis der erste Ansturm vorbei ist."

„Da kenne ich noch jemanden", lacht Marek.

Nach einiger Zeit steht Walter doch auf. Ich bleibe allerdings sitzen, da ich von dem älteren Herrn abgelenkt bin, der mit seinem vollen Teller auf unseren Tisch zugesteuert ist. Die Frau in seiner Begleitung dürfte ungefähr in seinem Alter sein. Lächelnd haben die beiden mir gegenüber Platz genommen. Er hat mich angesehen und ich habe gleich gemerkt, dass er überlegt, woher er mich kennt. Leider ist es ihm eingefallen: „Ach, *Schwarze Witwe,* stimmt's?"

„Ja."

Die Frau neben ihm, weist ihn zurecht: „Aber Alfons!"

Mein Lachen gefriert, als ich den Namen höre. Alfons? Ich werfe einen Seitenblick auf Marek, um dessen Augen lauter kleine Lachfältchen züngeln.

„Keine Sorge, Liebling!", beruhigt Alfons seine Frau. „Die Dame arbeitet als Bedienung in dem Lokal mit diesem Namen. Sie war so freundlich, die Scherben aufzukehren, die ich produziert habe."

„Darf ich vorstellen?", mischt sich Marek ein. „Josefine Wagner, die Stieftochter von Dr. Walter Probst. Josefine, das ist Herr Alfons Mader und seine Frau Magdalena Mader."

Um nicht unkontrolliert loszugrinsen, sage ich schnell: „Ich hole dann auch mal etwas zum Essen."

„Und ich schließe mich an", sagt Marek sofort und folgt mir.

Natürlich steht er in der Schlange am Buffet hinter mir. „Wie findest du den Namen?", raunt er mir zu.

„Das ist wirklich frech. Wie konntest du den Namen deines lieben Kollegen derart missbrauchen?"

„Ich finde einfach, dass er unauffällig klingt, harmlos, während der Name Marek doch immerhin so selten ist, dass er leicht im Gedächtnis bleibt."

„Ja, vermutlich."

„Der nächste Tanz gehört mir", bekomme ich als Nächstes von hinten ins Ohr gemurmelt.

„Mal sehen."

„Nichts mal sehen, Kätzchen. Der Zufall hat dich auf meine Geburtstagsfeier geführt und ich führe dich auf die Tanzfläche."

Walter geht mit seinem vollen Teller an uns vorbei und ich lächle ihn freundlich an.

„Lassen Sie es sich schmecken!", ruft Marek ihm nach, was den verwirrten Ausdruck auf Walters Gesicht noch verstärkt.

„Hat er etwas gemerkt?", fragt Marek und ergänzt knurrend: „Du hast ihm doch nichts erzählt?"

„Nein, ich habe kein Wort erwähnt. Aber er wundert sich schon, warum du mir so viel Aufmerksamkeit schenkst, wo ich dich doch überhaupt nicht kenne. Das mit den Tischkarten war auch nicht gerade unauffällig."

„Ich hab dich einfach gerne in meiner Nähe, Kätzchen", erklärt er locker.

„Das hörte sich bei unserer letzten Begegnung aber ganz anders an. Außerdem sollten wir nicht so laut reden. Wir sind hier nicht alleine."

„Genau deshalb schließen wir für heute Abend Frieden. Streiten können wir uns ab morgen wieder."

Ich schnaufe einmal tief durch, was er wohl als Zustimmung deutet.

Während wir mit gefüllten Tellern zu unserem Tisch gehen, staune ich nicht schlecht, als ich den Mann erkenne, der mit Alfons Mader redet und ihn vom Essen abhält. Entrüstet bleibe ich stehen und wispere zu Marek: „Schluss mit Frieden! Warum ist der Kerl hier?"

„Kätzchen, stell dich nicht an. Ich habe ihn im Griff. Außerdem war dein Erscheinen nicht geplant", antwortet er leise, während er an mir vorbeigeht. Walter sieht mich erwartungsvoll an und ich gehe mit gesenktem Kopf auf meinen Platz zu, in der irrwitzigen Hoffnung, dass Adam mich nicht erkennt.

„Josefine, Sie hier?", ruft er natürlich sofort.

Ich kann den spitzen Tonfall seiner Stimme kaum überhören. Außerdem bemerke ich, wie Marek seine Fäuste ballt, nachdem er seinen Teller abgestellt hat.

„Ja, so ein Zufall!", keuche ich gespielt erfreut. Adam greift einfach nach meiner Tischkarte und liest. Ich sage sofort: „Das ist der Name meiner Mutter. Sie ist verhindert."

Adam blickt zu Walter, den er zu kennen scheint: „Sie haben mir ja gar nie erzählt, dass Sie eine so große Tochter haben. Wie ist das möglich?"

„Er ist mein Stiefvater", sage ich laut und Walter wirft mir einen erstaunten Blick zu. Ich denke, dass ich ihn heute Abend mit meinem Verhalten ganz schön vor den Kopf stoße. Oder ist er von früher noch Schlimmeres von mir gewöhnt?

Marek meldet sich zu Wort: „Adam, hol dir doch etwas zu essen. Ich glaube, der freie Stuhl da hinten ist deiner." Marek deutet in eine Richtung, die mir klarmacht, dass er Adam sehr weit entfernt platziert hat. Adam funkelt Marek böse an und verlässt ohne weitere Worte unseren Tisch. Ich atme auf, an meiner grundsätzlichen Anspannung ändert sich aber nichts.

Zu allem Überfluss gehört der Platz zwischen mir und Frau Mader dem guten Henry, der mit einem wirklich übervollen Teller zu uns stößt. Er ist immerhin so schlau, dass er seine Bekanntschaft mit mir nicht auch noch an die große Glocke hängt, wofür ich ihm sehr dankbar bin.

Walter betreibt mit dem Rest der Gruppe Small-talk, während Henry mich ganz unverfänglich in ein Gespräch verwickelt.

Alles geht gut, bis Henry genau in dem Moment, als niemand sonst am Tisch redet, eine unüberlegte Frage stellt: „Arbeiten Sie auch im medizinischen Bereich?" Ich werfe ihm einen bösen Blick zu, aber er hat schon bemerkt, dass alle auf meine Antwort zu warten scheinen.

„Ich …", beginne ich, komme aber nicht weiter.

Alfons Mader meint es gut mit mir und sagt: „Sie brauchen sich doch nicht dafür zu schämen, dass Sie als Bedienung tätig sind."

„Öhm …", höre ich mich kämpfen.

„Sie wurde gekündigt", sagt Walter einfach.

„Nein!", ruft Alfons Mader erschrocken aus.

Aus dem Augenwinkel sehe ich, wie Marek sein Besteck sinken lässt. Er fixiert mich mit einem Blick, den ich nicht deuten kann. Hat er das etwa nicht gewusst?

Henry schaut mich bestürzt an. Frau Mader, die die Situation missversteht, sagt: „Ja, aber wirklich. So eine junge Frau einfach entlassen. Sie haben sich doch nichts zuschulden kommen lassen, oder?"

„Tut mir leid, aber das ist privat", wispere ich in meinen Teller.

Vorsichtig schiele ich zu Marek, dem der Appetit vergangen zu sein scheint, da er sich mit seiner Serviette über den Mund wischt.

Frau Mader lächelt mich mitleidig an und Henry bemüht sich, mich aufzubauen: „Ich denke, er hat Sie

nicht verdient, wenn er Sie einfach so gehen lässt."
Spricht er von Jörg oder von Marek?

Walter ergänzt: „Wir denken darüber nach, dass Josefine in irgendeiner Form mit in die Klinik einsteigt."

„Bitte, Walter. Das müssen wir doch nicht jetzt ..."

„Interessant!", funkt Marek dazwischen. „Woran denken Sie denn da im Detail, Josefine?"

„Öhm ... naja, so genau habe ich mir da noch keine Gedanken gemacht", flüstere ich.

Gerade im rechten Augenblick beginnt die Band wieder zu spielen und ich frage schnell: „Würden Sie bitte mit mir tanzen, Henry?"

Er sieht unsicher zu Marek, aber dem wohlwollenden Blick der beiden Maders kann er sich bei meiner so höflich gestellten Frage nicht entziehen. Mit Absicht ignoriere ich Mareks Blick, der mich in diesem Moment wahrscheinlich böse durchbohrt.

„Warum nicht?", antwortet Henry unsicher und ich nehme durchaus die hilflose Bewegung seiner Augenbrauen war, mit der er seinen Chef zu besänftigen versucht.

Auf der Tanzfläche zieht mich Henry so nah an sich, dass er mir ungestört seinen Anpfiff ins Ohr raunen kann: „Musste das sein? Ich spiele nicht gerne solche Spielchen."

„Sie haben mich doch erst in diese unangenehme Situation gebracht mit Ihrer Frage nach meiner Arbeit."

„Ich konnte doch nicht wissen, dass Sie mich angelogen haben. Warum hat er Sie entlassen?"

„Und ich kann nicht glauben, dass Sie das nicht wissen, wo es doch der liebe Marek war, der die Sache eingefädelt hat." Dabei lächle ich süß, weil Walter gerade zu mir herübersieht.

Henry setzt ebenfalls ein nettes Grinsen auf, während er erwidert: „Das kann ich kaum glauben."

„Dann erklären Sie mir einmal, warum die Frau von Jörg einen Anruf erhalten hat, der sie darüber in Kenntnis setzte, dass ich der weibliche Anteil am Seitensprung ihres Mannes war?"

Jetzt fällt Henry die Kinnlade herunter und als hätte Marek erkannt, dass ich mich Henry offenbart habe, geht er zwischen uns. „Henry, entschuldige, aber ich muss dich kurz von deiner Tanzpartnerin loseisen. Es geht ums Geschäft."

Henry wirkt erleichtert, als er mich loslässt und mit Marek den Raum verlässt. Natürlich wird er ihm brühwarm berichten, was er gerade erfahren hat. Aber das soll mir nur recht sein. Er soll wissen, was er mir mit seinem unüberlegten Anruf angetan hat.

Ich kehre an den Tisch zurück zu Walter, der sich gut mit den Maders unterhält, und klinke mich in das Gespräch ein. Erst als Frau Mader über meinen Kopf hinwegblickt, bemerke ich, dass hinter mir jemand steht: Adam. Er fragt: „Josefine, Sie tanzen doch sicherlich auch mit mir, oder?"

Weil ich zögere, stößt Walter mich an. „Natürlich tanzt sie."

Ich stehe auf und hasse den Moment, als Adam mir seine Hand auf den Rücken legt. „Pfoten weg!", schnauze ich ihn leise an.

„Hmh, kein BH? Wie süß!", brummt er und ich gehe einfach schneller, damit seine Hand sich von meinem Rücken löst. Genau in dem Moment, als Adam und ich beginnen, miteinander zu tanzen, betreten Henry und Marek wieder den Raum. Adam bemerkt meine abgelenkten Blicke und dreht mich mit ein paar geschickten Bewegungen in die andere Richtung. „Oh, meinst du, wir bekommen Ärger? Marek sieht nicht glücklich aus", stellt er grinsend fest und zieht mich ganz nah an sich heran.

Diesmal stört niemand den Tanz und ich muss Adam ertragen, auch wenn ich durchsetze, dass der Abstand zwischen uns wieder etwas größer wird.

„Meinst du, es gefällt ihm, wenn ich ihm von unseren Küssen erzähle?", fragt Adam scheinheilig.

„Wenn du willst, dass ich ihm davon berichte, dass du mich ein frigides Miststück genannt hast?"

„Nicht Miststück. Weibsstück!"

„So oder so. Ich bin ihm ziemlich egal." Das teile ich Adam mit, damit er mich endlich in Ruhe lässt.

„Aber er hat dich um den Finger gewickelt, so wie er es mit all seinen Putzfrauen gemacht hat, nicht wahr?"

Ich weigere mich, auf diese Frage einzugehen.

„Er schafft es immer wieder und ich frage mich, was sein Geheimnis ist. Hilf mir, Josefine. Wie macht er das, dass ihm alle Frauen zu Füßen liegen?"

„Er bezahlt dafür, dass wir auf dem Boden kriechen", entgegne ich knapp.

„Schon klar. Aber wie kommt es, dass die Frauen sich mehr wünschen? Weil er euch nicht anfasst?"

„Adam, vielleicht ist es grundsätzlich so, dass Frauen sich mehr wünschen", blaffe ich ihn an, weil ich dieses Gespräch eigentlich beenden möchte.

Mein stilles Flehen wird erhört. Das Stück ist zu Ende und ich befreie mich sofort aus Adams Griff, um zu meinem Platz zurückzukehren. Von Marek ist nichts zu sehen und ich kann mich ein wenig entspannen.

„Na, Josi, du bist ja eine richtig begehrte Tanzpartnerin", stellt Walter fest und sieht auf die Uhr. „Trotzdem ... Wie wäre es, wenn wir fahren? Ich wollte eigentlich noch bei Dagi im Krankenhaus vorbeischauen."

„Gute Idee!", sage ich etwas zu schnell und springe sofort wieder von meinem Stuhl auf.

„Wo ist denn Herr Held?", fragt Walter und schaut sich suchend um.

„Keine Ahnung, aber egal. Lass uns gehen!"

„Wir können doch nicht einfach verschwinden, ohne uns vom Gastgeber zu verabschieden."

„Ich fahre schon einmal nach unten und warte draußen auf dich", sage ich schnell. „Mir ist die Luft hier schon eine Weile zu stickig. Würdest du Marek schöne Grüße von mir ausrichten, wenn du ihn gefunden hast?"

„Aber ...", höre ich Walter noch hinter mir, aber ich reagiere nicht mehr darauf. Wieder flüchte ich in den Aufzug. Könnte glatt zur Gewohnheit werden.

Das Glas, das ich bei der vorherigen Fahrt hier abgestellt habe, steht immer noch da und wartet auf bessere Zeiten. Genau wie ich. Erleichtert verlasse ich diesmal den Aufzug, ohne dass mich jemand daran hindert. Der Eingangsbereich des Gebäudes ist nur spärlich beleuchtet und es ist still hier. Meine Schritte klappern auf dem Boden, der aus glänzenden dunklen Platten besteht, wahrscheinlich Marmor. Nach einer Weile fährt der Aufzug wieder nach oben. Hoffentlich kommt Walter bald!

Natürlich war meine Vorstellung von einem unkomplizierten Aufbruch ein Hirngespinst. Das wird mir in dem Moment klar, als zusammen mit Walter Marek den Aufzug verlässt. Walter zuckt entschuldigend die Schultern und Marek kommt mit schnellen Schritten und ausgebreiteten Armen auf mich zu. „Ihnen geht es nicht gut? Ist Ihnen das Essen nicht bekommen?"

Er hält mich an den Oberarmen, macht sich klein und sieht mir ins Gesicht. Sein Blick drückt keine Besorgnis aus. Ganz klar gibt er mir zu verstehen, dass ich seinen Ärger auf mich gezogen habe.

„Mir war von dem vielen Tanzen schon ganz schwindelig", lüge ich ihm ins Gesicht.

„Wirklich? Dann sollten Sie aber nicht mehr ins Krankenhaus fahren", stellt Marek fest und sieht Walter an.

„Stimmt", höre ich Walter neben mir sagen. „Ich werde sie am besten direkt nach Hause bringen."

Doch Marek wirft ein: „Sicher? Ich könnte sie auch fahren. Wäre kein Problem für mich."

„Aber Sie haben doch Ihre Gäste da oben", widerspricht Walter.

Und ich stimme sofort ein: „Genau. Das wäre ziemlich unhöflich ..."

„So unhöflich, wie einfach zu gehen, ohne sich zu verabschieden?", brummt Marek und die Spitze trifft mich.

Weil niemand etwas zu seiner Bemerkung sagt, stellt sich Marek neben mich und sagt zu Walter: „Meine Gäste sind durchaus in der Lage, sich ohne mich bestens zu amüsieren. Ich schlage vor, Sie fahren jetzt zu Ihrer Frau ins Krankenhaus und ich bringe Josefine nach Hause."

Walter wirft mir einen Blick zu. Ich sehe, dass er über das Angebot nachdenkt.

„Ich will aber auch unbedingt zu Mama", wende ich ein.

„Schlechte Idee. Vielleicht brüten Sie eine Grippe aus. Sie wollen doch Ihre Mutter nicht anstecken", meint Marek und sofort runzelt sich Walters Stirn.

„Richtig. Das wäre ungut. Josefine, morgen ist auch noch ein Tag."

Soll ich jetzt „Aber ..." sagen? Ich überlege zu lange, weil Marek bereits in der Hosentasche nach seinem Autoschlüssel fischt.

„Bis später, Josi, und vielen Dank, Herr Held!", sagt Walter und macht sich davon.

Kaum, dass er das Gebäude verlassen hat, gehe ich auf Abstand zu Marek. „Ich rufe mir ein Taxi."

„Vergiss es. Ich fahre dich. Wir machen das genau so und nicht anders", knurrt er und ergreift einfach meine Hand. Er zieht mich hinter sich her und bringt mich zu seinem Wagen. Zugegeben, es ist mir nicht ganz unangenehm, dass er mich fährt.

Kaum, dass wir den Parkplatz hinter uns lassen, legt er los: „Wegen deiner Kündigung: Ich hatte nichts damit zu tun. Ich schwöre, ich habe nicht bei Jörgs Frau angerufen."

„Soll ich das wirklich glauben?"

„Du musst. Weder Henry noch ich haben damit etwas zu tun. Kommst du finanziell über die Runden?"

Ich lache beinahe hysterisch auf. „Darum geht es also. Hast du ein schlechtes Gewissen?"

„Ich muss keines haben. Ich mache mir Sorgen, das ist alles", erklärt er ruhig und blickt auf die Straße.

Ich reiße mich zusammen und versuche, eine ebenso ruhige Antwort zu geben: „Ich komme eine Weile klar. Ich habe einen Notgroschen, den ich angreifen kann." Jetzt wirft er mir doch einen Blick zu. Ein leichtes Lächeln umspielt seine Lippen, kein amüsiertes, sondern ein beinahe liebevolles Lächeln, das mein Herz erweicht.

„Es ist merkwürdig", sage ich leise.

„Was?", fragt er und schaut immer wieder kurz auf die Straße, während er mich mit diesem besonderen Blick mustert.

„Dich zu sehen ... dich zu kennen, so ganz offiziell." Ich lächle ihn an.

„Und?"

„Und was?"

„Wie findest du mich?", fragt er neugierig.

Ich blicke meine Hände an, die nervös auf meinem Schoß liegen und lächle spitzbübisch. Dann traue ich mich, ihn anzustrahlen und sein breites Grinsen zeigt mir deutlich, dass ihm das Antwort genug ist. Er konzentriert sich wieder auf seine eigentliche Tätigkeit, nämlich das Lenken eines ziemlich teuren Autos.

„Hast du schon eine neue Putzfrau?"

Er bremst abrupt ab und hält an einer Bushaltestelle an. „Das ist nicht dein Ernst."

„Warum nicht? Ich will es wissen. Hast du eine?"

„Nein, ich habe immer und immer wieder versucht, dich zu erreichen. Henry und ich waren kurz davor, einen Schlüsseldienst kommen zu lassen und deine Wohnung aufzubrechen."

„Ich wusste nicht, dass ich mich bei dir abmelden muss, wenn ich meine Ruhe haben will", keife ich ihn an.

Er bleibt ruhig. „Ich möchte, dass du wieder zu mir zurückkommst."

„Zum Putzen?"

Er nickt und ich muss mich beherrschen, um nicht augenblicklich den Wagen zu verlassen. „Ich könnte endlich ohne diese Maske sein", erklärt er und hat anscheinend überhaupt nicht gemerkt, dass meine Stimmung sich verändert hat. Das wundert mich. Er war doch sonst immer so feinfühlig.

„Willst du mich verarschen?", brülle ich ihn an. „Glaubst du wirklich, ich will weiterhin deine halbnackte Putze sein, die du in aller Ruhe begaffen kannst? Wann hast du denn vor, mich an Adam weiterzureichen? Willst du ihn deshalb von mir fernhalten, weil du mich noch nicht satt hast?"

Ich bemerke, wie sich Mareks Gesichtszüge verhärten, als er den ersten Gang einlegt und mit leicht quietschenden Reifen weiterfährt. „Na gut, dann suche ich mir eben eine andere", raunt er nach einer Weile.

Die Worte geben mir den Rest. Da wäre es mir noch lieber gewesen, er hätte mich geschlagen.

Als er vor dem Haus von Walter und meiner Mutter hält, kann ich einfach nicht aussteigen, ohne meine Frage zu stellen: „Hast du eine Freundin, Marek?"

Sein Schnaufen ist mir bereits genug Antwort, aber als er ein raues „Ja" von sich gibt, wird mir so einiges klar.

„Aber der Mann, den ich in der Wohnung mit dieser Frau gesehen habe …" Ich versuche mir selbst etwas zusammenzureimen.

„Das war Adam", ergänzt Marek. „Und die Frau war meine letzte Putzfrau."

„Mein Gott. In was für eine abartige Truppe hast du mich da gebracht? Du hast mich benutzt. Darüber könnte ich ja noch hinwegsehen, da wir es vertraglich so geregelt haben. Aber dass du mit mir gespielt hast, das kann ich nicht verstehen. Was sollte das mit deinem Besuch, als ich krank war? Warum bist du ins Kino gekommen, nachdem du Adam abgehalten hattest? Und warum um alles in der Welt hast du diesen Tanzabend mit mir veranstaltet? Gehört das zu deinem Programm? Mal sehen, wann sie sich in mich verlieben, damit Adam es ihnen dann so richtig besorgen kann?"

„Verlieben? Josefine, ich wollte niemals, dass du dich in mich verliebst. Bist du es denn?"

„Was spielt denn das für eine Rolle? Geh zu deiner Freundin und erzähle ihr von deinen Vorlieben. Wenn sie dich liebt, dann putzt sie sicherlich nach

deinen Vorstellungen die Wohnung. Leb wohl!",
schluchze ich und verlasse sein Auto und sein Leben.

Noch während ich zur Haustür gehe, höre ich, wie
sein Wagen langsam anfährt.

Als Walter später vom Krankenhaus kommt, habe
ich mich bereits in meinem Zimmer verschanzt und
stelle mich schlafend, obwohl ich noch lange nicht
schlafen kann. Marek Held beherrscht meine Gedanken und lässt mich nicht zur Ruhe kommen. Zu allem
Überfluss quäle ich mich selbst, indem ich meine
neue Lieblingsschlafwäsche trage.

Der nächste Tag lässt die Schrecken des vergangenen
Abends meist nicht mehr ganz so trübe aussehen. So
ist es auch diesmal. Als ich aufstehe, bin ich ausge-
schlafen, Walter ist längst zur Arbeit los, hat mir aber
einen Zettel hinterlassen.

Liebe Josefine,

*deine Mutter wird heute entlassen. Ruf sie doch
bitte an und vielleicht kannst du sie abholen.*

Grüße Walter

Am frühen Nachmittag sitze ich also mit meiner Mutter auf dem Weg nach Hause im Auto.

„Ich kann dir gar nicht sagen, wie froh ich bin,
dass ich dieses Krankenhaus hinter mir lasse", seufzt
sie. „Von Privatsphäre kann man bei so einem Aufent-
halt wirklich nicht sprechen. Hatten Sie heute schon
Stuhlgang? Haben Sie genug getrunken? Hat gerade

noch gefehlt, dass die mich gefragt haben, wann ich das letzte Mal Sex hatte."

„Mama!"

„Apropos Sex. Wann hattest du das letzte Mal welchen?"

„Mama!", wiederhole ich. Doch da sie mich so interessiert ansieht, überlege ich. Es war tatsächlich der Sex mit Jörg, muss ich mir eingestehen. Wann war das denn? „So vor zwei Jahren schätze ich", antworte ich schließlich, ehrlich wie ich bin.

„Josefine! Wie hältst du das aus? Ich bin nach einer Woche Krankenhaus schon dermaßen ..."

„Bitte, ich will das nicht wissen!"

„Meine Lieblingsstellung kann ich mit der Schlinge am Arm jedenfalls verg..."

„Butterblume, Butterblume, Butterblume", kreische ich, um sie zu übertönen.

Meine Mutter grinst.

„Haben die dir irgendetwas gegeben?", frage ich entgeistert.

„Die haben mir alles Mögliche gegeben. Kann sein, dass ich tatsächlich etwas high bin."

„Vielleicht sollte ich noch heute zurück in meine Wohnung fahren", denke ich laut.

„Kommt gar nicht in Frage! Wir machen es uns alle schön gemütlich und dann hörst du dir Walters Vorschlag wegen einer Ausbildungsstelle noch einmal genau an", bestimmt meine Mutter und ich merke schon, dass ich klein beigebe, bevor wir uns streiten.

Walter kommt am späten Nachmittag aus der Arbeit und bringt eine Überraschung mit. Mama und ich sitzen auf der Terrasse, als er in die Hände klatscht und verkündet: „Mädels, wir sind heute Abend zum Essen eingeladen."

„Ja, toll!", ruft meine Mutter strahlend.

Ich freue mich auch, weil wir uns bisher nicht aufraffen konnten, irgendetwas zu kochen. Meine Freude wird allerdings getrübt, als Walter sagt: „Herr Held hatte richtig vermutet, dass bei uns wahrscheinlich nicht gekocht wird, wenn du gerade aus dem Krankenhaus entlassen worden bist. Und da hat er uns eingeladen."

„Mir fällt ein … ich muss noch packen. Ich … ich … ich fahre noch heute zurück in meine Wohnung", hasple ich undeutlich und springe auf.

„Sag mal, Josefine. Was genau ist eigentlich mit dir und Herrn Held los?"

„Nichts", lüge ich und stecke die Hände in die hinteren Taschen meiner Jeans.

„Er hat nämlich ausdrücklich *dich* eingeladen", erzählt Walter.

Meine Mutter kann ein erstauntes „Ach!" nicht zurückhalten.

Schnell rechtfertige ich meine Nervosität und stottere: „Ich … er … er war einmal bei uns im Lokal und … und hat sich ziemlich danebenbenommen. Ich wusste nicht, wer er war. Und als ich ihn gestern Abend traf, da war mir das sehr … unangenehm."

„Er hat so etwas in der Art angedeutet und meinte, wir sollen dich unbedingt überzeugen, dass du mitkommst. Es wäre auch für mich wichtig, Josi. Er ist mein Hauptinvestor bei der Klinik. Tu es für mich, ja?" Walter schaut mich bittend an und ich winde mich entsetzlich.

„Die Klinik hat doch überhaupt nichts mit mir zu tun."

„Bitte, Josefine, wenn es Walter wichtig ist", mischt sich meine Mama ein.

Und da es tatsächlich so ist, dass ich Walter viel schuldig bin, lenke ich ein. „Na, wenn es sein muss. Aber erwartet nicht, dass ich den ganzen Abend lächle und winke."

„Winken musst du nicht!" Meine Mutter strahlt gut gelaunt, während ich mit den Zähnen knirsche.

„Wann geht es los?", frage ich bissig und Walter nuschelt: „Halbe Stunde."

Ich verlasse die Terrasse und höre noch, wie Walter sich bei meiner Mutter erkundigt, ob sie für einen Besuch schon fit genug sei. Fragt mich vielleicht auch mal jemand so etwas? Wer sagt, dass ich fit genug bin, um diesem Kerl schon wieder gegenüberzutreten?

Außerdem stehe ich jetzt vor einem kleinen Problem. Wenn ich mich extra umziehe und für den Abend style, dann wird das bei Marek so ankommen, als hätte ich mich für ihn hübsch gemacht. Allerdings, wenn ich mich gehen lasse und einfach so bleibe, wie ich bin, dann kommt das bei meinen „Eltern" nicht besonders gut an.

Ich entscheide mich für den goldenen Mittelweg. Den dünnen Pullover, den ich heute schon den ganzen Tag trage, lasse ich an, dafür tausche ich die alte Jeans gegen eine schwarze Stoffhose. Natürlich könnte ich ihn mit einem Rock provozieren und seine Reaktion beobachten. Nein, keine gute Idee! Vielleicht sollte ich ein wenig staubsaugen, während die anderen mit Essen beschäftigt sind? Ich muss lächeln und ertappe mich dabei, dass ich mich ein klein wenig auf den Abend freue.

Walters Stimme reißt mich aus meinen Tagträumen: „Josefine? Wir fahren."

Die Fahrt dauert eine halbe Ewigkeit. „In welches Restaurant gehen wir denn?", frage ich nach einer Weile.

„Kein Restaurant", räuspert sich Walter. „Wir sind bei ihm privat eingeladen."

„Was?", kreische ich auf und ernte einen verwunderten Blick von meiner Mutter, die sich irritiert zu mir umdreht. „Öhm, ich meine … was … was gibt es denn zum Essen?"

Walter zuckt mit den Schultern. „Seine Lebensgefährtin kocht."

Am liebsten hätte ich mich jetzt bekreuzigt und ein Stoßgebet in den Himmel geschickt. Nachdem ich da oben aber wahrscheinlich eher unbekannt bin, lasse ich das mal lieber bleiben. Warum tut der Kerl mir das an? Ich hasse ihn.

Er wohnt mitten in der Stadt in einem modernen Neubau. Auf dem Weg vom Auto in seine Wohnung nehme ich mir vor, mich zusammenzureißen. In Gegenwart meiner Mutter und Walter fühle ich mich plötzlich wieder wie eine durchgeknallte 17-Jährige, die bei ihrem Lehrer, in den sie heimlich verliebt ist, zum Essen eingeladen ist. Das darf einfach alles nicht wahr sein.

Marek öffnet uns die Tür seiner Wohnung, nachdem wir mit dem Lift in die dritte Etage gefahren sind. Sofort schüttelt er meiner Mutter freundschaftlich den gesunden Arm, dann begrüßt er Walter und schließlich stehe ich noch da.

„Hallo, Josefine", sagt er ruhig und reicht mir die Hand.

„Ha...hallo, Marek", erwidere ich nicht ganz so ruhig. Er lächelt mich freundlich an und ich knirsche mit den Zähnen, was sein Lächeln noch etwas breiter werden lässt. Er trägt eine Jeans und ein weißes Polo-shirt und schaut natürlich zum Anbeißen aus.

Marek führt uns durch die atemberaubende Wohnung an einen bereits gedeckten Esstisch. „Nehmt doch schon einmal Platz. Ich sage der Küchenfee Bescheid, dass ihr da seid."

So langsam begreife ich, was er mit seiner Einladung bezweckt. Er will mir klarmachen, dass er in einer absolut glücklichen Beziehung ist und an mir wirklich nur als Putze interessiert ist. Ich bin gespannt, mit welcher Art von Frau er zusammenlebt, und staune nicht schlecht, als eine große, schlanke Frau aus der Küche kommt. Ihre langen blonden Haare verstärken den Eindruck ihrer schmalen Silhouette nur noch. Alles an dieser Frau ist schmal. Die Nase, der Mund, die Finger … einfach alles. Nicht, dass sie nicht weiblich aussähe, aber gegen dieses edle schwanenmäßige Geschöpf bin ich eine wollüstige Sexbombe: kleiner, runder und weiblicher.

Das Unangenehme an meiner Situation ist jedoch, dass ich diese Frau auf den ersten Blick ganz sympathisch fände – wenn sie nicht seine Freundin wäre.

„Guten Abend", haucht die Frau und wir sind alle mucksmäuschenstill, weil ihre Stimme so zart geklungen hat. Sie lächelt freundlich und reicht jedem von uns die Hand. „Ich bin Lisa-Marie."

Ihre Stimme erinnert mich an den Klang einer Geige, so übernatürlich schön und ausdrucksstark. Und wie bedacht sie sich bewegt! Auf keinen Fall kann er mit dieser Frau über seine sexuellen Vorlieben sprechen. Sie würde niemals in irgendwelchen Kostümen vor ihm auf dem Boden kriechen, niemals. Sie wirkt wie eine Königin, so elegant und doch unschuldig zugleich.

Obwohl mir durchaus bewusst ist, dass Marek meine Reaktion auf seine Freundin sehr genau beobachtet, kann ich meinen Schmerz nicht vollends verstecken. Trotzdem schüttle ich ihr die Hand. Sie berührt mich kaum, ihre Hand ist kühl, beinahe leblos. Nicht, dass ich wie Penelope Cruz aussehe, aber würde man eine Penelope Cruz mit einer Gwyneth Paltrow vergleichen, dann käme das dem Unterschied zwischen uns relativ nahe.

„Das Essen ist sofort fertig", flötet sie und wir spitzen alle die Ohren, damit wir nichts verpassen.

Marek will seiner Freundin in der Küche zur Hand gehen, aber sie flüstert ihm zu: „Bleib bei den Gästen, Marek. Ich mach das schon."

Nachdem er uns mit Getränken versorgt hat, setzt er sich auf den freien Platz neben mir. „Wie geht es Ihnen, Frau Probst?", fragt er höflich meine Mutter und sie antwortet: „Ach ja, mit Schmerztabletten komme ich ganz gut über die Runden."

Lisa-Marie serviert das Essen. Es gibt Suppe, Salat, Steak, Bratkartoffeln und einen leckeren Nachtisch. Während des Essens halte ich mich im Hintergrund und beteilige mich kaum am Gespräch, was für mich völlig unüblich ist. Sogar Mareks stille Freundin steuert mehr zur allgemeinen Unterhaltung bei als ich. Obwohl sie so leise spricht, strahlt ihre Stimme sehr viel Wärme und Herzlichkeit aus und ihr Lächeln ist ansteckend.

Ich hasse mich, weil ich sie einfach nicht mögen kann.

Marek reißt mich aus meinen Gedanken. „Josefine, haben Sie sich schon über eine mögliche Ausbildung in der Klinik Gedanken gemacht?"

„Nein."

Meine Mutter schickt mir einen tadelnden Blick über den Tisch, weil ich so unwirsch bin. Aber Walter springt für mich in die Bresche: „Josi muss im Moment mit mehreren Veränderungen in ihrem Leben klarkommen. Sie wird schon ihren Weg finden."

Ich spüre Lisa-Maries neugierigen Blick auf mir. „Sie suchen einen Ausbildungsplatz? Wie alt sind Sie denn?", säuselt sie.

„31."

„Sind Sie immer so wortkarg?", fragt ihr zartes Stimmchen.

„Nein!", blaffe ich zu laut zurück.

„Josi!" Weil ich den warnenden Unterton meiner Mutter nicht überhören kann, seufze ich: „Entschuldigung. Ich habe wirklich einige turbulente Wochen hinter mir. In meinem Job als Bedienung wurde ich gekündigt."

„Das muss ja schrecklich gewesen sein!" Lisa-Maries Mitleid bringt mich auf die Palme.

„Ach, wissen Sie, ich habe es verdient. Ich hatte Sex mit meinem verheirateten Boss", erkläre ich cool.

Walter verschluckt sich fast. Aber ich komme jetzt so richtig in Fahrt, vor allem, weil ich sehe, wie sich Mareks Fäuste ballen.

Meine Mutter ist entsetzt. „Jörg? Du hast mit Jörg geschlafen?"

„Ja, Mama, aber du brauchst dich jetzt darüber nicht mehr aufzuregen. Es ist schon zwei Jahre her." Während ich Lisa-Marie anschaue, ergänze ich schnippisch: „Anscheinend übe ich auf Männer, die sich in festen Beziehungen befinden, einen besonderen Reiz aus."

Walter versucht, das Gespräch in andere Bahnen zu lenken. „Wenn du bei mir arbeitest, brauchst du dir jedenfalls keine Gedanken über deinen Chef zu machen. *Ich* rühr dich nicht an."

„Vielleicht will ich aber gar nicht im medizinischen Bereich arbeiten."

„Wo wollen Sie denn arbeiten?", fragt Marek streng. „Interessieren Sie sich für ein bestimmtes Berufsfeld?"

„Sie meinen außer Bedienen und Putzen?" Oh, das hat gesessen! Er presst seine Handflächen zusammen und ich wende mich an Lisa-Marie. „Was machen Sie denn beruflich?"

Lisa-Marie lächelt. „Ich betreibe ein Nageldesign-Studio."

Plötzlich sagt Marek neben mir: „Sie könnten bei uns in der Firma ein Praktikum machen."

„Sicher!", blocke ich ihn unhöflich ab.

„Josi, du …" Meine Mutter will sich einmischen, aber mein drohender Blick verfehlt seine Wirkung nicht.

Übertrieben interessiert frage ich Marek: „An welchen Bereich haben Sie denn gedacht? Soll ich etwa … putzen?"

Innerlich triumphierend stelle ich fest, dass seine Backenmuskeln arbeiten, obwohl er scheinbar ruhig antwortet: „Bei einem Praktikum ginge es nicht um eine bestimmte Tätigkeit. Sie könnten einen Einblick in alle Bereiche meiner Firma gewinnen. Vielleicht gibt es ja etwas, was Sie … interessiert?"

Macht der mich etwa an? Ich glaube es einfach nicht. „Genau davor habe ich Angst", raune ich ganz leise und unsere Blicke treffen sich kurz.

Weil sein Mund von einem leichten Lächeln umspielt wird, wende ich mich wieder an Lisa-Marie: „Bieten Sie eigentlich auch Intimrasuren in Ihrem Studio an?"

Meiner Mutter bleibt der Mund offen stehen, Walter lacht auf und Lisa-Marie wird rot. „Nein, tut mir leid."

„Macht nichts. Kann ich eh nicht empfehlen. Das juckt nach ein paar Tagen wie die Hölle."

Marek rutscht unruhig auf seinem Stuhl herum und ich werde übermütig. Meine Serviette segelt zu Boden und ich bücke mich, um sie aufzuheben. Dabei recke ich Marek ziemlich aufdringlich mein Hinterteil entgegen.

„Das Essen war wirklich sehr gut", höre ich meine Mutter sagen, während ich mehr Zeit mit dem Kopf unter dem Tisch verbringe, als es eigentlich nötig wäre.

Gerade als ich wieder auftauche, sagt Walter: „Ich finde, du solltest das Angebot von Herrn Held annehmen. Mach doch ein Praktikum bei ihm und anschließend ein Praktikum bei mir in der Klinik. Bis September ist noch lange hin, dann kannst du dir überlegen, ob du eine Ausbildung beginnst oder eben nicht."

„Walter, ich ...", beginne ich, als Marek laut eingreift. „Es ist nur ein Praktikum, Josefine, kein Heiratsantrag!"

Ich stutze ebenso wie Lisa-Marie, die – immer noch errötet – verblüfft zu Marek sieht. Dieser räuspert sich und schickt schnell nach: „Das sollte nur ein Beispiel sein."

Da beuge ich mich zu Walter, setze mein bestes Lächeln auf, berühre seinen Arm und sage: „Ich mache wirklich sehr gerne ein Praktikum in deiner Klinik."

Als wir wenig später auf dem Heimweg sind, schimpft meine Mutter: „Du hast dich wirklich danebenbenommen, auf der ganzen Linie."

Dazu sage ich nichts. Natürlich habe ich mich danebenbenommen, aber mit gutem Grund.

Zuhause packe ich sofort meine Sachen. Irgendwann klopft Walter und streckt seinen Kopf zu mir herein.

„Darf ich?"

„Klar, komm rein."

„Deine Mutter schläft bereits. Der Abend war wohl anstrengend für sie." Er blickt auf meinen Koffer und sagt: „Du verlässt uns also?"

„Ja. Sei ehrlich, Walter. Es ist besser so. Ich muss zurück in meine Wohnung und mir einen Job suchen."

„Was ist mit dem Praktikum?"

„Vergiss das Praktikum. Ich werde schon irgendwo irgendetwas finden."

Walter setzt sich auf mein Bett und beobachtet, wie ich meine Sachen in den Koffer stopfe. Eine Weile schweigen wir gemeinsam.

„Sag mal, Josi, mich würde wirklich interessieren, in welchem Zusammenhang genau sich Herr Held in eurem Lokal danebenbenommen hat."

„Walter, ich kann und darf dir überhaupt nichts dazu sagen. Nur so viel: Er ist als Investor der Klinik bestimmt ein seriöser Geschäftspartner für dich. Du brauchst dir keine Sorgen zu machen."

„Ich mache mir keine Sorgen um meine Klinik, sondern um dich."

„Ich komme schon klar."

Walter brummt: „Da bin ich mir nicht so sicher. Er hat dich den ganzen Abend beobachtet, Josi. Hattest du mit ihm etwas?"

„Eigentlich müsste ich dir jetzt böse sein, weil du mich in die Schublade der bösen Geliebten gesteckt hast. Aber ich kann dich beruhigen. Ich habe nicht mit ihm geschlafen. Aber ich gebe zu, dass wir uns besser kennen, als ich bisher zugegeben habe."

Walter versteht nur Bahnhof und ich setze mich neben ihn auf das Bett. „Wahrscheinlich sage ich dir jetzt schon zu viel. Aber ich habe einen Vertrag mit ihm abgeschlossen, über seine Anwältin. Und wenn ich dir noch mehr sage, werde ich vor Gericht zu Kleinholz verarbeitet."

„Hat er dir etwas angetan?", knurrt Walter.

„Nein", beruhige ich ihn sofort. „Ich habe einen Monat für ihn gearbeitet und wir haben gemerkt, dass es nicht funktioniert. Ich darf dir nicht mehr darüber sagen."

„Du hast schon für ihn gearbeitet? Warum will er dich dann für ein Praktikum bei sich gewinnen?"

„Ich habe privat für ihn gearbeitet, allerdings völlig inoffiziell und jetzt machen wir einen Punkt."

Walter schaut mich mit großen Augen an und schließlich grinst er. „Du hast es ihm ganz schön gegeben, oder? Einen Moment dachte ich tatsächlich, er springt dir gleich ins Gesicht."

Ich lache kurz und erinnere mich an den Moment, als ich sein Praktikumsangebot so völlig übergangen habe. Da hat wohl auch seine Freundin gemerkt, dass die Situation merkwürdig war. Aber das soll nicht mein Problem sein. Er hat mich eingeladen und vielleicht traut er sich ja, mit seiner Freundin über seinen „Putzfimmel" zu reden.

Eine Woche später sitze ich endlich wieder auf meiner eigenen Wohnzimmercouch und telefoniere: „Ja Mama, ich sehe mir ständig die Stellenanzeigen an … Ja … ja … Natürlich kümmere ich mich darum … Nein, ich werde nicht auf Herrn Helds Angebot zurückkommen."

Gerade, als ich genervt die Augen verdrehe, klingelt es an meiner Tür. „Mama, ich bekomme Besuch … ja … mach's gut."

Ich beeile mich, die Tür zu öffnen. Sprachlos stehe ich in meiner offenen Wohnungstür, da niemand anderes als Daniela davor steht und mich mit großen Augen ansieht.

„Hallo, Josefine", sagt sie nach einer Ewigkeit.

Zögernd begrüße ich Jörgs Ehefrau und sie fragt: „Kann ich mir dir reden?"

„Ja, natürlich, komm herein!" Hoffentlich hegt sie keine Mordgedanken gegen mich.

Wenig später sitzen wir beide mit einer Tasse Kaffee in meiner Küche und sie fragt: „Hast du eine Arbeit?"

„Nein, ohne Ausbildung ist es nicht gerade einfach, eine Stelle zu finden, die zumindest so gut bezahlt ist, dass man davon leben kann."

Daniela nickt. „Jörg hatte eine neue Bedienung. Aber die war die reinste Katastrophe. Er würde es mir nie sagen, aber er wünscht sich nichts sehnlicher, als dass du wieder in die *Witwe* zurückkommst", sagt sie.

„Er liebt dich, Daniela. Hoffentlich ist dir das klar", platzt es aus mir heraus. „Ich will gar nichts von ihm, wollte das nie. Es ist einfach passiert. Es war nicht richtig und dennoch ist es passiert. Wir …"

Daniela legt eine Hand auf meine und bringt mich damit zum Schweigen. „Ich war wirklich sehr, sehr wütend auf dich, als ich erfahren habe, dass du mit meinem Mann geschlafen hast." Sie lächelt mich an.

Wieso lächelt sie, wenn sie so etwas zu mir sagt?

„Aber Jörg hat mir schon lange von seinem einmaligen Seitensprung erzählt und wir haben uns mit viel Mühe wieder zusammengerauft, weil wir uns lieben."

„Natürlich liebt ihr euch", wispere ich leise. „Ehrlich, wenn ich könnte, wäre dieser Fehler das Erste in meinem Leben, was ich löschen würde."

„So schlecht ist Jörg nun auch wieder nicht", feixt sie und ich ziehe die Augenbrauen hoch. Bin ich im falschen Film?

„Josi, folgende Situation: Nachdem ich dich ein paar Tage lang am liebsten zu Tode gefoltert hätte, bin ich nach und nach zu folgendem Schluss gekommen. Mein Mann hat mich nicht betrogen, weil er verrückt nach dir war, sondern weil er verrückt nach mir war und ich nie Lust auf ihn hatte. Und dann hat sich ein irrer Gedanke in mir festgesetzt. Wenn er mich schon hat betrügen müssen, dann doch lieber mit dir als mit irgendeinem dahergelaufenen Flittchen."

„Häh?"

„Es klingt verrückt, aber all die Jahre dachte ich bei jeder Frau, der ich begegnet bin, das könnte die Flamme meines Mannes gewesen sein. Das hat mich fertiggemacht. Zu wissen, dass du es warst, beruhigt mich inzwischen irgendwie. Ich weiß, dass es nur ein Ausrutscher gewesen sein kann, weil ihr Freunde seid, nicht wahr?" Sie sieht mich verunsichert an.

„Natürlich. Wir sind Freunde", bestätige ich wahrheitsgemäß und bemerke, wie sie sich entspannt.

„Freunde brauchen einander. Ich habe ihn gezwungen, dich im Stich zu lassen. Aber eigentlich habe ich ihn gezwungen, seine zuverlässigste, beste Mitarbeiterin wegzuschicken. Wahrscheinlich habe ich ihn mehr bestraft als dich", flüstert sie.

„Er wird schon jemanden finden, der mich ersetzt", sage ich mit einem Kloß im Hals.

Daniela sieht mich ernst an: „Ich bin hier, weil ich möchte, dass du zurückkommst."

Ungefähr ein halbes Jahr später

Jörg ruft aus der Küche: „Josi, hast du schon den Tisch für das Weihnachtsessen fertig?"

„Ja, alles bereit."

„Gut, die haben nämlich gerade angerufen, dass sie etwas früher kommen werden."

„Ist doch ganz gut, dann haben wir nach hinten mehr Luft", rufe ich und wende mich an Herbert: „Ein Bier, Herbert?"

„Ja, aber ein alkoholfreies", bekomme ich zu hören und kann meine Überraschung nicht verbergen.

Herbert grinst. „Ich habe mir selbst eine Höchstgrenze gesetzt."

„Das finde ich wirklich gut." Anerkennend nicke ich ihm zu und nehme sein leeres Glas mit.

„Was von Henry gehört?", ruft er mir nach.

„Nein, schon eine ganze Weile nicht mehr."

„Ich habe ihn letzte Woche zufällig getroffen. Er sagte, ich solle dir schöne Grüße ausrichten. Außerdem hat er mir seine Telefonnummer gegeben. Wenn die junge Lady in Schwierigkeiten steckt, soll ich ihn anrufen, hat er gemeint."

„Echt jetzt? Das ist wirklich nett. Am besten wir hängen die Nummer an unsere Pinnwand hinter der Bar, gleich unter die Nummer der Polizei", scherze ich.

Aber Herbert nickt ernst in Richtung Pinnwand. „Längst geschehen."

Erstaunt drehe ich mich zu der Magnettafel um und entdecke einen Zettel. Unter dem Namen Henry steht eine Telefonnummer und dahinter in Klammern: *Josis Bodyguard.* Ich kichere und Herbert lächelt mir zu.

Seine Zähne sehen irgendwie anders aus. Überhaupt nicht mehr so verfault. „Warst du beim Zahnarzt?"

„Was meinst du, wo ich Henry getroffen habe?"

Da betritt eine Gruppe laut schnatternder Frauen unser Lokal. Während ich mir hinter der Theke die Hände abtrockne, kommt Lisa-Marie auf mich zu. „Das ist ja eine Überraschung!", flüstert sie und lächelt mich freundlich an.

„Das kann man wohl sagen. Seid ihr das Weihnachtsessen?"

„Ich hoffe nicht, dass wir auf der Speisekarte stehen", lacht eine der anderen Frauen.

„Ja, wir haben reserviert", antwortet Lisa-Marie.

„Auf den Namen Presley", kichert die andere Frau.

Lisa-Marie lacht. „Das ist Tanja. Unser Pausenclown."

„Wäre mir gar nicht aufgefallen", scherze ich zurück und deute auf den großen runden Tisch. „Ihr sitzt da hinten."

„Oh, die Ritter der Tafelrunde!", ruft Tanja und der Frauentrupp besetzt aufgedreht schwatzend den Tisch.

Der Abend verläuft recht arbeitsreich für mich und ich bemerke erst spät, dass der Frauentisch männlichen Zuwachs bekommen hat. Der Mann ist mir völlig unbekannt und ich staune nicht schlecht, als ich seine Hand auf Lisa-Maries Oberschenkel liegen sehe. Die Frau wird mir immer sympathischer, könnte glatt meine beste Freundin werden! Als ich dann noch höre, wie er ihr liebevoll Worte ins Ohr flüstert, geht mir das Herz auf.

Gegen den inneren Drang, Henry anzurufen, kann ich nicht ankommen.

„Jep?", meldet er sich lässig.

„Henry, ich bin es, Josefine Wagner."

„Notfall?", fragt er hellwach.

„Nein, ehrlich gesagt nicht, naja, jedenfalls nicht für mich. Lisa-Marie ist mit ihren Kolleginnen hier beim Essen und da ist so ein Mann in ihrer Begleitung ..."

Henry nimmt mir netterweise meine Frage ab. „Das wird dann wohl ihr neuer Freund sein. Sie hat sich von Marek getrennt."

„Sie hat sich von ihm getrennt?", schreie ich beinahe und bremse mich nur mühsam ein.

Henry lacht heiser. „Schon vor Monaten."

„Vor Monaten?", jaule ich auf wie der Coyote, nachdem ihm der Roadrunner wieder einmal durch die Lappen gegangen ist. Meine Hand verschließt reflexartig meinen Mund und mein Blick wandert zu Lisa-Marie. „Danke, Henry! Lassen Sie sich doch wieder mal bei uns sehen. Ich vermisse Sie."

„Wird gemacht. Bis bald, Josefine", erwidert er fröhlich.

Ich lege auf und kann mein Strahlen kaum verbergen. Was soll das denn? Ich habe schließlich nicht im Lotto gewonnen oder eine unerwartete Liebeserklärung erhalten. Außerdem hat Marek sich seit dem entsetzlichen Essen in seiner Wohnung nie wieder bei mir gemeldet.

An diesem Abend schwebe ich trotzdem wie auf Wolken in meine Wohnung und jubiliere so laut, dass meine Nachbarn wahrscheinlich davon ausgehen, ich hätte Männerbesuch.

Marek Held ist Single! Er ist zu haben! Moment mal. Ist er Single? Und was eigentlich mindestens genauso wichtig ist: Hat er eine neue Putzfrau?

Sofort rufe ich Henry noch einmal an. Seine Nummer habe ich in meinem Handy gespeichert und vor lauter Aufregung denke ich nicht daran, dass es mitten in der Nacht ist.

„Josefine, was ist denn noch?", murmelt er verschlafen.

„Ist er Single?"

„Ich denke schon, aber …"

„Hat er eine neue Putzfrau?"

„Nein, hat er nicht", brummt Henry verärgert. „Was ist los?"

„Henry … ich bin verliebt … ich bin wie verrückt in einen maskierten Mann verliebt."

Henry lacht. „Ganz ruhig. Meine Ohren läuten bereits."

„Wo ist er?"

„Auf einer Geschäftsreise."

„Nee, das ist jetzt nicht wahr", schmolle ich ehrlich betroffen.

„Ich rufe dich an, sobald ich etwas Neues erfahre. Und bevor du es sagst: Natürlich verrate ich ihm nichts von unserem Kontakt", raunt Henry. „Darf ich jetzt schlafen?"

„Sorry, Henry, und gute Nacht", wispere ich lächelnd und zupfe nervös an meiner Unterlippe.

Jörg fragt am nächsten Tag nicht nach, warum ich unbedingt frei haben möchte. Er erkennt bereits an meiner Stimmlage, dass ich in heller Aufregung bin.

Mein Weg führt mich in ein Wäschegeschäft. Nein, keine Bettwäsche, sondern Unterwäsche. Ich hätte nicht gedacht, dass mir das einmal passieren würde, aber ich kaufe mir tatsächlich einen Tanga, zusammen mit einem wirklich anregenden Korsett. Ich bleibe bei der Marke und der Farbe meiner letzten Arbeitsbekleidung und leiste mir sogar noch die Strapse dazu.

Am späten Abend, als ich mich gerade in dieser Bekleidung in meinem Spiegel betrachte, klingelt mein Telefon. Ich erkenne die Nummer inzwischen sofort: „Sag mir bitte, dass er wieder da ist."

„Er ist wieder da, aber noch im Büro." Henry klingt amüsiert.

„Um diese Zeit?"

„Keine Freundin, keine Putzfrau – was bleibt ihm anderes übrig?", scherzt er.

Auf einmal bin ich furchtbar aufgeregt. „Meinst du, er will mich überhaupt sehen?"

„Was hast du zu verlieren?"

„Nichts."

„Na dann, viel Glück!"

Ich fahre sofort in sein Büro. Die richtigen Sachen habe ich ja schon an.

Meine High Heels hallen wider in der Eingangs-halle mit dem Marmorboden, als ich hochmotiviert auf den Aufzug zugehe. Meinen beigen Mantel halte ich fest um den Körper geschlungen. Doch während ich auf der Tafel suche, in welchem Stockwerk Marek Held seinen Firmensitz hat, gewinnt meine Aufregung wieder die Oberhand. Ich atme tief durch. Dann zwinge ich mich in den Aufzug, drücke auf den Knopf und lasse mich meinem Schicksal entgegentragen.

Oben herrscht eine gespenstische Stille in der gesamten Etage, als sich die Aufzugtüren öffnen. Vorsichtig verlasse ich die Kabine und schiele den Gang entlang. Alles ist ganz anders als bei meinem letzten Besuch. Langsam schiebe ich mich vorwärts, meine Arme halte ich wie zum Schutz verschränkt vor meinem Bauch. Wo ist Marek?

Ich finde den Raum, in dem ich auf der Party ein kurzes Gespräch mit Henry geführt habe. Die Tür steht offen, es brennt Licht und ich schleiche hinein. Im Türrahmen halte ich inne. Der Schreibtischstuhl steht mit dem Rücken zu mir. Ich nehme eine Bewegung wahr. Da schäle ich mich langsam aus dem Mantel, lasse ihn lautlos zu Boden gleiten und stelle mich in eine möglichst lockere Position.

Dann hauche ich: „Melde mich zum Dienst, Sir."

Der Stuhl dreht sich und ich kreische: „Scheiße!"

Vor lauter Aufregung brauche ich eine Ewigkeit, bis ich wieder in meinem Mantel verschwunden bin.

Ein Mann sitzt in dem Stuhl, aber das ist nicht Marek. Er ist nicht in der Lage, etwas zu sagen. Ich glaube, ich habe ihn mit meinem Auftritt aus dem Konzept gebracht.

In diesem Augenblick kommt Marek auf das Büro zu. Er blickt auf einen Stapel Blätter in seinen Händen und redet vor sich hin. „Der Kopierer war schon ausgeschaltet und hat so lange …"

Endlich nimmt er mich wahr und fragt erstaunt: „Kätzchen?" Schnell räuspert er sich. „Äh … Josefine, haben wir … einen Termin?"

Der Mann am Schreibtisch sieht auf seine Armbanduhr und springt auf. „Ach du Schreck! Schon so spät. Ich muss los. Ben will sicher noch seine Gute-Nacht-Geschichte hören und Carolyn besteht darauf, dass wir das zusammen machen, wann immer es geht."

Marek sieht zwischen dem Mann und mir hin und her. „Äh, ja, klar. Richte den beiden schöne Grüße von mir aus! Mach es gut, Frank!"

„Mach es besser, Marek!", sagt Frank und reicht mir die Hand. „Es hat mich wirklich sehr gefreut, Sie kennenzulernen. Und … viel Spaß!" Dann ist er weg.

Marek legt die Blätter auf seinen Schreibtisch und überlegt kurz, bevor er fragt: „Sag mal, kennt ihr euch?"

„Nein. Warum?"

„So habe ich Frank noch nie erlebt. Der war ja völlig durch den Wind, um nicht zu sagen: aufgelöst."

Mein Lachen klingt etwas unsicher: „Keine Ahnung, warum. Ich habe ihn eben zum ersten Mal gesehen."

Marek schüttelt den Kopf, setzt sich auf seinen Schreibtisch und verschränkt die Arme. „Was führt dich zu mir, Josefine?"

„Ich … Marek, du bist nicht mehr … mit Lisa-Marie zusammen?"

„Stell dir vor. Ich habe deinen Rat befolgt und sie in meine Phantasien einbeziehen wollen. Sie war schneller weg, als ich mit meinen Erklärungen fertig war."

„Das tut mir leid."

„Das kann ich kaum glauben." Sein unbarmherziger Ton lässt meinen letzten Funken Hoffnung verglühen, als hätte er persönlich einen Eimer voll kaltem Wasser darüber gegossen.

„Ich war gerade in der Nähe und da dachte ich … Aber egal … Ich will dich nicht länger von der Arbeit abhalten", höre ich mich sagen. Warum bin ich nur so unendlich feige? Erbärmlich ist das, einfach nur schrecklich erbärmlich.

„Ist dir kalt?", fragt er und ich bemerke, dass ich immer noch völlig verkrampft meinen Mantel geschlossen halte.

„Nein", behaupte ich und beginne damit, den Gürtel des Mantels ruckartig zu verknoten.

Marek löst sein Gesäß vom Schreibtisch und kommt langsam auf mich zu. „Warum bist du hergekommen?", fragt er leise.

Ich wende mich zum Gehen ab. Aber er greift nach meinem Arm und zieht mich an sich. Dabei klafft mein Mantel ein wenig auseinander und Marek ruft erstaunt aus: „Was zur Hölle …?"

„Nicht! Bitte! Ich gehe jetzt besser." Ich wehre mich, als er sanft meinen Mantel öffnet.

Sein Blick fällt in meinen Ausschnitt. „Kätzchen!" Mehr sagt er nicht. Doch ich lasse zu, dass er den

Gürtel öffnet und mir den Mantel langsam vom Körper streift. Er hält mich an den Oberarmen und betrachtet mich eine Weile ausgiebig von oben bis unten.

„Du bist wunderschön, Kätzchen. Jetzt kann ich mir auch vorstellen, was meinen Freund Frank so verstört hat." Er spricht ganz leise und weil ein kleines Lächeln um seinen Mund zuckt, schäme ich mich entsetzlich.

„Ein Tanga? Ist das ein Geschenk für mich, Kätzchen?"

„Ja", hauche ich kaum hörbar und bin erleichtert, weil er mich in seine Arme nimmt und drückt.

„Ich muss dir etwas sagen, Kätzchen", flüstert er mit rauer Stimme in mein Ohr.

„Mmh?"

„Ich habe mich in eine Frau verliebt."

„Was?", kreische ich entsetzt und will zurückweichen. Aber er lässt mich nicht aus seiner Umarmung frei.

„Lass mich ausreden, bevor du halbnackt zum Aufzug rennst. Ich bin in die einzige Frau verliebt, die meine beiden Identitäten kennt und trotzdem in Reizwäsche in meinem Büro auftaucht, um leider meinen Freund damit zu überraschen."

„Oh …", stöhne ich kraftlos auf und werde weich, sowohl körperlich als auch emotional.

„Meinst du, ich habe eine Chance, dass diese Frau mich zurücklieben kann, bei allem, was sie über mich weiß?"

Ich schließe die Augen und drücke Marek ganz fest an mich: „Tut mir leid. Aber soweit ich weiß, hat sich diese Frau in einen unbekannten Maskenträger verliebt. Sie liebt es, für ihn zu putzen. Andererseits … ich könnte mir schon vorstellen, dass sie eine Schwäche für dich hat."

Als ich mich von Marek löse, empfängt mich ein warmherziges Lächeln. „Ich liebe dich, Kätzchen."

„Und ich liebe dich", kann ich gerade noch leise murmeln, bevor ich Mareks Lippen auf meinen spüre.

Sein Kuss übertrifft all meine besten heimlichen Phantasien. Seine geschwungenen Lippen fühlen sich auf meinen perfekt proportioniert an und sie zu küssen ist eine wahre Freude. Sein brummender Ton, tief aus der Kehle, lässt mich hoffen, dass es ihm ähnlich ergeht. Wir erforschen uns gegenseitig, während eine unstillbare Leidenschaft von uns Besitz ergreift.

Atemlos löse ich mich von seinem Mund, um erregt nach Luft zu schnappen. „Ich schlage vor, ich packe mein Geschenk jetzt sofort aus", brummt er mit belegter Stimme.

„Halt, … Sir!", keuche ich und erreiche, dass er überrascht die Augenbrauen hochzieht. „Lass uns die Situation genießen", schlage ich vor und schelte mich innerlich selbst für diese blöde Idee, weil ich gegen sofortiges Auspacken tatsächlich nichts einzuwenden hätte. Dennoch drücke ich ihn in die Richtung seines Schreibtisches und zwinge ihn in seinen Sessel. Dann knipse ich seine Schreibtischlampe an und eile zu seiner Bürotür, um diese abzuschließen und das grelle Licht auszuschalten.

Dann gehe ich ein paar Schritte auf ihn zu und stelle mich genau so hin, wie er mich immer in der Küche begrüßt hat.

„Guten Abend, Sir", sage ich, kann mir aber ein Grinsen nicht verkneifen.

„Hallo, mein Kätzchen", antwortet er und ich kann hören, dass er lächelt, was ich aber nicht sehe, da mein Blick zu Boden gesenkt ist.

„Sir, Ihr Büro braucht dringend jemanden, der hier für etwas Ordnung sorgt."

An seinem autoritären Tonfall höre ich, dass er auf das Rollenspiel eingeht. „Kätzchen, willst du mir etwa sagen, ich sei schlampig?"

„Nein, Sir", hauche ich kleinlaut.

„Das will ich hoffen. Denn für was habe ich dich, Kätzchen? Nimm doch bitte diesen Stapel und lasse ihn durch den Aktenvernichter."

„Ja, Sir."

Ich gehe zum Schreibtisch und er drückt mir ein paar Blätter in die Hand. Kurz traue ich mich, ihm ins Gesicht zu sehen. Sein gieriger Blick trifft mich und lässt mich innerlich Purzelbäume schlagen. Obwohl er so betont lässig in seinem Sessel sitzt, kann er seine Erregung nicht vor mir verbergen.

Langsam mache ich mich auf den Weg zu dem Aktenvernichter und bücke mich für jedes Blatt langsam über das Gerät, sogar noch tiefer, als es eigentlich nötig wäre. Das Gerät macht ein unerträgliches Geräusch.

Als ich fertig bin, warte ich wie gewohnt auf seine Anweisungen. „Komm her und räume meinen Schreibtisch auf", befiehlt er.

Er rollt mit seinem Stuhl zurück. Ich stelle mich direkt vor ihn und beginne, seine Schreibutensilien ordentlich aufzureihen. Dabei bücke ich mich etwas weiter als nötig über den Tisch und stelle fest, dass ich mich in dem Tanga überhaupt nicht mehr unwohl fühle.

Das Geräusch des näher rollenden Bürostuhls bringt mich nicht aus der Fassung. Selbst als ich seinen heißen Atem an meinen Pobacken spüre, räume ich einfach weiter den Schreibtisch auf. Erst seine Hände auf meinem Po lassen mich erstarren. Eine Weile erkundet er meinen Körper und keucht dann: „Kätzchen, ich wollte dich immer schon berühren. Du kannst dir nicht vorstellen, wie viel Überwindung es mich jedes Mal gekostet hat, es nicht zu tun."

Ich stöhne und reiße mich zusammen: „Nicht berühren, Sir." Er hält inne und ich korrigiere mich: „Noch ... nicht ... überall!"

Lächelnd greift er nach einer Dose mit Büroklammern, öffnet sie und schleudert den Inhalt auf den Boden. „Uh, das tut mir leid. Ich fürchte, du musst jede Klammer einzeln vom Boden aufheben", sagt er amüsiert und ich lächele.

Langsam gehe ich auf die Knie, dann auf alle viere und sammle die Büroklammern ein. Er beobachtet mich so wie immer, lässt sich aber ebenfalls auf den Boden herunter.

Ein kurzer Blick in sein Gesicht bestätigt mir, womit ich selbst zu kämpfen habe: Mareks Selbstbeherrschung scheint nur noch an einem seidenen Faden zu hängen und diese Tatsache erregt mich umso mehr. Ich ermahne mich, meine Tätigkeit fortzusetzen und wundere mich, dass ein Mann so viele Büroklammern braucht.

Als ich einige Meter von Marek wegkrabble, um auch weiter entfernte Klammern einzusammeln, spüre ich ihn plötzlich hinter mir, dann über mir. Er umschlingt meinen Bauch und presst sich an mich. Mein Keuchen kommentiert er mit einem erregten Knurren, bevor er mich auf den Rücken wirft. Sofort ist er über mir und küsst mich leidenschaftlich. Sein Körper, seine Hände und seine Lippen sind überall. Wir lieben uns stürmisch und ich bin froh, dass ich noch zu meinem Mantel kriechen kann, um dort aus der Tasche eines der Kondome zu fischen, die ich eingesteckt habe.

Als Marek stark schnaufend über mir zusammenbricht, umfange ich ihn liebevoll und kraule eine ganze Weile seinen Rücken.

„Wollen wir für die Fortsetzung in privatere Gefilde fahren?", fragt er mich.

„Fortsetzung?", lächle ich.

Er hebt seinen Kopf und sieht mir tief in die Augen. „Kätzchen, das war doch bloß ein kleiner Vorgeschmack. Ich bin noch lange nicht mit dir fertig."

Vor lauter Vorfreude kommt mir ein lüsternes Kichern aus. „Zu mir oder zu dir?"

„Bleib heute Nacht bei mir", raunt Marek mir zu und küsst meine Nasenspitze.

Mit meiner kleinen Rostlaube habe ich ganz schön zu tun, um an Mareks PS-Schlitten dranzubleiben. Nach einer Weile scheint er dies zu bemerken und zügelt seinen impulsiven Fahrstil. Er fährt in die Tiefgarage seines Wohnblocks, während ich nach einem Parkplatz suche. Es ist bereits spät am Abend und stockdunkel.

Marek hat gesagt, ich soll im Auto auf ihn warten, da er mich, nur in Mantel und Dessous bekleidet, nicht alleine vom Parkplatz bis in seine Wohnung laufen lassen will. Deswegen sitze ich nun lächelnd in meinem Auto und warte.

Als ich ihn auf mich zukommen sehe, steige ich aus. Sofort presst sein Körper mich an meinen Wagen. Seine ungeduldigen Küsse entflammen meine Leidenschaft erneut.

Während er meinen Hals mit Küssen bedeckt, atme ich erregt. Seine Augen finden meinen verschleierten Blick und er murmelt: „Die ganze Fahrt über musste ich daran denken, dass du beinahe nackt in deinem Auto hinter mir fährst. Ich habe es fast nicht ausgehalten." Entschlossen nimmt er mich an der Hand und zieht mich in sein Haus und in seine Wohnung.

Während wir bei dem Quickie in seinem Büro nicht völlig unbekleidet waren, zieht er mich nun genüsslich aus, ein edles Stück Wäsche nach dem anderen. Er lässt sich so viel Zeit, dass ich seine langsamen, zarten Berührungen kaum ertrage. Dennoch versuche ich, ihm ebenso dieses süße Leid zu bereiten.

Ich kann mich nicht erinnern, dass ich jemals so zurückhaltenden Sex hatte. Er bewegt sich quälend langsam in mir, während er mich immer wieder küsst und mit seinen Händen mein Gesicht umschließt.

„Du machst das so gut … das ist so wahnsinnig gut", japse ich atemlos. Er gibt nur einen erregten Laut von sich, der tief aus seiner Kehle entspringt.

Geduldig erwarte ich, dass er seinen Rhythmus irgendwann beschleunigt. Aber er zeigt sich besonnen, bis ich ihn förmlich anbettele. „Marek, bitte, schneller."

Als hätte er nur auf meine Worte gewartet, werden seine Bewegungen ungestümer und er stößt so heftig in mich, dass mein Kopf an das Kopfteil des Bettes geschoben wird. Mein Keuchen wird lauter, was ihn zusätzlich anzustacheln scheint. Sein unterdrücktes, leises Stöhnen ist der Himmel auf Erden für mich. Ich kralle mich an ihn und gemeinsam steuern wir einem wahrlich orgastischen Höhepunkt entgegen.

Die nächsten Wochen genießen wir unsere neu gewonnene Zweisamkeit miteinander. Leider sehen wir uns nicht so häufig, wie ich es mir gewünscht hätte. Aber es ist besser denn je.

Eines Tages komme ich etwas zu früh in die Arbeit und finde meinen Chef Jörg in seinem Büro über großformatige Blätter gebeugt. Ich stelle mich neben ihn und betrachte die Zeichnungen.

„Was ist das?", frage ich neugierig.

Jörg antwortet stolz: „Baupläne. Die *Witwe* bekommt endlich ihren Wintergarten."

Ich zeige mich überrascht und rufe aus: „Super!"

Seit Jahren träumt Jörg von diesem Wintergarten, konnte ihn allerdings aus Geldmangel nie bauen.

„Hast du im Lotto gewonnen?", frage ich unbedarft, scheine damit allerdings in ein Wespennest gestochert zu haben, da Jörg eilig die Pläne zusammenpackt.

Ich habe die merkwürdige Situation schon wieder vergessen, als einige Tage später das Telefon in Jörgs Büro klingelt. Da ich gerade daran vorbeigehe, nehme ich den Anruf entgegen. Das ist bei uns so üblich.

„*Schwarze Witwe*. Sie sprechen mit Josefine Wagner", melde ich mich freundlich.

„Held Investments, Mader am Apparat."

„Herr Mader? Was kann ich für Sie tun?", frage ich überrascht.

„Es geht um unsere Finanzierung des Wintergartens. Ich rufe im Auftrag von Herrn Held an. Er möchte die Angelegenheit möglichst bald unter Dach und Fach bringen, damit einem Baubeginn im nächsten Monat nichts mehr im Wege steht."

Mir klappt der Mund auf. „Moment, ich hole meinen Chef."

In der Küche rufe ich Jörg möglichst unbeteiligt zu: „Telefon für dich. Ein Herr Mader oder so."

Natürlich fällt mir auf, dass mich Jörg intensiv beobachtet, als er von dem Telefonat zurückkehrt. Ich tue allerdings so, als hätte ich von nichts eine Ahnung.

Jörgs Verhalten bestätigt meine Befürchtung. Jetzt brauche ich eine unvoreingenommene Auskunft und deshalb mache ich mich sofort nach Dienstschluss auf den Weg zu seiner Frau.

Daniela zeigt sich überrascht, aber wenig erfreut über meinen unangemeldeten Besuch. Dennoch bietet sie mir einen Kaffee an.

„Kannst du dir denken, warum ich hier bin?", frage ich.

Sie blickt mich kalt an, was mich nicht wirklich erstaunt. „Geht es um deine wundersame Wiedereinstellung?"

„Es stimmt also", stelle ich fest.

„Ich sage gar nichts", giftet Daniela.

„Ich muss schon sagen. Dein Auftritt in meiner Wohnung hat mich wirklich überzeugt. Ich habe keine Sekunde daran gezweifelt, dass du tatsächlich willst, dass ich wieder bei Jörg arbeite." Ich versuche, höflich zu bleiben.

„Dass du es wagst, seinen Namen in den Mund zu nehmen!", schimpft Daniela. „Ich schwöre dir, hätte nicht dieser Kerl Jörg den Wintergarten versprochen, dann wäre ich niemals dazu bereit gewesen, dich wieder in unser Boot zu holen. Niemals."

Langsam werde ich sauer. „Es ist also so? Ja? Marek Held finanziert den Wintergarten? Kannst du dir nicht vorstellen, dass ich gerne gewusst hätte, unter welchen Umständen ich zurückkehre?"

„Kannst du dir vorstellen, wie ich mich gefühlt habe, als ich erfahren habe, dass du es warst? Von dir hätte ich das nie und nimmer erwartet. Du hättest Jörg zur Vernunft bringen müssen!", zischt sie mich an und ich merke, dass es keinen Sinn hat, länger mit ihr zu reden.

Um die Wogen zu glätten, murmle ich: „Ich bin nicht für deinen Mann verantwortlich. Aber ich werde mir diese Farce nicht länger antun. Ich kündige, noch heute."

„Nein, bitte nicht! Der Vertrag ist noch nicht unterschrieben. Kannst du nicht noch so lange warten, bis die Angelegenheit mit dem Wintergarten geklärt ist?"

„Was? Du hast sie nicht mehr alle. Ich scheiß auf den Wintergarten, auf Jörg und vor allen Dingen auf Marek", schimpfe ich, obwohl es mir für Jörg eigentlich leid tut. Er träumt schon seit Jahren von dem Wintergarten.

Wütend verlasse ich Daniela und rufe sofort bei Jörg an, da ich nicht will, dass Daniela ihn vorwarnt.

„Ich kündige", zische ich ins Telefon.

„Josi? Was ...“

„Ich war gerade bei Daniela und sie hat mir bestätigt, dass du dich bestechen lassen hast.“

„Josi, ich ...“

„Ich will nichts hören. Es ist aus und vorbei. Du siehst mich nie wieder", presse ich angewidert hervor. „Und wag es ja nicht, bei Marek anzurufen. Den knöpfe ich mir selbst vor.“

Bevor Jörg zu einer Reaktion fähig ist, habe ich schon aufgelegt.

Dann versuche ich, Marek zu erreichen. Vergeblich. Er ist weder im Büro, noch bei ihm oder bei mir zuhause. Ans Handy geht er auch nicht.

Ziellos fahre ich durch die Stadt und ertappe mich dabei, dass ich durch die Straße fahre, in der sich die Wohnung befindet, wo ich für Marek gearbeitet habe. Als ich Henrys Wagen auf einem der Parkplätze stehen sehe, trete ich auf die Bremse, um schnell in eine der kleinen Seitengassen abzubiegen.

Ein ungutes Gefühl beschleicht mich. Er wird doch nicht ... Nein, oder? Wir haben nie darüber geredet, aber für mich war es selbstverständlich, dass er seine Vorliebe nicht mit anderen Frauen auslebt.

Kurzentschlossen parke ich mein Auto und eile auf das Haus zu. Leider hat mich Henry entdeckt, der in seinem Wagen das Haus beobachtet. Er steigt aus und kommt mir entgegen.

„Josefine, was tun Sie hier?", fragt er und bemüht sich um einen freundlichen Ton. Er wirkt nervös. Mein Blick genügt, um ihn einknicken zu lassen. Er presst die Lippen aufeinander und bleibt stehen.

Da sehe ich Mareks Wagen auf einem der Parkplätze direkt vor dem Gebäude stehen.

„Nein!", hauche ich und schüttele den Kopf.

„Gehen Sie jetzt nicht in die Wohnung", rät er mir, lässt mich aber vorbei, als ich nicht auf ihn höre.

Hinter mir zückt Henry sein Telefon. Er wird ihn nicht erreichen, genauso wenig wie ich.

Vor der Wohnung drücke ich meinen Daumen auf den Abdruckscanner. Tatsächlich, es hat noch niemand meinen Abdruck aus dem System gelöscht! Die Tür öffnet sich leise und ich gleite lautlos in die Wohnung.

Kurz lausche ich gespannt und vernehme schwache Geräusche aus dem Wohnzimmer. Die Garderobe ist leer, aber zwei Paar Schuhe stehen vor der Wohnzimmertür.

Länger kann ich mich nicht zurückhalten. Diesmal werde ich keine heimliche Beobachterin sein. Mit schnellen Schritten stürme ich auf das Wohnzimmer zu und reiße die Tür auf. Sofort springt Marek von dem Sessel auf, in dem er immer bei der Verabschiedung saß.

„Josefine?", bringt er tonlos hervor und ich verschränke die Arme, bevor mein Blick auf die halbnackte Blondine in Dessous fällt, die vom Boden aufsteht.

„Frau Preu?", schreie ich entsetzt und mir wird klar, warum Marek keine Maske trägt.

„Ich kann dir das erklären." Marek hebt beschwichtigend die Hände.

„Danke, aber ich glaube, ich verzichte", presse ich kaum hörbar zwischen meinen Lippen hervor. Einen Moment lang starren wir uns schweigend an. Gerade, als Marek etwas zu mir sagen will, platze ich. „Du Arschloch!", brülle ich ihn an und renne aus der Wohnung.

Ich rase die Treppe hinunter, da es mir zu lange dauern würde, den Aufzug zu benützen. Marek folgt mir und ich höre ihn hinter mir herrufen: „Josefine, jetzt warte und lass uns reden."

„Lass mich in Ruhe", kreische ich und beschleunige noch mehr. „Ich hasse dich. Ich hasse dich wirklich."

Blind vor Wut verlasse ich das Gebäude und als ich mich kurz nach hinten umsehe, renne ich gegen eine Wand. Die Wand heißt Henry und hält mich fest. Gerade, als ich mich lautstark gegen ihn zur Wehr setzen will, kommt Marek hinzu.

„Los, in den Wagen!", befiehlt er Henry, der mich nicht freigibt. Widerstrebend steige ich in Mareks Auto ein und er setzt sich zu mir auf die Rückbank.

„Henry, würdest du bitte meine Schuhe aus der Wohnung holen?"

„Ja", brummt Henry und schließt die Autotür.

Marek wendet sich mir zu und als seine Hände nach meinen greifen, ziehe ich sie zurück. „Fass mich ja nicht an!"

„Okay, okay", blafft Marek und nimmt seine Hände weg.

Wir schweigen eine Weile und jeder starrt vor sich hin. Erst, als Henry Mareks Schuhe ins Auto reicht und sich verabschiedet, kommt Bewegung in unsere Situation, weil Marek sich laut schnaufend seine Schuhe bindet.

„Was hast du hier zu suchen?", fragt er gleichzeitig und seine Stimme klingt dumpf, weil er sich so tief nach unten bückt.

„Was ich hier zu suchen habe? Soll das ein Witz sein? So wie es aussieht, habe ich allen Grund, hier zu sein", wimmere ich.

„Kätzchen …"

„Nenn mich nie mehr so!"

„Also gut", seufzt Marek und richtet sich auf. „Josefine, du willst eine Erklärung? Hier bekommst du sie: Ich weiß selbst nicht genau, was hier gespielt wird."

„Aber …"

„Und deshalb noch einmal meine Frage: Was machst *du* hier?" Er sieht mich interessiert an und auf einmal bin ich diejenige, die sich rechtfertigen muss.

„Ich habe erfahren, dass du Jörg und Daniela überredet hast, mich wieder in der *Witwe* einzustellen. Du hast sie mit finanziellen Mitteln dazu genötigt."

„Naja, von Nötigung kann keine Rede sein. Ich habe offene Türen eingerannt", bemerkt er milde.

„Warum hast du das getan?"

„Das fragst du noch? Ich wollte wieder gutmachen, was ich ins Rollen gebracht habe."

„Du warst es also doch?"

„Nein, ich habe nicht bei Daniela angerufen. Aber wer auch immer es war, er hat es über mich herausgefunden."

„Du hättest es mir sagen können."

„Hätte ich", stellt er fest, kann aber nichts Ergänzendes dazu sagen. Mein böser Blick durchbohrt ihn und er seufzt: „Also bitte, du warst so glücklich, als du wieder eine Arbeit hattest und Daniela nicht nachtragend war. Diese Illusion wollte ich dir nicht nehmen."

„Na schön", schlucke ich und wende den Blick von ihm ab. „Das hätte ich dir vielleicht verzeihen können, aber das da …", murre ich und deute mit dem Kinn geringschätzig auf die Wohnung.

„Das da? Was meinst du mit *das da?*"

„Muss ich dir erklären, was ich gesehen habe? Also für mich sah es so aus, als ob …"

„Genau das ist der Punkt: Es sah so aus, aber es war nicht so", erklärt Marek laut und er klingt glaubwürdig.

Lasse ich mich von ihm um den Finger wickeln? „Marek, hör zu. Bitte verarsch mich nicht. Sag mir die Wahrheit, auch wenn es mich verletzt."

„Es ist die Wahrheit", brüllt er und rauft sich die Haare. „Verdammt, Josefine. Ich habe mich mit Frau Preu hier getroffen, weil ich die Wohnung verkaufen will. Sie war schon da, als ich ankam und hat mir zugerufen, ich solle meine Schuhe ausziehen, da der Wohnzimmerteppich frisch gereinigt sei. Ich Trottel habe das nicht hinterfragt und als ich ins Wohnzimmer ging, da kam sie mir halbnackt hinterher."

„Aha. Und da hast du es dir in deinem Sessel bequem gemacht und ihr dabei zugesehen, wie sie dir den frisch gereinigten Teppich genauer zeigt", ergänze ich schnippisch.

„Ich bin ihr auf den Leim gegangen, eindeutig. Sprich mich schuldig. Aber ich schwöre dir, ich hätte sie nicht angefasst", murmelt Marek.

Höre ich in seiner Stimme so etwas wie Verzweiflung? „Wunderbar. Schön. Wie es scheint, bin ich dir auch auf den Leim gegangen. Aber das passiert mir nicht noch einmal", poltere ich hart.

„Ich liebe dich", höre ich Marek flüstern. „Irgendjemand spielt ein falsches Spiel mit mir und seit eben weiß ich, dass meine eigene Anwältin ihre Finger mit im Spiel hat."

„Weißt du was? Ich liebe mich auch und genau deshalb muss ich mein Leben auf die Reihe kriegen. Bring du deinen Scheiß erst einmal selbst auf die Reihe, bevor du irgendwelche Liebeserklärungen von dir gibst", keife ich Marek an und bei jedem meiner Worte wird er kleiner. „Übrigens, ich hätte gerne meinen Wohnungsschlüssel wieder. Schmeiß ihn mir bei Gelegenheit in den Briefkasten."

Mit diesen Worten steige ich aus und mache mich auf den Weg in die kleine Seitengasse, wo mein Wagen steht. Zittrig fummle ich meinen Autoschlüssel in das Zündschloss und breche weinend über dem Lenkrad zusammen.

„Ich liebe dich doch auch", wimmere ich.

Meine Härte erschreckt mich selbst. Dennoch habe ich die Wahrheit zu Marek gesagt. Mein eigenes Leben ist ein Trümmerhaufen und es wird Zeit, dass ich mich darum kümmere.

Deshalb rufe ich Walter an und nach anfänglichen Höflichkeiten komme ich zur Sache. „Gilt dein Angebot mit dem Praktikum noch?"

„Aber natürlich. Du kannst jederzeit anfangen." Walter scheint sich zu freuen.

Später rede ich mit meiner Mutter. „Ich möchte die Wohnung von Papa verkaufen."

„Verkaufen? Aber du hast doch all die Jahre immer an der Wohnung gehangen. Warum willst du sie plötzlich verkaufen?"

„Ich habe gemerkt, dass mich diese Wohnung in allem, was ich jemals getan habe, blockiert hat. Letztendlich ist es aber nur eine Wohnung. Sie bringt mir Papa auch nicht wieder", stelle ich leise fest. „Ich möchte eine Ausbildung machen und einfach irgendwo zur Miete wohnen. Vielleicht kaufe ich mir auch eine kleinere Wohnung."

„Was sagt Marek dazu?"

„Ich … Marek und ich haben uns gestritten. Ich glaube, wir sind nicht mehr zusammen", flüstere ich.

„Du glaubst?"

„Ich glaube, ich habe mit ihm Schluss gemacht", sage ich leise. „Jedenfalls hat es sich so angefühlt."

„Also gut. Du solltest jetzt keine überstürzten Entscheidungen treffen. Komm doch für eine Weile zu uns. Dann kann Walter dich immer mitnehmen, wenn du eh bei ihm Praktikum machst."

„Ich weiß nicht", wehre ich mich, finde die Idee allerdings gar nicht so schlecht, weil ich dann schneller meine Wohnung verkaufen und mich in Ruhe nach einer neuen Bleibe umsehen kann.

Gesagt, getan. In den nächsten Tagen kontaktiere ich einen Makler, räume mein Hab und Gut komplett aus der Wohnung und nehme nur das Nötigste mit zu Walter und meiner Mutter. Die anderen Sachen kann ich glücklicherweise bei Anja unterstellen, die noch genügend Platz in ihrem Keller hat.

Jörg trifft mich gerade noch in meiner Wohnung an, als ich sie verlassen will. „Du ziehst also tatsächlich aus?"

„Ja, und ich habe auch tatsächlich gekündigt", sage ich nüchtern.

„Deswegen darf ich mir doch trotzdem noch Sorgen um dich machen", meint Jörg und hält mir einen Wohnungsschlüssel hin. Fragend nehme ich ihn an mich. „Ich habe Marek zufällig getroffen und da hat er mir den Schlüssel mitgegeben."

Ich muss schwer schlucken. „Hat er … ich meine … hat er was gesagt?"

„Nicht viel."

„Aha."

„Er meinte nur, dass er dich wohl in nächster Zeit eher selten sieht, und da du die Wohnung verkaufen willst, bräuchtest du den Schlüssel."

Woher weiß er denn, dass ich die Wohnung verkaufen will?

„Dein Gesicht spricht Bände. Warum bist du so sauer auf ihn?", fragt Jörg neugierig wie er ist.

„Mal abgesehen davon, dass dich das überhaupt nichts angeht, weißt du wohl sehr genau, warum ich sauer bin. Ihr habt hinter meinem Rücken diese Finanzgeschichte am Laufen und ich bin davon ausgegangen, dass ich wieder bei dir arbeiten durfte, weil Daniela und du euch darüber einig seid", blaffe ich Jörg an.

„Ach Josi, die Sache ist doch schon seit Monaten über die Bühne. Ich weiß gar nicht, warum dich das jetzt noch aufregt."

„Weil ich es von Alfons Mader erfahren musste, der bei dir im Büro angerufen hat."

„Wer?" Jörg schaut mich verständnislos an.

„Alfons Mader. Der Mitarbeiter von Marek, der dich angerufen hat, um mit dir einen Termin auszumachen."

Die Änderung in seinem Gesichtsausdruck, auf die ich warte, bleibt aus. Jörg schüttelt den Kopf und seine Stirn bleibt gerunzelt. „Ich habe keinen Kontakt zu einem Alfons Mader."

„Aber der Anruf, Jörg! Ich habe doch selbst mit ihm gesprochen, bevor ich dich an den Apparat geholt habe."

„Ach das. Das war doch bloß so eine dämliche Umfrage der Firma Held, bei der ich aber nicht mitgemacht habe", erklärt er.

Jetzt ist es an mir, verständnislos zu schauen. Ich bin mir sicher, dass ich mit Alfons Mader gesprochen habe. Seine Stimme kam mir eindeutig bekannt vor. Er war es.

Irgendetwas stimmt hier nicht. Will da jemand Marek in Schwierigkeiten bringen?

„Jörg", beginne ich ernst und mahne mich zur Ruhe. „Der Anruf, den Daniela bekommen hat, der kam doch von einem Mann."

„Ja?"

„Hat sich der älter oder jünger angehört?"

„Darüber habe ich mit ihr noch nicht gesprochen. Soll ich sie fragen?"

Ich nicke und Jörg ruft sofort bei seiner Frau an. In der Zwischenzeit überlege ich, wie ich weiter vorgehen soll. Was steckt hinter dieser ganzen Sache? Und was hat das mit mir zu tun?

Jörg holt mich in die Wirklichkeit zurück. „Daniela sagt, es war die Stimme eines älteren Mannes."

„Danke", hauche ich und renne los. Mein Ziel ist Mareks Büro.

Da ich Marek einige Tage nicht gesehen habe, fühle ich Nervosität in mir aufsteigen, während ich auf dem Weg zu ihm bin. Marek hat sich nicht mehr bei mir gemeldet, seit ich ihn mit dieser Anwältin erwischt habe. Aber ich habe mich auch nicht bei ihm gemeldet.

Der Aufzug bringt mich in die richtige Etage und diesmal betrete ich die Büroeinheit im hektischen Alltagstrubel. Der Weg zu Marek wird mir von einer Frau versperrt, die vor seinem Büro ihren Schreibtisch hat. Ich hatte noch nie Kontakt zu ihr, seit ich mit Marek zusammen bin.

„Haben Sie einen Termin?", fragt sie mich.

„Nein, ich bin Josefine Wagner." Ich hoffe, dass mein Name bei ihr eine Reaktion auslöst.

„Tut mir leid. Ich kann ..." Die Frau wird unterbrochen von einer mir wohlbekannten Stimme.

„Josefine?" Henry steht hinter mir.

„Henry. Gott sei Dank. Kann ich mit Marek reden?"

„Du kommst wirklich zu einem sehr ungünstigen Zeitpunkt", erklärt Henry knapp.

„Bitte, mir ist da etwas aufgefallen, was vielleicht wichtig sein könnte", flehe ich Henry an.

Henry winkt mich zu sich, aber ich biege einfach hektisch ab und eile in Mareks Büro.

„Marek ...", Der Satz bleibt mir im Hals stecken. Das ganze Büro ist voller Leute, die rund um einen großen Tisch sitzen. Mir fällt sofort ein finster aussehender Mann in einem silbergrauen Anzug auf, der als Einziger steht und aus dem Fenster sieht.

Als der Mann sich zu mir umwendet, erliege ich fast der Versuchung, laut zu rufen und mich zu melden: „Ja, ich war es. Egal, um was es sich handelt."

Der Mann, ein eher dunkler Typ, sieht mit seinem kantigen Gesicht, dem sorgfältig gestutzten Dreitagebart und den tiefliegenden Augen bedrohlich aus und dieser Eindruck wird noch verstärkt durch die markante Adlernase.

Gegen ihn wirkt Marek wie ein halbes Hemd mit seinen feineren und weicheren Gesichtszügen.

Es ist immer noch still im Zimmer. Niemand sagt etwas. Ich verspüre den Drang, mich bei Marek vor diesem dunklen Typen in Sicherheit zu bringen, der mich immer noch intensiv betrachtet. Warum werde ich das Gefühl nicht los, dass mich dieser Mann nach einem Blick in mein Gesicht besser kennt als meine Mutter?

Marek räuspert sich. „Meine Herren, darf ich Ihnen meine … Freundin vorstellen? Josefine Wagner." Er lächelt mich unmerklich an und wartet auf meine Reaktion. Mein leichtes Lächeln nimmt er mit einem Nicken dankbar an.

Der dunkle Typ erhebt seine Stimme. Obwohl er nicht laut spricht, trifft mich seine tiefe Stimme bis ins Mark und es wundert mich nicht, dass alle im Raum sofort auf seine Bitte reagieren. „Kollegen, lasst uns doch für einen Moment alleine."

Innerhalb von Sekunden haben alle das Büro verlassen. Wer ist der geheimnisvolle Fremde ist, der bei Marek und mir geblieben ist?

Wahrscheinlich zieht er gleich seinen BND-Ausweis aus seinem Jackett. Oder NSA, FBI oder was es da sonst noch so alles gibt.

Marek bietet mir einen Platz an und ich setze mich merkwürdig eingeschüchtert auf den Stuhl neben ihm.

„Josi, das ist Viktor Schütz", stellt Marek den Fremden vor und ich muss mir ein Lachen verkneifen, weil ich den Vornamen überaus passend finde. Mein Vergnügen erstirbt allerdings sofort, als ich in das strenge Gesicht von Herrn Schütz blicke. Scheint ein echter Scherzkeks zu sein, der Mann. „Guten Tag", sage ich deshalb leise. Endlich sucht sich Herr Schütz nun auch einen Sitzplatz und zwar neben Marek.

„Josefine, es ist gut, dass du da bist. Ich wollte dich sowieso anrufen", beginnt Marek und nimmt meine Hände.

„Ist etwas passiert?", frage ich vorsichtig.

„Ich habe Herrn Schütz engagiert, weil in meiner Firma einige Dinge passieren, die sich meiner Kenntnis entziehen", erklärt Marek.

Ist Viktor Schütz ein Auftragskiller, der das schwarze Schaf des Betriebes eliminieren soll?

Marek scheint meinen Gesichtsausdruck richtig zu deuten. Er lächelt und raunt: „Herr Schütz ist ein Profiler."

„Du hast einen Massenmörder in der Firma?", kreische ich entsetzt und Marek lacht, obwohl er nicht ganz so befreit lacht wie normalerweise.

Herr Schütz verzieht den Mund. Das soll wohl ein Lächeln sein. „Ich bin Wirtschaftsprofiler", erklärt er mit dieser unverwechselbaren Stimme. Unwillkürlich frage ich mich, warum der Mann nicht Hörspielsprecher oder Synchronsprecher ist. Diese Stimme ist fantastisch. Zugegeben, der Rest des Mannes auch, aber gegen meinen Marek hat er schlechte Karten.

„Wirtschaftsprofiler?", muss ich schon wieder fragen. Von so etwas habe ich noch nie gehört.

„Herr Schütz ist mir dabei behilflich, herauszufinden, wer von meinen Mitarbeitern mich betrügt", erklärt Marek.

„Du wirst betrogen?"

„Ja, sogar ziemlich gravierend. Aber wir haben noch keine eindeutige Spur. Ich vermute, wie gesagt, dass meine Anwältin in der Sache mitmischt. Deswegen hat sie mich bei dem kleinen Putzintermezzo letzte Woche auch gefilmt."

„Will sie dich erpressen?"

„Sie hat mich wissen lassen, dass sie etwas gegen mich in der Hand hat, ja. Wie es scheint, soll ich zum Sündenbock für einige Dinge innerhalb der Firma gemacht werden, die ohne mein Wissen abgelaufen sind. Zuerst sind wir davon ausgegangen, dass Adam der übliche Verdächtige ist, aber er wurde genauso gefilmt, als er in der Wohnung war."

„Er wurde auch … oh Gott! Heißt das …", stottere ich.

„Ja", raunt Marek mir zu und sieht mir mitleidig in die Augen.

„Die haben alles gefilmt?"

„Ja", antwortet jetzt dieser Schütz. Ich starre ihn einen Moment verwirrt an, da ich seine Anwesenheit verdrängt habe.

„Keine Sorge. Wir kriegen das hin", muntert Marek mich auf.

„Keine Sorge? Du hast gut reden. Du hattest schließlich immer diese Maske auf", brülle ich und scheine Herrn Schütz zu verblüffen, da er leicht die Augenbrauen anhebt.

„Beim letzten Mal nicht", erinnert mich Marek und ergänzt: „Wahrscheinlich hat der Täter die ganze Zeit versucht, eine Aufnahme ohne Maske von mir zu bekommen und sich deswegen in dein Leben eingemischt. Als das alles nichts brachte, musste Frau Preu selbst tätig werden."

„Und du bist darauf hereingefallen", fahre ich Marek an.

„Ja, ich bin darauf hereingefallen." So kleinlaut habe ich ihn ja noch nie gesehen.

„Frau Preu wird derzeit befragt, verweigert aber jede Aussage", höre ich Herrn Schütz sagen.

„Wo waren diese Kameras?"

„Im Schlafzimmer und im Wohnzimmer", antwortet Marek. „Jedenfalls haben wir nur dort welche gefunden."

„Warum nur dort?"

„Das wissen wir nicht", höre ich die strenge Stimme von Viktor Schütz.

„Ich muss dir etwas sagen", flüstere ich Marek zu und schiele zu Viktor Schütz.

„Sie können offen vor mir sprechen", interveniert Viktor Schütz und Marek nickt.

„Ich glaube, dass Alfons Mader hinter der ganzen Sache steckt", sage ich und fühle mich unwohl, einfach so einen mir fast unbekannten Menschen zu beschuldigen. Was ist, wenn ich falsch liege?

„Interessant!", stellt Viktor Schütz fest.

„Was? Alfons? Wie kommst du denn darauf?", fragt Marek verblüfft.

„Er war derjenige, der in der *Witwe* angerufen hat." Mit einem Seitenblick auf Herrn Schütz vergewissere ich mich, dass er weiß, wovon ich spreche. „Er hat mir unter die Nase gerieben, dass du für meine Wiedereinstellung gesorgt hast, und hat so getan, als ob er Jörg sprechen will. Bei Jörg hat er dann allerdings irgendetwas von einer Umfrage gefaselt."

Viktor Schütz krault seinen Dreitagebart und scheint tief in Gedanken versunken zu sein, während Marek ganz nah zu mir rückt. „Bist du dir da sicher?"

„Ja."

„Ist dir klar, was deine Aussage für ein Gewicht hat? Wir stecken mitten in den Ermittlungen", hakt Marek nach.

„Ja", sage ich mit fester Stimme.

Viktor Schütz steht auf. „Ich sollte diese Information sofort an meine Mitarbeiter weitergeben. Sie entschuldigen mich?" Schon ist er weg.

Es fühlt sich merkwürdig an, mit Marek alleine zu sein.

„Verzeih mir, Kätzchen", raunt er mir zu, bevor ich länger über unsere Zweisamkeit nachdenken kann.

Weil ich nicht sofort antworte, zieht er mich an sich und küsst mich zart. Dann löst er sich plötzlich von mir und brummt nachdenklich: „Obwohl, vielleicht ist es besser, du verzeihst mir nie. Wenn es dumm läuft, muss ich mich für die Dinge, die hier abgehen, vor Gericht verantworten. Außerdem überlege ich, den Sprung in die Öffentlichkeit zu wagen. Es ist besser, wenn ich von meinen Vorlieben offen berichte, bevor irgendwelche Bilder oder Videos kursieren. Da wäre es nicht gut, als Freundin an meiner Seite zu sein."

„Warum nicht?"

„Das fragst du?"

„Ich war schließlich dabei, Marek, und habe deine Vorlieben geteilt. Außerdem bin ich lieber deine Freundin als eine bezahlte Putzfrau, wenn die Bilder tatsächlich der Allgemeinheit bekannt werden."

„Ist das dein Grund?", knurrt er verärgert.

„Nein, ich liebe dich doch. Obwohl ich gerne sauer auf dich wäre, weil du dieser Preu auf den Hintern gegafft hast, aber ich liebe dich, Marek. Es ist so. Ich kann es nicht einfach abstellen", sage ich leise.

„Kätzchen ... du weißt gar nicht, wie sehr ich dich liebe." Mareks Gesichtszüge haben sich wieder ein wenig aufgehellt und er sieht mich zärtlich an. „Dann stehen wir das also gemeinsam durch?"

Ohne zu überlegen, antworte ich: „Ja, gemeinsam."

Marek und ich verschmelzen in einem nicht enden wollenden Kuss, der durch ein strenges Räuspern unterbrochen wird.

„Herr Mader ist nicht im Haus. Sollen wir uns sein Büro vornehmen?", fragt Viktor Schütz. Er trägt jetzt eine eckige Lesebrille mit schwarzem Gestell und hält einen Stapel Dokumente in den Händen.

„Ja", seufzt Marek und steht auf. „Willst du hier warten, ob wir etwas finden?", fragt er mich im Hinausgehen.

Ich nicke und presse meine Lippen aufeinander.

Alfons Mader hat wirklich Glück, dass er nicht im Haus ist. Vor Viktor Schütz würde er wahrscheinlich sofort einknicken. Bestimmt ist dieser Profiler ein ganz netter Mensch, aber sein harter Gesichtsausdruck lässt vermutlich jeden einknicken.

Zu allem Überfluss kommt Herr Schütz nach einiger Zeit wieder in Mareks Büro und durchforstet die Unterlagen auf dem Tisch. Er sieht in seinem Anzug so geschniegelt aus, dass es mich nicht wundern würde, wenn ein Fotografentrupp zur Tür hereinkäme, um ihn zu fotografieren. Verstohlen beobachte ich ihn, wie er konzentriert, immer noch mit der Brille auf der markanten Nase, in den Unterlagen stöbert.

Sein Handy klingelt und genervt schnaufend geht er an den Apparat. „Ja?" Eine Weile bleibt er ruhig und ich kann an seinem erstarrten Gesichtsausdruck keine Reaktion erkennen. Irgendwann sagt er: „Keine Sorge. Ich werde da sein. Ich bin froh, wenn wir endlich getrennte Wege gehen."

Er beendet das Telefonat und widmet sich wieder den Unterlagen.

„Wie haben Sie Alfons Mader kennengelernt?", fragt er plötzlich, ohne mich anzusehen.

Ich hänge immer noch gedanklich in seinem Telefonat fest. „Lassen Sie sich scheiden?", frage ich zurück, obwohl ich das eigentlich nur denken will.

Jetzt sieht er mich doch kurz an, verzieht aber wieder keine Mine. Was gäbe ich jetzt für einen Fotoapparat! Dieser Blick, unglaublich!

„Ja", brummt er kurz. „Bekomme ich jetzt eine Antwort auf meine Frage?"

„Schade … äh … das mit der Scheidung, meine ich." Könnte ich mir vorstellen, Marek zu heiraten? Ja, auf jeden Fall.

Völlig ungerührt erwidert Viktor Schütz: „Ich verstehe, dass Sie sich momentan in einer anderen Phase der Beziehung befinden und offensichtlich teilen Sie mit Herrn Held auch gewisse … Vorlieben. Dennoch, meine Ehe ist am Ende und ich bin nicht hier, um Ihnen mein Herz auszuschütten. Also, wie haben Sie Alfons Mader kennengelernt?"

Ich schlucke und antworte: „Er war zum Essen in der *Schwarzen Witwe*. Ihm fiel ein Glas auf den Boden und ich habe die Scherben aufgesammelt."

„Könnte er das Glas absichtlich auf den Boden geworfen haben?"

„Das müssen Sie Marek fragen. Der saß neben ihm", murmle ich, weil mich seine knurrige Art langsam auslaugt.

Da stürmt ein Mitarbeiter in den Raum und ich entspanne mich. „Vito! Wir haben etwas gefunden", poltert der Mitarbeiter los und Herr Schütz eilt mit ihm aus dem Büro. Vito? Klingt, als könnte er ganz sympathisch sein.

Marek kommt herein und wandert unruhig auf und ab. Seine Backenknochen arbeiten wie wild. „Wie es aussieht, hast du ins Schwarze getroffen", haucht er fassungslos.

„Was habt ihr gefunden?"

„Er muss sich verdammt sicher gefühlt haben. Er hat alle möglichen Unterlagen einfach in seiner Schreibtischschublade deponiert, zusammen mit den Videos."

Wie von einer Tarantel gestochen springe ich auf. „Sehen die Männer sich die etwa gerade an?"

„Nein, keine Sorge. Herr Schütz behandelt das vertraulich. Er ist dabei, das Material zu sichten, alleine."

„Was?", kreische ich auf und will aus dem Raum hasten.

Marek hält mich auf. „Lass ihn. Er sieht sich nicht alles von vorne bis hinten an. Er wirft nur einen Blick darauf."

Am liebsten würde ich jetzt in einem Loch im Boden verschwinden. Aber nie ist eines da, wenn man es braucht. Marek gibt mich nicht aus seiner Umarmung frei und insgeheim bin ich ihm dankbar. Denn was würde ich denn machen, wenn ich Viktor Schütz dabei ertappe, wie er mich als Putzfee verkleidet durch den Raum kriechen sieht?

„Oh Gott!", jammere ich.

„Ja, es könnte durchaus sein, dass Alfons das Glas absichtlich auf den Boden fallen lassen hat. Allerdings kann ich ihm nicht unterstellen, dass er hinter dir als möglicher Putzfrau her war. Schließlich hat uns kurz zuvor noch deine Kollegin bedient. Du scheinst ein Zufallsopfer gewesen zu sein. Er muss von Angelika Preu gewusst haben, dass ich bei meiner alten Putzfrau den Vertrag nicht verlängert habe. Anscheinend hat er es tatsächlich geschafft, mich mit einer Neuen zu versorgen ... wofür ich ihm wirklich dankbar bin." Ein Lächeln umspielt seine Lippen.

„Musst du ins Gefängnis?"

Marek lacht befreit auf und ich spüre, dass er diesmal wirklich gelöst lachen kann. „Nein, Kätzchen, ich glaube nicht, dass ich für meine perverse Neigung eingesperrt werde."

Ich klopfe ihm auf die Brust. „Du weißt genau, was ich meine." Immer noch lächelnd, zieht er mich an sich. „Herr Schütz und seine Leute haben Unterlagen gefunden, die mich entlasten. Der Umfang des Ganzen wird mir erst jetzt so langsam klar. Alfons hat Leute bestochen, unter Vorspiegelung falscher Tatsachen Verträge abgeschlossen und dafür Vermittlerprovision eingesteckt. Ich bin bloß froh, dass ich selbst die Initiative ergriffen habe, bevor der Staatsanwalt es getan hätte. Offenbar ging es die ganze Zeit nur um Geld und darum, mich im Falle der Entdeckung in der Hand zu haben."

„Was ist mit deiner Anwältin?"

„Sie ist nicht mehr meine Anwältin. Natürlich muss sie sich für ihre Beteiligung an so manchen Dingen verantworten. Ich persönlich werde sie für ihren Vertragsbruch mir gegenüber verklagen." Marek seufzt. Dann umarmen wir uns, bis er sagt: „Komm, wir gehen nach Hause."

„Nach Hause?"

„Ja, zu uns. Ich möchte, dass du bei mir einziehst." Und weil ich meinen Mund zum Protest aufreiße, legt er sofort seinen Finger darauf. „Denk darüber nach."

Schweigend verlassen wir das Büro und das Gebäude. Für Viktor Schütz und seine Leute gibt es noch viel zu tun, aber die Polizei wurde bereits verständigt und wird sicherlich auch gute Arbeit leisten. Für Marek und mich wird es in den nächsten Wochen turbulent werden. Aber ich bin zuversichtlich, dass wir gemeinsam alles schaffen können.

Danksagung

Der erste Dank an dieser Stelle gebührt natürlich wieder dir, liebe(r) Leser/in. Ich freue mich riesig, dass du dir für meine dritte Veröffentlichung Zeit genommen hast. Auf eine Rückmeldung deinerseits bin ich jetzt natürlich gespannt.

„Danke" auch an dich, liebe Carina. Wieder einmal musstest du als Probeleserin herhalten und stehst mir auch bei anderen Fragen immer mit Rat und Tat zur Seite.

Wie immer hat Jürgen von LayArt Schongau es geschafft, ein traumhaftes Cover zu designen. Mittlerweile unterstützt er mich in so vielen Bereichen, dass es den Rahmen der Danksagung sprengen würde, alle Punkte aufzuzählen. Also, nimm dieses Dankeschön. Du weißt, dass es allumfassend gemeint ist.

Besonderer Dank geht auch an meine Lektorin Claudia, deren wertvolle Unterstützung ich nicht mehr missen möchte.

Riesendank an meinen Mann und meine Kinder, die mich so oft mit meinen fiktionalen Freunden teilen. Es ist schön, dass ihr euch für meine Projekte interessiert und mich immer noch uneingeschränkt unterstützt. Und dass, obwohl ich gerade bei diesem Buch auch im realen Leben eher weniger geputzt habe.

An dieser Stelle belasse ich es mit dem „Danke sagen" und freue mich über Rezensionen, Anmerkungen, Anregungen oder einfach über einen kleinen Plausch. Gerne auch per E-Mail oder durch einen Besuch auf meiner Webseite/Facebook-Seite. Ich hab auch nichts dagegen, wenn alle Leserinnen und Leser das Buch an ihre Freunde und Bekannte weiterempfehlen ☺.

Mit fröhlichen Grüßen
Pea Jung

info@peajung.de

www.peajung.de

www.facebook.com/PeaJungAutor

Die falsche Hostess
Von Pea Jung

Was passiert, wenn die eigene Nachbarin unverhofft ein Herpes bekommt? Kein Problem?

Nicht für Raffaela. Sie darf ihre Nachbarin in deren Job als Hostess vertreten und lernt dabei den smarten Rick kennen. Zwischen den beiden sprühen sofort leidenschaftliche Funken, die sich in Form eines One-Night-Stands entladen. Ebenfalls kein Problem?

Weit gefehlt. Schließlich war Raffaela offiziell als ihre Nachbarin unterwegs, was zu weiteren Verwicklungen führt. Und sie sieht Rick schneller wieder als erwartet.

Pea Jung
Die falsche Hostess
164 Seiten
ISBN: 978-3-7357-4200-1
Taschenbuch: 9,90 €
E-Book: 2,49 €

Leseprobe

(…) Nachdem ich die Hälfte der Suppe gegessen habe, entschuldige ich mich für einen Moment. Verwirrt stelle ich fest, dass Rick kurz aufsteht, als ich mich vom Tisch erhebe. Das hat noch nie ein Mann in meiner Gegenwart getan. Ich bin ehrlich überrascht und eile auf die Toilette, wo ich Doris anrufe. Sie meldet sich sofort. „Ela? Wie läuft es?"

„Es ist die Hölle."

„Sieht er so schlimm aus?"

„Nein, er sieht aus wie ein Filmstar, aber er hasst mich. Er wollte schon gehen – stell dir das vor! – und es würde mich nicht wundern, wenn er jetzt die Flucht ergreift, während ich mit dir rede."

„Sofort zurück an den Tisch!"

Aber ich muss noch eine Weile jammern. „Hier gibt es nur so komisches Essen. Die Suppe war der reinste Horror und ich kann mir nicht vorstellen, sie jetzt noch zu essen, wenn ich zurück bin."

„Augen zu und durch. Denk daran, du bist Sophia und du wirst dafür gut bezahlt, diese Suppe zu essen."

„Ich kann das nicht. Er mag Sophia nicht, jedenfalls mag er nicht die Sophia, die ich bin. Was soll ich mit ihm reden? Mir fällt nichts ein."

„Solange du nicht über das Wetter redest, kannst du eigentlich nicht viel falsch machen." Aha!

Erleichtert stelle ich fest, dass meine Suppe bereits verschwunden ist, als ich an den Tisch zurückkehre. Rick ist wider Erwarten noch an seinem Platz und dafür schenke ich ihm ein kleines Lächeln, während ich mich wieder setze.

Der Kellner serviert etwas und ich sage zum Scherz: „Das sieht ja aus wie Froschschenkel!"

Der Kellner teilt mir leise mit: „Das sind Froschschenkel, Madame!"

Die Wunschblase
Von Pea Jung

Der sechsjährige Ben hat einen ganz besonderen Herzenswunsch: Er möchte seinen Papa Frank wieder glücklich sehen. Ganz klar: Der Papa braucht eine neue Frau. Und Ben eine neue Mama.

Ben ahnt nicht, dass er mit seinem geheimen Wunsch außergewöhnliche Mächte in Gang setzt.

Carolyn, ein weiblicher Dschinn, bekommt den Auftrag, eine geeignete Frau zu suchen. Frank erweist sich jedoch als immun gegen sämtliche Verkuppelungsversuche.

Wird Carolyn dennoch Bens Wunsch erfüllen können?

Pea Jung
Die Wunschblase
212 Seiten
ISBN: 978-3-7357-6115-6
Taschenbuch: 13,90 €
E-Book: 2,99 €

Leseprobe

(...) „Dschinn", sage ich ehrfürchtig und verbeuge mich knapp.

Er hebt seinen Arm als Zeichen, dass ich mich rühren darf. Unser Oberdschinn ist der Urdschinn und keiner weiß genau, wie alt er ist. Er sieht aus, wie ein asiatischer Mann und hat einen langen, langen, langen weißen Bart. Er trägt eine Art weißes Kleid mit langen ausgestellten Ärmeln und auf dem Kopf sitzt so ein komischer Hut, den ich sehr witzig finde, weshalb ich immer kichern muss, wenn ich ihn sehe. Natürlich kichere ich erst, wenn er mir seinen Rücken zukehrt. Seine Haare hat er hinten am Kopf zu einem langen Zopf gebunden und ich frage mich, was wohl länger ist: sein Bart oder der Zopf.

„Carolyn!", sagt er streng. Ups. Schon wieder habe ich vergessen, dass er gerne in den Köpfen seiner kleinen Dschinnis herumspioniert. Er geht zu dem Gefäß, in dem meine Wunschblase wartet. „Das ist eine ganz besondere Blase, nicht wahr, Carolyn?", sagt er und fährt sich mit den Fingern über seinen Schnurrbart.

„Ja, aber sind sie das nicht alle?", entgegne ich.

„Vielleicht erfordert eine besondere Blase auch besondere Maßnahmen."

Spielt er auf die Sache mit den nassen Hosen an? Er lächelt. Aha, er hat mich also beobachtet. Wieso beobachtet er immer meine Aktionen? Es gibt hier doch noch viele andere Mitarbeiter. Er lächelt immer noch entspannt und streichelt seinen Bart. „Deine Aufträge sind meist die unterhaltsamsten."

„Ich finde es nicht sehr unterhaltsam, wenn ein Junge seine Mutter verliert."

„Oh, natürlich, ich korrigiere mich. Deine Arbeitsweise ist besonders unterhaltsam. Sogar mein lieber Freund von oben schaut ab und zu bei dir vorbei." Oh Gott! Ja genau, den meint er. „Denk daran, die Blase sucht sich den Dschinn aus, also konzentriere dich auf den Wunsch und nur auf den Wunsch!"

„Das tue ich doch immer."

Er lächelt, als ob er mir noch einiges sagen wollte. Dennoch geht er wortlos aus meiner Wabe und lässt mich mit meiner Blase alleine. (...)

CLARA (Band I)
Die geheime Gabe
Von Pea Jung

Bist du bereit? Bereit für ein Geheimnis, das du mit niemandem teilen darfst?

Öffne Das Buch und begib dich auf die Liste der Eingeweihten. Begleite Clara auf ihrer turbulenten Abenteuerreise in ein neues L(i)eben.

Welches Pfand würdest du für dein Schweigen in die Waagschale werfen?

Pea Jung
CLARA – Band 1
Die geheime Gabe
(Erscheint Ende 2014)

Warnung! Dieses Produkt macht abhängig und kann nicht mehr abgesetzt werden! Zu Risiken und Nebenwirkungen lesen Sie alle Bände der Serie oder fragen Sie die Autorin Ihres Vertrauens.

Leseprobe

Meine Oma war Eigentümerin eines wirklich fantastischen Geheimnisses. Dieses Geheimnis teilte sie mit mir. In meinen Gedanken sehe ich sie noch vor mir, wie sie mich anlächelt und dann einen Finger an ihren Mund legt. „Pssssst. Das ist unser Geheimnis."

Dieses Geheimnis, unsere besondere Gabe, habe ich bewahrt. Noch nie habe ich jemandem davon erzählt. Weder meiner Familie noch meinen Freunden noch sonst irgendjemandem. Und obwohl meine Oma jetzt schon seit sechs Jahren tot ist, bewahre ich unser Geheimnis. Es ist zu meinem Geheimnis geworden und das im wahrsten Sinne des Wortes.

Immer wieder habe ich mir Gedanken darüber gemacht, wie es wäre, endlich mit jemandem über meine Gabe zu sprechen. Wie aber teilt man etwas mit, was rational nicht erklärbar scheint, einen Vorgang, der für einen selbst völlig unklar ist. Soll ich einfach aus dem Fenster brüllen: „Hey Leute, ich kann etwas, was sonst niemand kann! Seht her!" Wie kann man so etwas loswerden, ohne von aller Welt für verrückt gehalten zu werden? Vor allem, wenn man eigentlich überhaupt nicht erpicht darauf ist, im Mittelpunkt der allgemeinen Aufmerksamkeit zu stehen. Natürlich könnte ich den Menschen mein Geheimnis auch demonstrieren und beweisen, dass ich eben genau dies nicht bin: verrückt. Aber was passiert dann mit mir? Diese Ungewissheit macht mir Angst und hält mich immer zurück, wenn ich meine, ich müsste mich jemandem anvertrauen. Dann sage ich mir: Andere Menschen haben auch Geheimnisse und behalten sie für sich. Immer und immer wieder habe ich diesen Satz in meinem mittlerweile 25-jährigen Leben gedacht. Er war mir eine Hilfe.

Dennoch war mir eigentlich immer klar, dass ich mich eines Tages entscheiden muss. Irgendwann würde ich mit jemandem über meine Gabe sprechen und dieser jemand wäre etwas ganz Besonderes für mich. Oder?